读客彩条外国文学文库

熊猫君激发个人成长

MARGARET ATWOOD

WILDERNESS TIPS

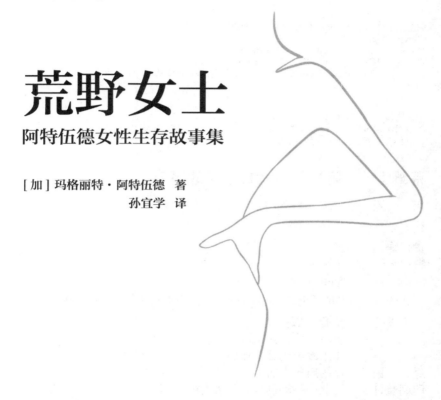

荒野女士

阿特伍德女性生存故事集

[加] 玛格丽特·阿特伍德　著

孙宜学　译

文汇出版社

图书在版编目（CIP）数据

荒野女士：阿特伍德女性生存故事集 /（加）玛格

丽特·阿特伍德（Margaret Atwood）著；孙宜学译. --

上海 ：文汇出版社，2022.9

ISBN 978-7-5496-3819-2

Ⅰ. ①荒… Ⅱ. ①玛… ②孙… Ⅲ. ①短篇小说－小

说集－加拿大－现代 Ⅳ. ①I711.45

中国版本图书馆CIP数据核字（2022）第118505号

荒野女士：阿特伍德女性生存故事集

作　　者 /　〔加〕玛格丽特·阿特伍德
译　　者 /　孙宜学

责任编辑 /　陈　屹
特约编辑 /　张靖雯　　孙宁霞
封面设计 /　Nathan Burton　　陈绮清
封面图片 /　Ingenium – Canada Science and Technology Museum

出版发行 /　文汇出版社
　　　　　　上海市威海路 755 号
　　　　　　（邮政编码 200041）
经　　销 /　全国新华书店
印刷装订 /　河北中科印刷科技发展有限公司
版　　次 /　2022 年 9 月第 1 版
印　　次 /　2022 年 9 月第 1 次印刷
开　　本 /　880mm×1230mm　　1/32
字　　数 /　176 千字
印　　张 /　9

ISBN 978-7-5496-3819-2
定　　价 /　59.90 元

侵权必究
装订质量问题，请致电010-87681002（免费更换，邮寄到付）

目 录

True Trash

01.

真正的垃圾故事

女服务员们就像一群光溜溜的海豹，她们沐浴着阳光，粉棕色的胴体闪闪发光。此时是下午，她们都穿着泳衣。而在黎明和黄昏时分，她们有时还去裸泳，在这种时候，就算蜷缩在蚊虫肆虐的灌木丛中浑身发痒也绝对值得，因为可以偷窥到她们那小小的私人港湾。

唐尼有一架双筒望远镜，但不是他自己的，而是蒙蒂的。蒙蒂的爸爸把望远镜给他们，是让他们观鸟的，但蒙蒂对鸟儿没兴趣。他发现双筒望远镜有更好的用途：把望远镜租给其他男孩，一次最多看五分钟，每次五分钱，或者可以用一支小卖部的巧克力棒来换，不过他还是更喜欢要钱。他不吃巧克力棒；他会在黑市上以翻倍的价格转卖掉；岛上的供应量有限，所以他的生意总能做下去。

唐尼已经看到了一切值得看的东西，但仍拿着双筒望远镜不肯撒手，也不理睬后面排队的孩子如何低声催促。他想让自己花的钱更物有所值。

"真希望你们能看到这个，"他说，他希望自己的声音听起来充满诱惑，"流口水，真让人流口水啊。"有根棍子戳到了他的肚子，正好顶在一个新鲜的蚊子包上。他不得不把一只手从望远镜上拿开来移动棍子。他知道何为侧翼攻击。

"让我看看。"里奇说着，拉住了他的胳膊肘。

"滚开。"唐尼说。他转动双筒望远镜，镜头里出现了一个滑溜溜的裸露的臀部、一件红色波点的胸衣和一缕飘垂如瀑的淡金色秀发：她就是最火辣的罗内特，最充满禁忌的罗内特。冬天，在圣犹大教会学院的牧师宣讲与镇上女孩交往的危险时，他们想到的，就是罗内特这种女人：她们在镇上仅有的那家电影院门前排队，嚼着口香糖，穿着她们男朋友的皮夹克，不停嚼动的嘴像覆盆子汁一样殷红，闪闪发光。如果你对着她们吹口哨，或哪怕只是看她们一眼，她们就会直勾勾地瞪回来。

罗内特不会像其他女孩那样瞪着人，她以微笑著称。唐尼和他的朋友们每天都在打赌，能不能让她坐到自己的桌旁。当她俯身清理盘子时，他们都试图往她庄重的V字领制服里看。他们会从各种角度偷窥，再吸入她的气息：她散发出发胶的味道，又有指甲油的味道，还有某种人造的、太甜的味道。便宜货，唐尼的妈妈会这样说。这个词对唐尼来说充满诱惑。他生活中的大部分东西都价格昂贵，但没多大意思。

罗内特在码头上换了个姿势。现在她正趴着，双手托着下巴，乳房因重力低垂着。她有一条真正的乳沟，不像其他一些女孩需要努力才能挤出。不过，他看到了她的锁骨和几根胸肋——就在她泳衣的上方。她尽管乳房丰满，但身材纤细，双臂细长，面颊因瘦削而略显凹陷。她的侧面缺了一颗牙齿，一笑起来就能看到这个豁口。唐尼对此有些介意。他知道自己应该对她产生欲望，但他却感觉不到欲望。

女服务员们知道有人在偷看：她们能看到灌木丛在抖动。男孩们都只有十二三岁，最多十四岁，就是些小屁孩。如果是他们的教官偷看的话，她们会笑得更欢快，打扮得更用心，还会弯腰曲背卖弄一番风情——至少她们中有些人会这样做；但因为那只是些小屁孩，她们就视他为无物，继续享受着自己的午后。她们互相在背上擦油，均匀地晒着阳光，懒洋洋地这样摆那样动，让现在已拿到望远镜的里奇呻吟不已，也引得其他男孩为之发狂。他们的小拳头一边互殴着，一边咕咕哝哝着："浑蛋！""混球！""蠢蛋！""让人垂涎欲滴啊。"里奇说着，笑得合不拢嘴。

姑娘们正在高声朗读。她们轮流读，声音飘过水面，间或被喷嚏声和大笑声打断。唐尼很想知道她们在读什么，是什么能让她们如此专注，如此津津有味，但对他来说，承认这一点是危险的——重要的是她们的肉体，谁在乎她们读什么呢？

"时间到了，臭狗屎。"他凑在里奇耳旁说。

"你才是臭狗屎呢！"里奇说。灌木丛一阵翻腾。

姑娘们在读的是一本杂志，名叫"真正的浪漫故事"。崔西娅藏了一大堆，都藏在她床垫下，桑迪和帕特也各自贡献了一些其他杂志。这些杂志的封面上都有一个女人，要么裙子下拉露出肩膀，要么叼着一支香烟，或者干脆展示一些代表她私生活混乱的证据。这些女人通常眼噙热泪，她们的色彩稀奇古怪：低俗不堪的、脏兮兮的，就像廉价小作坊手工染色的照片一样。下三滥作品。这些女人没有那种真正令人愉快的重要特质，也不会摆出电影杂志上那种纯净的露齿微笑。如希拉里所说，这都不是些成功故事，而是真正的垃圾故事。乔安则称之为"唠叨剧"。

现在是乔安在读。她一本正经，用演戏剧的声音朗读，就像电台里的人；她在学校里演过戏，叫"我们的城镇"。她像个老师那样把太阳镜架在鼻尖上。为了增加些喜剧效果，她还操着假模假式的英国口音。

故事的主角是一个名叫玛琳的女孩，她和离异的妈妈住在一家鞋店上面，房间狭小破旧。放学后和周六，她在商店里打零工，鞋店的两个店员都在追求她。一个可靠但无聊，想与她结婚。另一个名叫德克，骑着一辆摩托车，笑得大胆又心领神会，把玛琳的膝盖都融化成了果冻。玛琳的妈妈日夜趴在缝纫机上，把玛琳的衣橱都塞满了——她靠为那些嘲笑她的富婆做衣服勉强度日，衣服从衣橱里拿出来的时候都很完好——她对玛琳不停地唠叨，让她选对男人，不要像她一样铸下大错。玛琳自己曾计划去贸易学校学习医院管理，但因为缺钱，这个愿望难以实现。她现在在毕业班，成绩不断下滑，因为她失去了信心，也因为她无法在两个鞋店店员之间作出选择。现在她妈妈也开始担心她成绩下滑的问题。

"天哪。"希拉里说，她正在用锉刀修指甲，而没有用指甲锉条，她不喜欢指甲锉条，"应该给她双份苏格兰威士忌。"

"她也许应该把她妈妈杀掉，领走保险金，然后离开那个鬼地方。"桑迪说。

"故事里提到保险金了吗？"乔安说，眼神从眼镜顶部瞟过来。

"你可以加几个词进去。"帕特说。

"也许她两个男孩都应该试试，看看哪个更好。"莉兹毫不害臊地说。

"我们知道哪个更好，"崔西娅说，"听着，你怎么会错过一个叫德克这样的名字的男孩呢？"

"那两个男的都是讨厌鬼。"斯蒂芬妮说。

"如果她那样做了，她就会变成一个堕落的女人，一个真正的堕落女人，一个真正的女人，"乔安说，"她必须悔过，悔过吧女人。"

其他女孩子开始起哄。悔过！故事中的女孩总是这样蠢不可及。她们太脆弱了。她们孤独无助地爱上了不该爱的男人，她们屈服了，她们被抛弃了。然后她们就哭了。

"等等，"乔安说，"现在到了最重要的夜晚。"她接着读道，大喘着气："妈妈出去给她的顾客送晚礼服。我一个人待在破旧的房间里。"

"呼吸急促，呼吸急促。"莉兹说。

"不是，还没到呢。我一个人待在破旧的房间里。今晚又热又闷。我知道我应该学习，但我无法集中注意力。我冲了个澡让自己冷静冷静。随后，我一时兴起，决定试试妈妈熬了这么多夜为我准备的毕业礼服。"

"那就对了，满满的负罪感。"希拉里心满意足地说，"如果是我，我早砍死妈妈了。"

"这是一场粉红色的梦——"

"什么是粉红色的梦？"崔西娅问。

"就是粉红色的梦，句号，你快闭嘴吧。我在妈妈的小卧室里，站在她的全身镜前，看着自己。这条裙子正合身。它完美地贴合了我成熟而纤细的身体。我在镜子里看起来像换了一个人，既成熟又惊艳，就像一个习惯了一切奢侈生活的女孩。像个公主一样。我看着自己笑了。我脱胎换骨了。

"我刚解开背后的搭扣，想把衣服脱下来挂好，就听到楼梯上响起的脚步声。我想起来，妈妈走后，我忘记锁门了。我举着衣服，冲到门口，但太晚了——可能是窃贼，或者更糟！原来，来的是德克。"

"德克这个浑蛋。"亚历克丝在她的毛巾下面说。

"你还是接着睡觉吧。"莉兹说。

乔安压低声音，拖长了声调："'我想我该来陪陪你，'他调皮地说，'我看到你妈妈出去了。'他知道我是一个人！我脸红了，浑身发抖。我能听到血液在我血管里跳动的声音。我说不出话。本能警告我该拒绝他——每一种本能，除了我的身体，我的内心。"

"还能有其他什么本能？"桑迪说，"你不会还有理智这种本能吧。"

"你想来读？"乔安说，"不想就闭嘴。我把蓬松的粉红色蕾丝裙像盾牌一样举在身前。'嘿，你穿那个真好看，'德克说，他的声音粗犷而温柔，'但你脱掉会更美。'我被他吓到了。他的双眼在燃烧，目光坚定，看起来就像一只追捕猎物的野兽。"

"相当火辣。"希拉里说。

"哪种野兽？"桑迪说。

"一只黄鼠狼。"斯蒂芬妮说。

"我觉得是臭鼬。"崔西娅说。

"嘘！"莉兹说。

"我向后退去，"乔安读道，"我以前从未见过他那样看人。现在我被他压在墙上，他抱着我，用身体压着我。我感觉裙子滑下去了……"

"可惜缝了那么久。"帕特说。

"……他的手按着我的胸部，他僵硬的嘴在寻找我的嘴。我知

道他不适合我，但我再也无法抗拒。我的整个身体都在呼喊着想要
被他占有。"

"喊了什么？"

"她的身体说，嘿，你，在这儿呢！"

"嘘。"

"我感到自己的身体被举起来了。他在把我往沙发上抱。接
着，我感觉到他强壮有力的身体整个压在我身上。我试图推开他的
手，可浑身无力，但我其实并不是真的想反抗。然后——省略号点
点点——我们融为一体了，感叹号。"

安静了一瞬。随后姑娘们爆发出一阵狂笑。她们的笑充满愤慨
和质疑。融为一体。就是这样。一定还有更多的未道之处。

"这下裙子全毁了，"乔安以平常的声音说，"现在妈妈该回
来了。"

"不，今天她没有回家，"希拉里轻快地说，"我们只剩下十
分钟了。我得去游个泳，把身上的油弄下来点。"她站起来，把蜜
色的头发夹在脑后，伸展开她那运动员般晒黑的身体，在码头尽
头，纵身来了一个完美的天鹅入水。

"谁有肥皂？"斯蒂芬妮问。

罗内特在听故事的过程中一言不发。别的姑娘大笑时，她也只
是微微笑了一下。她现在也这样微笑着，她的笑游移不定，有些困
惑，有点歉疚。

"好吧，但是，"她对乔安说，"这有什么好笑的？"

女服务员们在餐厅里站列四周，各就各位，双手合抱胸前，低着头。她们的制服是宝蓝色的，几乎垂到白色袜子上面。有的姑娘穿着白色鹿皮鞋，有的穿黑白相间的马鞍鞋，还有的穿白色运动鞋。她们的制服外都套着纯白色的围裙。阿达纳基营地的乡村小木屋里没有电灯，厕所在屋外，男孩们都要自己洗衣服，甚至都不是在水槽里洗，而是在湖里洗。但这里有这样一群女服务员为伴，她们身穿制服，系着围裙。艰苦的生活可以塑造男孩的性格，但不是所有的艰苦生活都有这种效果。

B先生正在祈祷。这个营地属于他，在整个冬季，他也是圣犹大教会学院的牧师。他有一张坚韧而英俊的面孔，头发灰白，发型是专门找人设计的，就像海湾街[1]的律师。他还有一双鹰眼：什么都看得见，但只在必要时才猛扑一击。今天，他穿着一件白色V领网球衫。他本可以喝杜松子酒和奎宁酒，但他没喝。

在他身后墙上的头顶上方，有一块风化的木板，上面用黑色哥特式字体写着一句格言：枝弯则树弯。木板两端各装饰着一块漂白的浮木，木板下面是两只交叉的桨和一个巨大的梭子鱼头像，鱼张着嘴，露出了针一样的细齿，玻璃眼珠里露出一种凶猛而疯狂的目光。

B先生的左边是最后一扇窗，窗外就是乔治亚湾，海水蓝得像

1　位于加拿大多伦多的一个金融区，类似美国的华尔街。——编者注（如无注明，本书注释均为编者注。）

失忆症一般，一直延伸到天边。几座粉红色石岛在海上起伏，就像鲸鱼背，像圆溜溜的膝盖，也像大片大片在海上漂浮着的女人的小腿和大腿，被冰川、波浪和无休无止的极端天气刮擦着、环绕着、撕裂着。一些松树紧紧固持在几座较大的岛上，扭结的根部扎进石头裂缝。以这些群岛为中转站，女服务员们被一艘木船送到了这个距海岸二十英里的地方，这艘船同时还运送邮件、杂货和岛上需要的其他东西。运来送往，反反复复。但姑娘们一直要在岛上待到夏天快结束才会被送回到大陆：放假一天，往返太远，她们从来不被允许在外过夜。所以这段时间内她们就得一直待在这里。除了B夫人和营养师菲斯克小姐，她们就是岛上全部的女人了。但那两个女的都太老了，算不上是女人。

共有九个女服务员，且始终只有九个。"只有名字和面孔发生了变化。"唐尼想，他从八岁起就一直来这个营地。在他八岁时，只有想家时才会注意到这些女服务员。然后他会想方设法找借口，在她们洗碗时从厨房窗户前走过去。她们在那里洗碗，安全地围着围裙，安全地躲在玻璃后面：九个妈妈。现在，他想起她们的时候不会把她们当作妈妈了。

罗内特今晚负责服务他这桌。唐尼从半闭着的眼皮间偷瞄着她那张瘦削的侧脸。他能看到一只耳环，那是一只小小的金色圆环，直接穿过她的耳垂。他妈妈说，只有意大利人和廉价的女孩才会打耳洞。耳朵上打个洞会很痛。这需要勇气。他想知道罗内特的房间里是什么样子，她还弄了其他什么便宜又有趣的东西。对于像希拉里这样的姑娘，他没有什么好奇心，因为他已经知道了：干净的床罩，鞋柜上成排的鞋子，梳妆台上放着梳子啦，小刷子啦，还有像手术工具一样的修指甲套装。

罗内特低着头，背后的墙上钉着一张响尾蛇的皮，很大。在这儿你必须注意这种东西：响尾蛇。还有毒藤、雷暴和溺水。去年，一整艘独木舟上的孩子都淹死了，不过那些孩子来自另一个营地。有人建议说，应该让每个孩子都穿上娘娘腔的救生衣。妈妈们都希望这样做。唐尼也想要这样一张响尾蛇皮，钉在床头上；但即使他亲手抓到了蛇，徒手勒死它，咬掉它的头，他也绝不会被允许保留蛇皮。

B先生结束了祷告，坐了下来。营员们又开始了每天三次的仪式：抢面包、狼吞虎咽、桌子下你踢我踩、低声咒骂。罗内特端着一只盘子从厨房里走出来，盘子里是通心粉和奶酪。"来吃吧，孩子们。"她说，脸上带着善意的、不对称的微笑。

"谢谢你的美意，女士。"达斯教官说，装出一副魅力四射的样子。达斯素有调情艺术家的美誉；唐尼知道他在追罗内特。这让他感到难过——难过，因为他自己太年轻了。他真愿意离开自己的身体一会儿；他想成为别的人。

姑娘们此时正在洗碗。两人刷，一人洗，一人在滚烫的水槽中漂洗，三人负责擦干。还有两人扫地，擦桌子。晚些时候，擦盘子的人数会因休息日有所变化——她们选择两天休息一次，这样她们就可以去与教官成双成对约会了——但今天所有人都在这里。现在旺季刚开始，事情仍然变化不定，各自的领地都还没划分好。

她们边工作边唱歌。她们怀念冬天时置身的音乐海洋。帕特和莉兹都带了手提收音机，不过在这里收听不到多少电台，因为离岸边太远了。教官的录音室里有一台电唱机，但唱片都已经过时：帕蒂·佩姬的唱片，《愤怒的歌唱》《橱窗里的小狗多少钱》和《田纳西的华尔兹》等。现在谁还跳华尔兹？

"'醒来吧，小苏茜。'"桑迪颤声唱着。埃弗里兄弟乐队今年夏天很流行；或者说，姑娘们离开大陆时他们还很流行。

"'我们要告诉你妈妈什么，我们要告诉你爸爸什么。'"其他人一起唱。乔安擅长即兴创作中音和声，让一切歌声听起来不那么刺耳。

希拉里、斯蒂芬妮和亚历克丝不唱这首歌。她们上的是私立学校，那里的女孩更擅长轮唱，比如《火在燃烧》和《白珊瑚钟声》等。她们还擅长网球和航船，比其他姑娘玩得好得多。

奇怪的是，希拉里和那两个姑娘竟会在阿达纳基营地做服务员；她们应该不是为了钱。（她们不像我，乔安想。她每天中午都会去邮箱旁边转一转，看自己是否获得了奖学金。）这其实是她们妈妈的决定。据亚历克丝所说，三位妈妈联合起来，在一次慈善活动中突然袭击了B夫人，并扭伤了她的手臂。B夫人的确会与这些妈妈参加相同的活动：她们见过她，头上架着太阳镜，手里拿着高脚杯，在B先生离营地很远的白色山顶房子的阳台上享乐。姑娘们还见过那些客人，他们穿着一尘不染、熨得平平整整的航海服。她们还听到了笑声，声音沙哑而随意。哦，上帝，放过我吧。那些客人就像希拉里。

"我们是被绑架过来的，"亚历克丝说，"我们的妈妈认为，是时候结识男孩了。"

乔安能理解这一点，亚历克丝又胖又笨，而斯蒂芬妮的体格像男孩，走路也像男孩；但是希拉里呢？希拉里是典型的好女孩。希拉里就像一则洗发水广告。希拉里完美无瑕。她应该有人追求。奇怪的是，在这儿没人追她。

罗内特在擦盘子时失手掉了一只盘子。"该死，"她说，"我蠢透了。"没有人像对待其他人那样对她大喊大叫或哪怕只是取笑她一下。她们都最喜欢她，尽管很难说出原因。不仅因为她很随和：莉兹也随和，帕特也是；罗内特在大家心中的地位有些神秘、有些特别。例如，其他人都有一个昵称：希拉里叫希尔，斯蒂芬妮叫斯特芬，亚历克丝叫阿尔，乔安娜叫乔，崔西娅叫崔西，桑迪叫桑。帕特和莉兹的名字不能再缩写了，再缩写就变成宠物（Pet）和蜥蜴（Lizard）了。只有罗内特保持了完整的、不可思议的全名，赢得了自己的尊严。

在某些方面，她比其他姑娘都更成熟，但这并不意味着她比别人懂得多。相反，她懂的东西比别人更少；她经常听不懂其他姑娘说的话，尤其是私立学校三人组随口说的俚语。"我听不懂。"她常这样说，其他人就乐于给她解释，似乎她是个外国人，一个来自其他国家的尊贵访客。她和其他人一样去看电影、看电视，但她几乎不对自己看到的东西表达观点。她最多只会说"废话"或"他还不错"。虽然她很友好，但在表达赞同时，她用词很谨慎。"不错"，这是她最好的赞美之词了。在其他姑娘谈论自己读过什么或者明年将在大学学习什么课程时，她都沉默不语。

但她知道一些其他事情，隐秘之事。秘密。这些事情都很陈旧，在某种程度上也更重要。更根本。离骨头更近。

或者说，乔安是这么想的，她有把事物小说化的坏习惯。

窗外，达斯和佩里在带着一群营员漫步走过。乔安认出了其中两个人：唐尼和蒙蒂。记住营员的名字很难。他们只是一群难以区分的小男孩，通常脏兮兮的，每天得喂三顿饭，随后还得清理他们吃剩的面包皮、面包屑和果皮。教官称他们为"小破烂"。

但这两个男孩很不一样。唐尼的个子对这个年龄的孩子来说很高，他双肘和膝盖细长，眼睛很大，是深蓝色的；就连他骂脏话时——他们用餐时都骂脏话，虽然是偷偷摸摸的，但声音也大到女服务员们都能听见——都更像是在沉思冥想，或者说是在提问，仿佛他在尝试不同的词汇，在品味着一样。而蒙蒂则像一个微缩版的四十五岁男人：他的肩膀已经像商人那样耷拉下垂，大肚腩也已经完全成形了。他走路昂首阔步。乔安认为他很搞笑。

现在，蒙蒂正拿着一把扫帚，扫帚把上缠着五卷卫生纸。所有的男孩都是这样：他们在履行清厕职责，清扫室外厕所，更换卫生纸。乔安想知道他们会如何处理女服务员专用厕所里的棕色纸袋中用过的卫生巾。她可以想象出他们的议论。

"全体……立定!"达斯喊道,队伍乱哄哄地在窗前停下,"现在……敬礼!"一把把扫帚举了起来,卷纸的纸头像旗帜一样在微风中飘扬。姑娘们笑着,挥手致意。

蒙蒂敬礼时三心二意:这非常伤害他的尊严。他可能会出租自己的双筒望远镜——那个故事现在已传遍营区——但他自己没兴趣用望远镜。他这个态度已广为人知。望远镜不是用在这些女孩身上的,他说。这暗示着他有更高的品位。

达斯回了一个滑稽的敬礼,然后带着他的队伍离开了。厨房里的歌声停了;姑娘们现在谈论的话题是教官。达斯得分最高,最受人钦佩,最令人向往;他的牙齿最白,头发最金黄,笑容最性感。在教官休闲室里,达斯每晚都会挨个儿与女服务员们调情。姑娘们每天晚上洗完盘子后,都会脱掉蓝色制服,换上牛仔裤和套头衫,去那里与教官们约会。而此时,营员们都已被塞进床里睡觉了。那么,他究竟在向谁敬礼呢?

"是在向我敬礼,"帕特开玩笑说,"我多希望是啊。"

"做白日梦。"莉兹说。

"是在向希尔敬礼。"斯蒂芬妮真诚地说。但乔安知道不是希拉里,也不是她自己。是罗内特。她们都这么猜,但都没说出口。

"佩里喜欢乔。"桑迪说。

"不可能。"乔安回答。她已经公开表示自己有男朋友,借此免于参加这些竞争。这一半是真的：她的确有一个男朋友。今年夏天，这个男朋友在加拿大国家铁路公司找了一份在火车上做沙拉厨师的工作，在整个大陆上来回奔波。她想象中的他正站在火车尾部，在火车上的厨房里，利用做沙拉的间隙抽根烟，看着车外的乡野疾驰而过。他用蓝色圆珠笔在格子纸上给她写信。他写道：这是我在草原上的第一个晚上。太壮观了——无边的原野和天空。落日之美令人难以置信。然后，他在纸上画了一条线，写上一个新日期，而此时他已到达落基山脉。乔安有点反感他总是夸耀她从未去过的地方。在她看来，这是一种男性的炫耀：他放荡不羁。他总是在信的结尾处写道"真希望你也在这里"以及几个"吻你""抱你"。这似乎太正式了，就像是写给妈妈的信。就像在脸颊上轻啄了一下。

她把他寄来的第一封信放在枕头底下，但醒来时脸上和枕套上都沾上了蓝色墨迹。现在她把信放在床底的手提箱里，甚至都很难回忆起他长什么样了。一个影像飞过，是他脸部的特写：是个晚上，在他爸爸汽车的前座上。乔安听见了衣服的摩挲声。混杂着烟味。

菲斯克小姐跟跟跄跄地走进厨房。她身材矮小，十分丰满，走起路来摇摇晃晃；她总是梳着灰色发髻，穿着破旧的羊毛拖鞋——她的脚趾有点毛病——和一件褪色的蓝色及膝毛衣，不管多热都穿着。她把这份暑期工作当作度假。人们偶尔会看到她穿着显得胸部下垂的泳衣、戴着白色橡胶泳帽在水中漂浮，帽檐外翻着，让耳朵露出来。她从不把头弄湿，所以人人都在猜测她为什么还要戴帽子。

"嗨，姑娘们。差不多做好了？"她从不叫女服务员们的名字。当着她们的面，她都称她们姑娘们，背后则都称我的姑娘们。凡事只要出错，她都拿她们做借口：一定是其中某个姑娘做的。她还有一个职责，就是充当姑娘们的保护人：她就住在通往她们住处的小路上，她的耳朵就像雷达，她就像一只蝙蝠。

"我永远不会那么老，"乔安想，"我要在三十岁前死掉。"她清清楚楚知道这一点。这种想法让人伤心，但也令人满意。如有必要，如果某种消耗生命的疾病拒绝带她离开人世，她就吃药，自行了断。她并不觉得此刻有何不开心之处，但她打算以后不开心。她似乎需要不开心。

"这个国家不属于老人。"[1]她自言自语说。这是她背诵过的一首诗，虽然不是期末考试中考过的。她把它改成了"这个国家不属于老女人"。

当她们都穿好了睡衣，准备睡觉时，乔安提议为大家读一读《真正的垃圾故事》剩下的部分。但大家都太累了，所以，在换了更亮的灯泡后，她拿着手电筒，自己开始读。她有凡事都追根究底

---

1 这是叶芝的诗歌《驶向拜占庭》中的句子。

的冲动。有时她还会从后往前读。

不用说，玛琳怀孕了，德克知道后骑着自己的摩托车跑掉了。我不是那种喜欢过安定生活的人，宝贝。再见吧。随后便是摩托车发动的轰鸣声。妈妈崩溃了，因为她年轻时犯过同样的错误，并因此错失了很多良机，现在看看她沦落到了什么境地。玛琳哭着，后悔着，甚至还祈祷了。但幸运的是，那个让人觉得无聊的鞋店店员仍想娶她。于是，接下来该发生的都发生了。妈妈原谅了她，而玛琳也懂得了默默奉献的真正价值。她的生活也许并不精彩，但至少很温馨。在拖车停车场里，他们三人生活在一起。宝宝很可爱。他们还买了一条雪达犬，黄昏时分，它会追逐小木棍，把婴儿逗得咯咯笑。故事就这样以狗的出现结束了。

乔安把杂志塞进她狭窄的小床和墙之间。她几乎要哭了。她永远不会有那样一条狗，也不会有一个孩子。她不想要这些，而且考虑到那些她必须完成的工作，她怎么会有时间呢？她的日程表很长，虽然每一项都模糊不清。无论如何，她感到自己被剥夺了一切。

在两座椭圆形的粉红色花岗岩山丘之间，有一小片新月形的海滩。男孩们穿着泳衣（他们在独木舟旅行中从不穿泳衣，只有在营地附近才穿，因为可能会被女服务员们看见），站在齐膝深的水中，用黄色的阳光牌皂块擦洗湿淋淋的T恤和内裤。只有当他们的衣服都穿了个遍，或者他们屋子里脏袜子的恶臭变得过于浓烈时，才会出现这种洗衣服的场面。达斯教官在一旁监督，他舒展着身体，躺在一块岩石上抽烟，晒黑了的身体充分地享受着日光浴。当着营员的面抽烟是被禁止的，但他知道这群小孩不会说出去。安全起见，他把香烟放在靠近岩石的低处，偷偷地迅速抽上几口。

有什么东西击中了唐尼的头。是里奇揉成一团的几条湿内裤。唐尼扔了回去，很快就爆发了一场内裤大战。蒙蒂拒绝加入战斗，因此成为共同打击目标。"滚开！"他喊道。

"别闹了，你们这些小白痴。"达斯说。但他并没真的在意这场闹剧，他看到了别的东西，一件蓝色制服在树林中一闪而过。此时姑娘们本不应该出现在岛的这一边。她们应该待在自己的码头上，享受下午的休息时光。

达斯现在就待在树林里，一只胳膊靠在树干上。他正在和谁谈话；能听见有人低声说话的声音。唐尼知道那是罗内特，他可以通过她的身型和发色判断出来。而他却在这里露着搓衣板一般的肋骨和光秃秃的胸脯，像个孩子一样打着内裤之战。他开始厌恶自己了。

蒙蒂寡不敌众，但不想认输，便找借口说要上厕所，然后就消失在了通往厕所的路上。现在，达斯已了无踪影。蒙蒂此前已经洗好衣服，拧好后整齐地铺在滚烫的石头上晾晒。唐尼抓起这些衣服，把它们一件接着一件扔到一棵短叶松上。其他人兴高采烈，帮着他一起扔。等蒙蒂回来时，树上挂满了蒙蒂的内裤，而其他男孩都正在无辜地冲洗着自己的衣服。

共有四个人待在其中一座粉色的花岗岩岛上：乔安和罗内特，佩里和达斯。这是一次两两约会。两艘独木舟已半拉出水面，按规定绑在了短叶松树上，柴火烧得差不多了，在煤块上慢慢变成灰烬。西边的天空依然桃红，明媚闪耀，软熟多汁的月亮正冉冉升起，傍晚的空气温暖甜美，海浪轻轻拍打着岩石。乔安想，这正是夏季刊：《懒散迷茫》《日光浴指南》《船上的浪漫史》。

乔安正在烤蘑菇。她有一种特殊的烤法：她把蘑菇靠近煤炭，但不会太近，以免烤焦，只是尽量靠近火，这样蘑菇就会像枕头一样膨胀起来，慢慢变成褐色。然后她会把烤过的皮剥下来吃掉，再用同样的方法烤里面的白色部分，一层层剥着吃，直到最里面。她舔掉手指上的蘑菇汁，若有所思地盯着炭火发出的一闪一闪的红光。所有这些，都是为了无视或假装无事发生。

她的脸颊上本应该有一颗泪珠，画上去的，凝住不动。还应配上一个标题：心碎。在她身后地上铺开的防潮布上，有个人的膝盖抵着她的背，那是佩里，他正和她闹别扭，因为她不肯和他亲热。在岩石后面，在昏暗的火光之外，是罗内特和达斯。这是七月的第三个星期，众所周知他们是一对儿。在休息室里，罗内特会穿着达斯带有圣犹大教会学院徽章的运动衫；这些天她笑得多了，甚至在其他女孩拿他俩取笑时，她也会跟着笑。希拉里不会加入这样戏弄人的闹剧。罗内特的脸看起来更圆润、更健康，棱角仿佛被一只手抚平了。她不再那么警觉，也不再那么冷淡。乔安想，也该给她配上一个标题：我是不是太容易搞定了？

黑暗中传来衣服摩挲的沙沙声、轻微的低语声和喘息声，就像在周六晚上的电影院。群体性摸索。在黑暗中亲热的青年人。乔安想，他们可能会惊动响尾蛇。

佩里试探着把手放在她肩膀上。"要我给你烤蘑菇吗？"她礼貌地对他说。空气一下子凝住了，冷飕飕的。佩里对乔安来说并不是什么安慰奖：他那晒脱皮的肌肤、他那乞求的猎犬般的眼神都让她生气。她所谓的男朋友也帮不上什么忙，他只在火车轨道上呼啸而来，呼啸而去，在草原上来回飞驰，写着现在已不经常收到的墨迹斑斑的信。他的影像几乎要被抹去了，就像沉到了水里。

乔安想要的并不是达斯，不是真的达斯。她想要的是罗内特所拥有的东西，那种自我放弃的力量：毫无保留地放弃自己，不需要任何理由。正是那种慵懒，那种倾倒，那种纵欲的无知。而乔安自己所做的一切，不过是被问号包围着。

"蘑菇。天哪。"佩里悲伤的声音里带着受骗的意味。划那么久的船到这儿来到底是了什么？如果不是为了亲热一番，她到底为什么要来？

乔安为自己的失礼感到有些内疚。亲吻佩里一下，有那么痛苦吗？

是的。有。

　　唐尼和蒙蒂正在大陆上某个错综复杂的灌木丛中进行独木舟探险。阿达纳基营地以地形复杂闻名。五天来，他们和其他男孩，一共十二人，一直在湖上划船，拖着装备越过波涛环绕的巨石，或通过港口处恶臭的驼鹿草地，背着背包、拖着独木舟艰难地上坡，拍掉腿上成群的蚊子。蒙蒂的脚和手上都长了水泡。唐尼对此不以为意，他自己有个伤口正在溃烂。说不定他会染上血毒，神志不清地瘫倒在路上，在岩石和松针之间死去。这将恰合某人的意。应该有人为他感受到的痛苦付出代价。

　　教官是达斯和佩里。白天，他们挥舞着鞭子；晚上，他们就放松下来，背靠在岩石或树上，一边抽烟一边监督着男孩们生火，打水，做卡夫晚餐[1]。两个教官都有大块光滑的肌肉，在棕褐色皮肤下不断起伏，眼下都长出了短而粗硬的胡须。大家都去游泳时，唐尼偷偷藏了起来，嫉妒地看着他们的腹股沟。他们让他觉得自己瘦弱又幼稚，与他的欲望相比起来微不足道。

　　现在正是晚上。佩里和达斯还没睡，他们一边低声说着话，一边拨拉着快熄灭的火的余烬。此时男孩们应该都睡着了。他们带了帐篷，以防下雨，但自前天起，就没人再提议搭起帐篷了。污垢、脚汗和木头的烟熏味道在狭小密闭的空间里变得尤其强烈；睡袋堆得像奶酪一样高。露天的话，可以把自己卷在睡袋里睡；万一下雨，就把手边的防潮雨布支起来，躲在翻转过来的独木舟下面。

1　由卡夫公司生产的一种速食通心粉，加热即可食用。

　　蒙蒂是唯一支持搭帐篷的人。虫子正在攻击他；他说自己过敏。他讨厌独木舟探险，且一点也不隐瞒自己的厌恶之情。他说，等他长大可以拿到家里的钱了，他就会从B先生手里买下这个地方，然后立即关停。"数代还没出生的男孩都会为此感谢我，"他说，"他们会给我一枚勋章。"有时，唐尼几乎会喜欢上他。蒙蒂毫不掩饰自己成为肮脏卑鄙的百万富翁的梦想。他不虚伪，他不像其他富翁的孩子那样，假装想成为科学家或是从事其他报酬不高的工作。

　　现在蒙蒂正在扭来扭去，抓挠着虫子包。"嘿，芬利[1]。"他低声说。

　　"去睡觉吧。"唐尼说。

　　"我打赌他们带了一只瓶子。"

　　"什么？"

　　"我敢打赌，他们一定在喝酒。昨天我就闻到佩里呼出的酒气了。"

　　"所以呢？"唐尼说。

　　"所以，"蒙蒂说，"这是违反规定的。我们或许能从他们身上搞到点什么。"

　　唐尼不得不顺从蒙蒂。他当然知道分寸。他们或许能分享赃款。

---

[1] 芬利为唐尼的姓氏。

两人从睡袋里一点一点移出来，在火堆后转了一圈，弯着腰。他们从偷窥女服务员的经历中学到了不少东西。他们蹲在一棵枝叶稠密的云杉后面，寻找举起的肘部或瓶子的轮廓，同时耳朵竖得老高。

但他们没听到豪饮的声音。相反，他们听到的是对罗内特的议论。达斯正在谈论她，就像在谈论一块肉。他话里话外的意思是，罗内特允许他对自己随心所欲，想干什么就干什么。"夏季香肠"——他就是这样称呼她的。这是唐尼以前从没听过的说法，换作其他时候，他会觉得这很好笑。

蒙蒂压低着声音叽叽窃笑，用肘部戳了戳唐尼的肋骨。他知道这多伤害人吗？他在捅唐尼的软肋吗？唐尼喜欢罗内特。这种无休止的六年级小学生般的侮辱，总在谁爱上谁时让人受辱。唐尼觉得就像是自己被那些话玷污了一般，颜面尽失。他知道，蒙蒂会把这段对话讲给其他男孩听的。他会说，达斯一直把罗内特当"肉"享用。现在，唐尼厌恶这个词，因为这让他联想到两头正在生长的猪，或是周日烧烤餐会前待烤的两头已死但仍在挣扎的动物；虽然就在昨天他还说过这个词，并且觉得非常有趣。

他几乎忍不住要冲出灌木丛，朝达斯的鼻子揍上一拳。但那样的话，他不仅看起来很可笑，而且会被达斯揍扁。

他做了自己唯一能想到的事。第二天早上，当他们离开营地时，他偷走了蒙蒂的双筒望远镜，将它沉入湖中。

蒙蒂猜到是他，并且指责了他。出于某种骄傲，唐尼并未否认。他也说不出自己为什么这样做。当他们回到岛上时，B先生在餐厅里与他们进行了一次不愉快的谈话，或者说那不是谈话：B先生一直在说，唐尼一言不发。他也不看B先生，而是看着墙上的梭子鱼的头，盯着它那探秘者般圆溜溜的眼睛。

等到下次木船驶往城镇时，唐尼就在船上。他的父母对此很不开心。

现在是夏季的尾声。营员们都已经离开了，不过有些教官和所有的女服务员还在这里。明天，他们就会去主码头，登上慢船，穿过粉红色的岛屿，驶向冬天。

乔安有半天假，所以她没有在餐厅和其他姑娘一起洗碗，而是待在屋里收拾东西。她的行李已经整理好，就像被一张巨大的画布包裹起来的香肠，鼓鼓囊囊地靠在她床上；现在她正在整理自己的小手提箱。她的薪水支票已经塞进箱子里了：两百美元，这是很可观的一笔钱。

罗内特走进小屋，仍然穿着制服，她静静关上了身后的纱门。她坐在乔安床上，点上一支烟。乔安正拿着自己折好的法兰绒睡衣站在那里，有些警觉：有什么事发生了。最近，罗内特又变回从前那个沉默寡言的自己。她几乎不再笑了。在教官休息室里，达斯又玩起了调情游戏。他一直在围着希拉里转，而希拉里则假装没注意到——这是为罗内特着想。也许，现在乔安能知道他们分手的原因了。迄今为止，罗内特还什么也没有说。

罗内特抬头看着乔安，目光穿过她金色的刘海。虽然她还是涂着红色唇膏，但她仰头看人的样子让她看起来更年轻一些。"我遇到麻烦了。"她说。

"什么麻烦？"乔安问。罗内特悲伤地笑了笑，吐出一口烟雾。现在她看起来又老了些。"你懂的。那种麻烦。"

"哦……"乔安说。她抱着法兰绒睡衣在罗内特身边坐下。她觉得冷。一定是达斯。都怪那种挑动情欲的音乐。现在他将不得不娶她或者是做出别的补偿了。"你想怎么办？"

"我不知道，"罗内特说，"别说了好吗？不要告诉别人。"

"你不打算告诉他吗？"乔安问。她无法想象自己会做这样的事，完全无法想象。

"告诉谁？"罗内特说。

"达斯。"

罗内特吐出更多的烟雾。"达斯，"她说，"胆小鬼先生。不是他的。"

乔安很惊讶，同时也松了一口气。她还有些懊恼：有什么事她不知道，她错过了什么？"不是他的？那到底是谁的？"

但罗内特显然改变了主意，不想再继续说了。"我知道是谁，但你要自己猜了。"她说，稍稍挤出了一点笑。

"好吧。"乔安说。她出了一手汗，好像是她自己有了麻烦。她想帮点忙，但不知道该怎么做。"也许你可以——我不知道。"她不知道。堕胎？那是一个黑暗而神秘的词，与美国联系在一起。

这意味着你必须出国，花一大笔钱。要么去未婚妈妈之家，生下孩子给人收养？失落感袭过她全身。她预见到罗内特的未来：全身浮肿，面目全非，就像溺水了一样——一个牺牲品，成了自己身体的俘虏，为之奉献一切。她的身体以某种方式被分成几截，令人羞耻，没有自由。这种情形有点像修女。她心惊胆战。"我想你可以借助某种方式拿掉它。"她说。这根本不是她的真情实感。无论是什么样的孩子，都会出生，然后死亡。

"你在开玩笑吗？"罗内特语带轻蔑，"该死，我才不会那样做。"她把香烟扔在地上，踩灭烟蒂。"我要把孩子留下来。放心吧，我妈妈会帮我的。"

"是啊。"乔安说。现在她屏住了呼吸；现在她开始想知道，为什么罗内特要把这一切告诉自己，特别是她还没打算把事情全说出来。她觉得自己被耍了。这个人到底是谁，到底是他们中的哪一个呢？她在脑海里将教官的面孔挨个儿过了一遍，试图找到蛛丝马迹，但还是一无所获。

"不管怎样，"罗内特说，"我不用再回学校了。正如人们说的那样，感谢上帝的恩赐。"

乔安听出了她话里的虚张声势和一丝凄凉。她伸出一只手，轻轻捏了捏罗内特的胳膊。"祝你好运。"她说。她的话听起来就像比赛、考试或战争前人们会说的话一样。听起来很愚蠢。

罗内特咧嘴笑了笑，一侧牙齿上的缝隙就露了出来。"你也一样。"她说。

*　　　*　　　*

十一年后的一个炎热的夏日，唐尼正沿着多伦多的约克维尔大街散步。他已经不再是唐尼了。在某个时候，确切时间甚至连他也记不清了，他把名字改成了唐。他穿着凉鞋，下身穿着短牛仔裤，上身是一件白色印度风格的衬衫。他留着长发和胡子。胡子染成了黄色，而头发则是棕色的。他喜欢这样的效果：看起来像白人耶稣抑或是好莱坞海盗，全取决于他的心情。他脖子上挂着一串木珠子。

周六他去约克维尔时都是这身打扮；他去那儿纯粹只是闲逛，与其他同样去闲逛的一大群人混在一起。有时他也会玩得很疯狂，围着轮盘，就像抽烟那样肆无忌惮。他认为自己应该会很享受这种体验，而实际上并没有。

一周剩下的时间里，他在爸爸的律师事务所工作。在那儿，只要他穿着西装，他那小胡须就能幸免于难，当然，人们只是勉强不去过问而已。（其实，甚至上了年纪的家伙也留着鬓角，穿着花衬衫，嘴上常挂着"创造力"之类的词，这比以前更常见了。）他不会告诉他在约克维尔认识的人他从事的这份工作，就像他也不会告诉律师事务所的同事自己和朋友们的迷幻之旅。他过着双重生活，这让他觉得危险又充满勇气。

突然，他看到了街对面的乔安。他已经很久没想起她了，但那的确是她，无疑是她。她没有穿约克维尔女孩都穿的那种扎染裙子或是飘逸的制服；相反，她穿着一条轻快、公务风格的白色迷你裙，搭配着西装外套。她甩动着一只公文包，大步流星，似乎目标明确。这让她引人注目：在这里，人们公认的走路方式是闲庭漫步。

唐尼犹豫着是否应该跑过马路拦住她，向她公开自己认为秘密的真实身份。现在他只能看到她的背影，不一会儿她就会消失。

"乔安。"他喊起来。她没听到。他在车流间闪躲着追赶上她，碰了碰她的胳膊肘。"我是唐·芬利。"他说。他意识到，自己正站在那里咧着嘴笑，就像个傻瓜。幸运但也有点令人失望的是，她一眼就认出了他。

"唐尼！"她说，"我的天，你长大成人了！"

"我比你还高。"他说，像个孩子，也像个白痴。

"那时你就比我高了，"她笑着说，"我是说你长大成人了。"

"你也是。"唐尼说，他们两人都在笑，几乎就像同龄人。三四岁的年龄差在当时看来有很大的差别，但如今不算什么了。

所以，乔安想，唐尼不再是唐尼了。这意味着里奇现在是理查德了。至于蒙蒂，他已经成为了百万富翁，人们只会用首字母尊称他了。没错，他继承了一些财产，但都用在了有利可图的事情上；乔安不时会在商业报刊上看到有关他投资的报道。三年前，他与希拉里结了婚。想象一下这件事吧。这也是她在报纸上看到的。

他们一起去喝咖啡，坐在一张崭新而前卫的露天桌子旁，头顶是一只色彩鲜艳的木制大鹦鹉。他们之间有种亲密感，俨然是老朋友。唐尼问乔安在做什么。"我靠才智谋生，"她说，"现在是自由职业者。"目前她在为广告撰写文案。她的脸变瘦了。青年时期的婴儿肥已经消失了；曾经让人难以描述的头发被塞进一顶时尚帽子里。她的腿也漂亮极了。敢穿迷你裙的女人必须有一双美腿。许多女人穿迷你裙都显得矮墩墩的，就像火腿穿上了衣服，腿从裙子底下钻出来，就像两根白面包。乔安的腿放在桌子下，唐尼看不到，但发现自己一直惦念着那双腿。以前在女服务员的码头上，在这双腿清晰可见的时候，他却从来没这样惦念过。那时他对所有美腿都视而不见，也完全忽略了乔安。他所有的注意力都在罗内特身上。现在的他更像是一个鉴赏家。

"我们过去常常偷窥你们，"他说，"常常偷看你们裸泳。"事实上，尽管他们绞尽脑汁，也从来没能多看到一眼。姑娘们自始至终紧紧裹着浴巾，直到进到水里，而且那时候天色也已暗了。白茫茫一片，模糊不清，只能听到尖叫声、看到水花飞溅而已。最了不起的收获也无非是一些私密处的毛发。有几个男孩自称看到了姑娘们的隐私部位，但唐尼觉得他们只是在吹牛。或者是他在嫉妒？

"真的吗？"乔安心不在焉地说。然后又说道："我知道。我们能看到灌木丛晃来晃去。我们当时想的是，你们太可爱了。"

唐尼觉得自己脸红了。他很高兴自己留了胡子；胡子能遮掩点什么。"那不可爱，"他说，"其实我们都心怀鬼胎。"他还记得猪肉这个词，"你还见过其他人吗？"

"没再见过别人了，"乔安说，"我过去常常在大学里见到其中几个，比如希拉里和亚历克丝。也碰到过几次派特。"

"罗内特呢？"他问。这是他唯一真正想问的问题。

"我过去常见到达斯。"乔安说，似乎没听到他问了什么。

过去常见到，这是夸大其词。她只见过他一次而已。

那是在冬天，是二月。他从《大学》的编辑部给她打电话：他就是这样找到她的联系方式的，他在校报上看到了她的名字。那时，乔安几乎不记得他了。距她当服务员的那个夏天已经过去了三年，好似若干光年一样久远。那个在火车上工作的男友早就离开了她；没有谁天真到来取代他的位子。她不再穿白色鹿皮鞋，也不再唱歌了。她穿着高领毛衣，喝着啤酒和大量咖啡，写一些愤世嫉俗的文章曝光校园餐饮设施问题。然而，她已经放弃了在年纪轻轻时就告别人世的想法。如今看来，那种想法显得过于浪漫了。

达斯想要约她一起出去。具体点说，他想带她参加兄弟会的舞会。乔安大吃一惊，竟答应了，虽然现在她玩在一起的人从政治角度都不喜欢兄弟会这种组织。她必须偷偷地去，而且她也确实这样做了。不过，她不得不向室友借衣服。那种活动都是半正式的，她从高中起就再也没有屈尊去参加什么半正式的活动了。

她上一次见到达斯时，他的头发被太阳晒得发白，皮肤也晒成了深棕褐色。而现在是冬天，他的皮肤让他看起来苍白且营养不良。还有，他不再跟大家调情了，甚至没有与乔安调情。相反，他把她介绍给了其他几对情侣，敷衍了事地与她跳舞，接着就开始大喝一通——那是一种掺着葡萄汁的烈性酒，兄弟会的人都称之为"紫耶稣"。他告诉乔安，他和希拉里订婚六个多月了，但她刚刚甩了他，甚至连原因都没说。他说，自己约乔安出来，是因为她是那种可以倾诉的女孩，他知道她会理解。在那之后，他吐了很多"紫耶稣"，先是吐到她裙子上，然后——当她把他带到外面的阳台上时——他又吐到了雪堆上。雪堆上染上了紫色，好看极了。

乔安给他喝了些咖啡，然后自己搭便车回到住处。她不得不从结冰的防火梯爬上去，从窗户爬回房间，因为已经过了门禁时间。

乔安很受伤。对达斯来说，她只不过是一只摇动的大耳朵。同样，她也怒火冲天。她借来的裙子染成了淡蓝色，和"紫耶稣"一起吐出来的不只是水。第二天，达斯打电话道歉——圣犹大教会学院至少教会了他某种礼节——乔安把洗衣费单子给了他。即便如此，裙子上仍残留着一丝淡淡的污渍。

那天在他们跳舞的时候，在他开始说脏话和晕头转向之前，她问："你有罗内特的消息吗？"她仍保留着叙述的习惯，她仍想知道故事的结局。可他看着她，一脸茫然。

"谁？"他问。这不是假装不知道，而是真不记得了。他记忆中的这段空白让乔安非常不快。她自己也可能会忘记一个名字，甚至一张脸。但一具身体呢？一具曾经跟你那么密切接触过的身体啊，还有那些耳畔私语，那些黑暗中你摸我索的沙沙声，那种刺心的疼痛——这对任何身体来说都是一种侮辱，包括她自己的身体。

在结束了与B先生和梭子鱼头标本会谈后，唐尼走到他们洗衣服的小海滩。屋子里的其他男孩都出去航海了，但他现在不受营地日程的限制，他被开除了——不光彩的开除。连着七个夏天，他都在这里服从着命令，从此以后他可以为所欲为了。他不知道这意味着什么。

他坐在一块凸出的粉红色岩石上，脚踩着沙滩。一只蜥蜴从岩石上爬过，爬到他手边，速度不快。这只蜥蜴没有发现唐尼，它的尾巴是蓝色的，如果被抓住，尾巴就会掉下来。这种蜥蜴人称石龙子。他一度曾以懂得这些知识为乐。海浪升起又退去，就如同熟悉的心跳。他闭上双眼，只听到机器的声音。他可能很生气，或者很伤心。他自己也不清楚。

罗内特毫无征兆地出现在那里。她一定是从他身后的小路上穿过树林走过来的。她仍穿着制服，虽然现在离晚餐还有段时间。现在只是下午，这个时候女服务员通常会离开码头去换衣服。

罗内特在他身边坐下，从围裙下的某个暗袋里掏出香烟。"抽烟吗？"她说。

唐尼拿了一根，说了声"谢谢你"。不是谢谢，也不是像电影里那些身穿皮夹克的男人那样一言不发，而是"谢谢你"，就像圣犹大教会学院的好学生，傻帽一个。他让她给自己点上烟。他还能怎么办呢？火柴在她手里。他小心翼翼地吸了一口。他其实不怎么抽烟，也害怕会因此咳嗽。

"我听说他们把你踢出去了，"罗内特说，"那真是太糟了。"

"没关系，"唐尼说，"我不在乎。"他不能告诉她原因是什么，他一直都很骄傲。他希望自己不会哭。

"我听说你把蒙蒂的双筒望远镜扔了，"她说，"扔到湖里了。"

唐尼只能点头。他瞥了她一眼。她在微笑；他能看到她嘴里那个令人心碎的缝隙：她缺了颗牙齿。她觉得他很有趣。

"好吧，我和你站在一边，"她说，"他有点鬼鬼祟祟的。"

"不是因为他，"唐尼说，坦白的需要，或者说被严肃对待的需要压倒了一切，"是因为达斯。"他转过身，第一次直视她的眼睛。她的眼睛那么绿。现在，他的手在发抖。他把香烟丢进沙子里。明天他走后，他们就会找到那个烟屁股。他会离开，把罗内特留在这里，任凭她被别人说三道四。"是因为你。他们都在说你的闲话。都是达斯说的。"

罗内特不再笑了。"说了什么？"她问。

"不必在意，"唐尼说，"你不会想知道的。"

"你不说我也知道，"罗内特说，"那个浑蛋。"她听起来并非生气，而是有些无可奈何。她站起身，双手伸向身后。唐尼过了一会儿才意识到她正在解围裙。一解下来，她就轻轻拉住了他的手。他顺从地跟着她，绕过岩石山丘，除了大海，什么都看不见了。她先坐下，接着躺下，微笑着伸出手，把他的手按到自己身上。她蓝色制服前面的扣子已经解开。唐尼不敢相信这种事会发生在自己身上，完全像是白日做梦。就像梦游，就像跑得太快，世上没有可比之物。

"再来一杯咖啡吗？"乔安说。她向女服务员点了点头。唐尼没有听到她的话。

"她真的对我很好，"他说，"罗内特。你知道，在B先生把我赶出去的时候。当时那对我意义重大。"他感到内疚，因为他从未给她写过信，他不知道她住在哪里，也没有采取任何办法去找她。他甚至一直在想：他们是对的。她是个荡妇。她的所作所为让一部分的他深感震惊。对此他还没准备好。

乔安微微张着嘴，看着他，仿佛他是一只会说话的狗，一块会说话的石头。他紧张地摸着胡须，不知道是说错了什么，或是泄露了什么秘密。

就在刚刚，乔安看到了故事的结局，或者说故事的一个结局。或者至少是故事缺失的某一部分。这正是罗内特没有说出实情的原因：是唐尼。她一直在保护他；或者也许她一直在保护自己。一个十四岁的男孩。荒唐可笑。

在当时看来也许荒唐可笑，现在却没什么大不了。现在你可以做任何事，都不会让人吃惊。人们最多只会耸耸肩。一切都很酷。就像用一根线划出两边，一边是现在，另一边是过去，过去比现在更暗，但同时也更明亮。

她望向线的那边，看到了九个穿着泳衣的女服务员，沐浴着明媚的阳光，在码头上大笑，其中也有她；海岸线上阴影幢幢且沙沙作响的灌木丛中，隐藏着危险的性。这在那时是危险的。是罪孽。是禁果，秘密而淫秽。病态的欲望。省略号就已完美地表达了这一点，在那时没有其他词语可以表达。

另外，还有婚姻，这代表着妻子腰间的格子围裙和婴儿的游戏围栏，一种甜蜜的安全感。

但事情并没有按照那种方式发展。性已成为家常便饭，被剥夺了原有的神秘感，变得可以让人接受。这就是所发生的事，像曲棍球一样平凡。如今，只有禁欲会让人皱眉头。

罗内特身上发生的一切都已留在了过去，明暗变幻的时光为之打上了斑驳的印痕，使之受到了污损，带上了光晕，还被他人的形容词掩住了真相。现在是否人人都在做她当时做的事？更实际的问题是：她生下那个孩子了吗？是不是她自己抚养的？唐尼就这样甜蜜地坐在她桌子对面，而他完全有可能是一个十岁孩子的爸爸，而他对此根本一无所知。

她应该告诉他吗？戏剧化的场景诱惑着她，揭露事实、引发骚动的想法诱惑着她，干净了断的结局诱惑着她。

但那也不会是故事的结局，而只是另外一个故事的开始。无论如何，这个故事在她看来已经过时了。那是一个古老故事，一个民间故事，一件蹩脚的马赛克工艺品。那是一个现在绝不会再发生的故事。

02.

Hairball

毛 球

十一月十三日，死亡之月里的一个倒霉的日子，凯特住进多伦多总医院做手术。她卵巢里长了一只很大的囊肿。

医生告诉她，很多女人都会长这种囊肿。没人知道原因。囊肿是不是恶性的，是不是已经包含了死亡孢子，也根本无从判断。在医生进入到她卵巢前，谁都不知道。医生谈到"进入"时的口吻，犹如她在电视纪录片中听到的老兵们谈论攻击敌方阵地时的口吻：都是下巴紧绷，牙齿狠咬，都表现出一种冷酷的快感。区别只在于医生要进入的是她的身体。凯特在倒计时，等着麻醉药起效，牙也咬得紧紧的。她感到害怕，但也好奇。正是好奇心让她挺过了很多困难。

她已让医生答应将囊肿保存下来，留给她，这样的话，不管那是个什么东西，她都可以看看。对自己的身体，她极有兴趣，对身体可能选择做的事或生产的任何东西也都非常感兴趣；尽管做杂志版面策划的达尼娅告诉她，这种冗生是身体向她传递的信号，她睡觉时可在枕头下放块紫水晶，这样可以平稳心率。达尼娅瘦得就像薄片，凯特叫她先把自己吃胖点。

囊肿最终被确认是良性的。凯特愿意用"良性"这个词，这样就好像囊肿有了一颗灵魂，并祝她一切顺利。医生说，囊肿如同葡萄柚般大小。"是椰子般大小。"凯特说。其他人才长葡萄柚般大小的囊肿呢。"椰子"这个词更好，可以表达出囊肿的硬度，以及它毛茸茸的状态。

囊肿里的毛发是红色的——长长的毛发结在里面一圈又一圈地盘绕着，就像一团发疯的羊毛线团，或者像堵住浴室出水槽的毛团被拉出来时的样子。里面杂有小骨头，或骨头碎片；也有鸟骨，被汽车碾压过的麻雀骨。还夹杂着指甲，有脚指甲，也有手指甲。还有五颗完整无缺的牙齿。

"这不正常吧？"凯特问。医生在笑。既然他已"一进一出"，且凯特毫发无伤，他也就没那么紧张了。

"不正常？正常，"他小心翼翼地说，仿佛在向一位妈妈宣布她刚生了一个畸形儿，"要我们说，这相当普遍。"凯特略显失望。她更喜欢与众不同。

她问医生要了一瓶福尔马林溶液，把切了口的肿瘤放进去。这是她的，还是良性的，不应该就这么扔了。她把肿瘤带回自己的公寓，贴着壁炉架放好。她给它起了个名字：毛球。这和在壁炉上放一个毛绒玩具熊头，或某个保存完好的宠物标本，或其他任何有毛皮和牙齿的东西没什么两样；或者是她假装没什么两样。不管怎样，它确实让人一见难忘。

吉尔不喜欢毛球。尽管人们以为他喜欢新奇之物，但他其实有点神经质。在凯特手术后，他第一次来探病（偷偷摸摸、鬼鬼祟祟地来的）时，就告诉凯特把毛球扔出去。他的理由是"感到恶心"。凯特直接顶回去了，并说自己宁愿把他带来的湿漉漉的死花扔出去，也要把毛球放在壁炉架上的瓶子里，不管如何，死花都比毛球腐烂得快。毛球更适合做壁炉架的装饰品。吉尔说，凯特凡事都要推向极端，越过底线，这种倾向完全是年轻人渴望博人眼球的欲望在作祟，并不明智。他说，总有一天，她会过犹不及。他的意思是，他会觉得太过分。

"你就是因为这个才雇我的，不是吗？"她说，"因为我凡事太过。"但他正忙着进行分析。他能从她发表在杂志上的文章里看出这些倾向。那些皮革啦，那些怪里怪气、看起来像受着折磨的造型啦，所有这些都朝着他和其他人完全无法确定是否应该继续遵循的道路前进。她清楚他在说什么吗？她明白他的意思吗？他以前就表达过这些观点，而她只是微微摇头，一言未发。她听出了他的话中之话：广告商一直在抱怨"太离奇了，太变态了"。举步维艰。

"想看看我的伤疤吗？"她说，"不过，别逗我笑啊，不然伤疤会裂开的。"这种事总让他头晕目眩：任何带有一丝血迹的东西，任何一种妇科病，都会让他这样。两年前，他妻子生孩子时，他几乎吐在了产房里。他曾自豪地把这事告诉了凯特。凯特听了，只想斜叼起一根香烟，就像20世纪40年代黑白电影中的人物一样，把烟吐到他脸上。

过去他们争论时，她的傲然不敬常使他感到兴奋。随后他就会抓住她的胳膊，气吼吼地猛吻她。他吻她时，就好像有人在看着他，对着他们亲吻的样子指指点点。亲吻最私密的地方，坚硬而有光泽，双唇紫红，板寸头；亲吻一个姑娘，一个女人，一个身穿紧身迷你裙和紧身裤的姑娘。他喜欢亲吻时对着镜子。

但他此时没兴奋起来。她无法诱他上床；她没准备做那事，她还没痊愈。他喝了杯酒，但没喝净，随后拉着她的手，在她那披着米黄色超大羊驼毛披肩的肩膀上优雅地拍了几下，然后迅速离开了。

"再见，杰拉尔德。"她说出这个名字时，语带嘲讽。这等于否定了他，废掉了他，就像从他胸前把勋章扯下来一样。她在警告。

他们第一次见面前，他就叫杰拉尔德。改变这个叫法的是她，她先是把他变成格里（Gerry，与flair"天资"押韵），然后变成吉尔（Ger，与dare"勇敢"押韵）。她叫他扔掉那些邋遢的尖角领带，教他怎样穿鞋，让他买了一套宽松的意大利西装，给他新理了发。他目前的许多口味——对食物、对饮料、对娱乐性的药品、对女性情趣内衣的等——也都曾是她的口味。在他人生的新阶段，他那全新的、生硬的、精简为以尖利的r结尾的名字，也都是她的创造物。

　　她也是自己的创造物。童年时代，她是被浪漫化的凯瑟琳，她那双眼迷离、喜欢挑剔的妈妈给她穿看起来像荷叶边枕套的连衣裙。到了高中，她去掉了多余的饰边，一个朝气蓬勃、圆脸蛋儿的凯茜出现在人们面前，刚洗过的秀发闪闪发光，牙齿让人嫉妒，急于讨好人，和健康食品广告里的姑娘一样有趣。读大学时，她是凯丝，身穿格子衬衫和写着"夺回黑夜[1]"的牛仔裤，松松垮垮，但并无脏字，头上还戴着泥瓦匠风格的条纹牛仔尖顶帽。当她逃到英国时，她把自己的名字简化成了凯特。这个名字更加干练，就像街头的流浪猫，又像一根钉子，锋利且非同寻常。在英国，你得做点能引人注目的事，尤其当你不是英国人时。有了这个化身，她就安全了，她度过了兰博[2]时代，即20世纪80年代。

　　她现在仍然认为，正是这个名字让她获得了面试机会，然后得到了那份工作。那是一份相当前卫的时尚杂志，是那种将女性黑白照片印在哑光纸上的杂志。过度曝光的女性特写，掠过眼睛的发丝，一只鼻孔突出：杂志名叫"剃刀之刃"。理发成了美发，一种真正的艺术，电影评论，一点点魅惑，思想的橱子里有衣服，衣服的橱子里有思想——形而上学的护肩。她熟练地掌握了这个行当的门道。她学到了实用之术。

　　她一路努力攀升，从排样到版面设计，然后负责监管整个出版

1　一项国际女权运动，旨在抗议性别暴力。

2　《兰博》，又译《第一滴血》，是家喻户晓的系列电影，前三部均在80年代上映。

流程，再负责所有事务。这并不容易，但一切都很值得。她成为了创造者；她创造了杂志的整体外观。过不了多久，她就可以走在苏荷区的大街上，或者站在发布会的大厅里，见证自己的创意变为现实，穿着自己搭配的服装四处闲逛，滔滔不绝地发表自己的陈词滥调。这样的她就像上帝，只有上帝从不墨守成规。

等她的脸不再圆润，但牙齿还没脱落的时候——这与北美牙医有关。她把大部分头发剃掉，工作起来不要命，脖颈完美地一转，就能传达出一种傲然的权威感。你必须让人们相信，你知道某种他们还不知道的事情；你还必须让他们相信，他们也可以知道这件事，这会给他们带来卓越感、权力和性吸引力，这会让他们招人嫉妒——不过这要付出代价：那就是购买杂志。人们永远无法理解的是，这本杂志完全是相机造就的。相机定格光，定格时间。只要掌握好拍摄角度，她能让任何女人看起来丑陋，任何男人也一样。她也能让任何人看起来漂亮，或者至少有趣。这都只是摄影而已，都只是人像摄影而已，都只是选景时的眼光而已。这些东西永远买不到，无论你从可怜的月薪中拿出多少买了蛇皮手袋。

尽管发展态势良好，《剃刀之刃》杂志社的薪水却非常低。许多时髦的衣物凯特都买不起。伦敦恶劣的攀比风气和高消费开始让凯特心生厌烦。她厌倦了在文学作品发布会上大吃小点心以节省日常开销，她厌倦了酒吧红褐色地毯上弥漫着的香烟的闷臭味，她厌倦了一到冬天就冻裂的水管，也厌倦了克拉丽莎们、梅丽莎们和佩内洛普们[1]在杂志上滔滔不绝地大谈特谈她们如何曾经一整夜真正地、绝对地、完全地冻僵了，以及如何真正地、绝对地、完全地从来没有碰到那么冷的天。总是那么冷。水管总是冻爆。没有人会想到安装货真价实的水管，那些下次不会冻爆的水管。爆裂的水管是英国的传统，与其他许多传统没什么区别。

比如，就拿英国男人来说吧。他们发出圆润的元音，措辞轻浮，诱惑你脱掉内衣，然后，一旦俘获你的芳心，他们就惊慌失措地逃之大吉，要不就磨磨唧唧，在你身边不停地抱怨。英国人称之为发牢骚而不是抱怨，这样说确实更好。就像吱吱作响的铰链。英国人认为发牢骚是一种传统的讨人欢心的方式。这是他对你表达信任的方式，这是在允许你认识真正的他，一个内敛的、牢骚不已的他。这也是他们私下看待女性的方式：牢骚容器。凯特会玩这种把戏，但并不表明她真的喜欢玩。

但与英国女性相比，凯特有一个优势：她不属于哪个阶层。她没有阶层，她自成阶层。她能周旋于不同类型的英国男人之间，因为她知道自己是安全的，他们不会用放在裤兜里随身携带的阶级标准和口音检测器来衡量她，她也不会受到他们内心深处积聚的卑鄙、势利和怨恨的影响。这种自由的另一面，是她不受任何人控制。她是一个殖民者——多么新奇，多么生机勃勃，多么掩人耳目，最终却多么徒劳一场。就像墙上的一个洞，人们可以告诉她一

---

1 克拉丽莎、梅丽莎和佩内洛普都是当红女明星的名字。

切秘密，然后毫无愧疚地抛弃她。

当然，她太聪明了。英国男人富有好胜心；他们喜欢赢。她受过好几次伤害。两次堕胎，因为和她发生关系的男人们没采取预防措施。她学会了说：不管如何，我都不想生孩子，如果真想要个小毛头的话，那就买一只沙鼠好了。她的生命开始显得漫长无际。她的肾上腺素正在枯竭。她很快就三十岁了，而放眼未来，她没看出有什么新鲜的东西。

杰拉尔德出现之前，凯特就处于这种状况。"你太棒了。"他当时是这么说的，凯特准备好了听这种话，哪怕是他说的，哪怕"太棒了"这种词可能只有50年代留平头的男人才会说。那时她也已经准备好听到他的声音了：就像五大湖那种平淡、充满金属感的鼻音，r的发音清楚生硬，没有戏剧性。沉闷的标准音。她的同胞都是这样说的。她突然意识到，自己是一个背井离乡的流浪者。

杰拉尔德在物色，杰拉尔德在招募新人。他已经听说过她，也看过她的劳动成果，他找到了她。多伦多的一家大公司正在推出一本新的时尚杂志，他说：当然，内容要高端、国际化，但也要带有一些加拿大的本土时尚风格，并附带上能够真正买到杂志所展示的物品的商店清单。他们觉得这样的话就可以完胜那些美国杂志，后者认为你只能在纽约或洛杉矶买到古驰产品。真见鬼，时代已不同，你在埃德蒙顿就能买到！你在温尼伯也能买到。

凯特已离开太久。现在还有加拿大时尚吗？英语俏皮话会说

"加拿大时尚"是一种矛盾修饰法。她忍住没说出自己的想法，而是一边用氰绿色的考文特花园牌打火机——精品皮革饰面（《剃刀之刃》五月刊就是这样介绍其特色的）——点燃了一支香烟，一边盯着杰拉尔德的眼睛。"伦敦有很多可以放弃的东西。"她平静地说。她环顾了一圈他们见面的梅菲尔饭店，他们刚在这儿吃完饭，她之所以选择这家餐厅，是因为知道他会付账。否则，她从不会在吃饭方面花那么多钱。"我可以去哪里吃饭呢？"

杰拉尔德信誓旦旦地说多伦多现在是加拿大的餐饮圣地，他很愿意做她的美食向导。这里有一条很棒的唐人街，也有世界级的意大利菜。然后他停了下来，吸了一口气。"我一直想问你，"他说，"有关你的名字。凯特是《疯狂猫咪》[1]里那只'凯特'猫的名字吗？"他觉得自己的话已经充满暗示性。这种话她以前听过。

"不是的，"她说，"是'科特凯特'[2]的凯特。是一种雀巢巧克力棒，含在嘴里就化。"她瞪了他一眼，嘴角抽了抽。

杰拉尔德开始慌张起来，但他还得继续说下去。他们想要她，需要她，爱她，他诚心诚意地说。相对而言，她拥有新奇、充满创造力的方法和经验，这对他们而言价值不菲。除了金钱，他们还会给她其他回报。她会参与最初的概念设计，她会在杂志发展过程中发挥影响，她可以放手一搏。他说出了雇用她的价格，数额大到让

1　《疯狂猫咪》（*Krazy Kat*）是一部动画片，主角之一是一只叫Kat（与凯特谐音）的猫。

2　科特凯特（Kitkat）是雀巢公司生产的巧克力威化品牌，中文名叫"奇巧"。

她倒吸一口凉气，当然她没出声。都到这种时候了，她知道不该背叛自己的欲望。

　　于是她踏上了归途，经受了历时三个月的文化冲击，尝遍了伟大的中国菜和世界一流的意大利菜，逮到机会就在杰拉尔德的助理副总裁办公室引诱他。这是杰拉尔德第一次在这种场所被引诱，也许是最后一次。尽管已经是下班时间，但被人看到的危险性仍让他抓狂。在公司偷情，这种想法本身就足够大胆。事情是这样的：凯特跪在宽大的地毯上，穿着富有传奇色彩的胸罩，至今他只在《纽约时报》的周日内衣广告上看到过这种胸罩，她就当着银色相框里他和妻子的订婚照解开了他的衣服，照片放在桌子上，旁边放着一支让人讨厌的圆珠笔。在那个时候，他感到身不由己，似乎是被迫取下结婚戒指，并小心地放在烟灰缸里。第二天，他给她带了一盒大卫·伍德食品店的松露巧克力。这是最好的巧克力，他告诉她，急不可耐地想让她意识到巧克力的品质。她觉得他的动作很平庸，但也很甜蜜。平庸、甜蜜和渴望给她留下了深刻的印象：这就是杰拉尔德。

　　若在伦敦，她不会诱惑杰拉尔德这种男人。他既没趣，也非学识渊博，说话几乎没有什么吸引力。但他很急切，很容易驾驭，就如一张白纸。他虽然比她大八岁，但看起来年轻许多。与他偷情给她带来了快乐，他在偷偷摸摸的出轨中表现出的孩子般的快乐也让她十分愉悦。他对此充满感激。"我简直不敢相信这种事会发生在我身上。"他说了很多次，频繁得毫无必要，且一般都是在床上说。

凯特在许多乏味的公司事务中遇到过（且仍会遇到）他妻子，这有助于她理解为何他感激自己。他的妻子是个严肃谨慎的女人。她叫谢丽尔。她似乎还在用大卷发棒和护发喷雾胶来打理头发；她的脑子里是劳拉·艾什利牌墙纸：就像细小的、未绽放的彩色花蕾，齐齐整整排列着。她可能做爱时会戴上橡胶手套，事后还要在日程清单上一一核对，将做爱视为另一件可恶的家务事。她看着凯特时，就好像想对着她喷空气除臭剂。凯特则在脑子里幻想谢丽尔的浴室，以此进行报复：绣有百合花的毛巾，马桶上盖着毛茸茸的坐垫圈。

杂志出师不利。虽然凯特手里有大把的经费可用，虽然处理色彩也是一项挑战，但她并没得到杰拉尔德承诺的自由。她不得不同公司董事会的男人们抗争，他们都是会计师或与会计工作密不可分。他们都小心翼翼，行动迟缓如鼹鼠。

"这轻而易举，"凯特对他们说，"你用人们认为理所当然的形象轰炸他们，你让人们对自己现在的样子感到厌恶。你要处理的是现实和感知之间的差距。这就是为什么你必须用某种新鲜的，某种他们以前从未见过的、未来也难以见到的东西轰炸他们。没有比焦虑更值钱的东西了。"

但董事会认为，杂志只应向读者销售他们已经拥有的东西。更多一些皮草，更奢华的皮革制品，更多的羊绒产品，更出名的品牌产品。董事会没有即兴发挥的意识，也不愿冒险；他们没有运动本能，也不想只是为了好玩而欺骗读者。"时尚就像狩猎。"凯特这样告诉他们，是希望能让他们分泌更多的雄性荷尔蒙，如果他们有的话，"时尚具有游戏性，很激烈，具有掠夺性。它是血液和胆量的交汇，能激起人的性欲。"但对那群男人而言，这关乎品位。他们想要的是"让人成功的服装"，而凯特想要的则是散弹枪伏击的效果。

一切都成了妥协。凯特本想把杂志命名为"时尚怒潮"，但董事会认为这个名称里包含有"愤怒"之意，就否决了。他们认为这一切太具女权主义色彩。"这是20世纪40年代[1]的声音，"凯特说，"40年代回来了。难道你们没感受到？"但他们不听她的。他们想命名为Or，是法语，意思是金子，这样才足以直截了当地显露杂志的价值。但凯特对他们说，这使杂志没有任何基调。他们最后达成一致，叫"费利斯"（Felice），这个名字具有双方都想要的品质。这个词听起来有点像法语，意为"快乐"（远不如"愤怒"的威胁性），而且，对凯特而言，这个词有一种猫科动物的意味[2]，抵消了蕾丝花边的效果，虽然她没指望别人注意到这一点。她用粉红色的唇印设计出杂志的徽标，使这种意味更强烈了。她可以勉强接受，但这个名字并非其初恋。

1　20世纪40年代是欧美女权主义第一波浪潮来临的时代，尤为激进。

2　Felice与Feline（猫科动物）拼写相近。

这场战斗一直在持续，一战再战，每一项创新设计、凯特想要引入的每一个新视角、无伤大雅的奇思妙想，都伴随着一场战斗。围绕着要不要展示褪下一半的女式内衣、伴之散落一地的打碎的香水瓶，双方展开了一场剧烈的争吵。围绕两条穿着新潮丝袜的白腿——且一条腿用第三种颜色的长袜绑在椅子上——双方又是一场狂吵。价值三百美元的男士皮手套为何要模棱两可地绕在脖子上，他们也无法理解。

这种状态持续了五年。

杰拉尔德离开后，凯特在客厅里踱着步。一步，又一步。她一步步挪动着双腿。她毫不期待微波炉里剩菜加热成的孤独晚餐。她不明白自己为什么要回到这座小城，这座受了污染、靠近内海的平庸小城。是因为吉尔吗？这想法非常可笑，但也不是没有可能。尽管她对他越来越不耐烦，但他是她留下的原因吗？

他不再全心全意回报她了。他们太了解彼此，现在都直走捷径；以前偷来的耳鬓厮磨的整个下午——一起滚床单，刺激感官——现在锐减成几个小时，在工作和晚餐之间来个急就章。她不再清楚自己想从他那里获得什么。她自言自语，自己有更大的价值，应该扩展自己的视野；但她眼里并没有其他男人，不知何故，她无法做到这一点。她也曾尝试过一两次，但都没有奏效。有时她会出去与某位同性恋设计师共进晚餐或看电影。她喜欢自己沾染上点闲言碎语。

也许她想念伦敦。在这个国家，这个城市，这个房间里，她感到如囚在笼。她可以从房间开始，先打开一扇窗。这里太沉闷了。装毛球的瓶子散发出福尔马林溶液的味道。除了杰拉尔德今天送来的花，她做手术时收到的鲜花大都枯萎了。想想看，她住院时他为什么没送花？是他忘了，还是要传达某种信息？

"毛球啊，"她说，"我希望你能与我说说话呀。这个火鸡场[1]里大多是失败者，与他们谈话，还不如与你谈话更让我聪明。"毛球的乳牙在灯光下熠熠闪光；似乎就要开口说话了。

凯特摸摸额头。她不知道自己是否在发烧。正有不祥之事背着她发生。杂志社给她打的电话不像以前多了；没有她，他们就糊弄日子，一直都是这样，这不是好消息。宝座上的女皇永远不应该去度假，或去做手术。不安感萦绕着她。她对这些事有第六感，她经历过太多的宫廷政变，知道政变前的信号，她敏锐地感觉到了背叛即将到来的脚步声。

翌日清早，她振作起来，喝了一杯迷你咖啡机里磨出的浓缩咖啡，挑出一件挑衅性的带有"谁敢碰我"字样的盔甲灰色绒面革套装，拖着脚步去了办公室，虽然她下周才需要去上班。惊讶，惊讶。当她一瘸一拐走过走廊时，各种嘤嘤私语停止了，大家都假模假样地迎接她。她坐在自己极简风格的办公桌前查收邮件，她的头怦怦直跳，伤口缝合处隐隐作痛。吉尔听说她回来了；他想尽快见

1　Turkey Farm，英语中指专门安置工作能力差但不得开除的人的地方。

她，但不是要和她共进午餐。

他新装修好的的办公室是麦白色的，他在那里等着她，里面有一张18世纪的书桌，一只维多利亚时代的墨水瓶，相框里嵌着从杂志上裁下的图片：栗色皮革包着的手、戴珍珠手铐的手腕、扭成眼罩的爱马仕围巾，下面是甜美张开的模特的嘴，这些都是他们共同挑选的，都是她的得意之作。他装扮高雅，身穿"舔我脖子"型敞领丝绸衬衫，"令人心碎"型意大利丝绸羊毛宽松针织毛衣。哦，漫不经心的酷。哦，眉毛亦能语。他是一个贪图艺术的富人，现在他有艺术了，现在他就是艺术。人体艺术。她的艺术。她的工作出类拔萃；他终于性感了。

他光滑如漆。"我本来想下周再向你挑明的。"他说。他要透露给她的是董事会的决议。他们认为她过于乖张，太离经叛道。对此他无力回天，尽管他曾想尽力挽回，他当然会这样做。

尽力挽回！这是背叛。怪物已经掉过头，开始攻击创造了它的科学怪人。"你的生命是我给的！"她想冲他尖叫。

她身体不好，几乎无法站立。尽管他搬了一把椅子让她坐下，但她仍然站着。她现在知道自己想要什么了，明白自己错过什么了。杰拉尔德正是她一直所缺少的那部分——稳定、不合时宜、过时、固执的杰拉尔德。不是吉尔，不是她按照自己的形象创造出来的那个杰拉尔德。而是另一个杰拉尔德，是被毁掉之前的那个杰拉尔德。是那个有一间房子、一个孩子，将妻子的照片嵌进银色相框并放在办公桌上的杰拉尔德。她也希望自己的照片能被放进银色相框里。她想要孩子。她被劫掠一空了。"取我代之的幸运儿是谁？"她说。她需要一支烟，但不想让人看出她双手在颤抖。

"实际上，是我。"他说，尽量显得谦虚一些。

太荒唐了。杰拉尔德连电话簿都编不好。"是你？"她淡淡地说。她良好的修养让她忍住没笑。

"我一直想摆脱这里的财务工作，进入创意领域。"他说，"我相信你能理解，因为无论如何都不会落到你头上。我知道你更喜欢一个可以，嗯，在你的基础上继续发展的人。"自负的浑蛋。她盯着他的脖子。她渴望得到他，又憎恨自己渴望得到他，却又对此束手无策。

房间摇摇晃晃。他滑过麦黄色的宽阔地毯，奔向她，抓住她裹在灰色仿麂皮上衣里的胳膊。"我会给你写一封很好的推荐信，"他说，"这件事尽可放心。当然，我们仍会见面的。我会想念我们的午后时光。"

"当然。"她说。他吻她，一个性感之吻，或者说看起来就像在吻第三者，她让他吻了。鬼才信你。

她乘出租车回家。司机对她粗鲁无礼，但侥幸没被她报复；她精力不济。在她信箱中有一封让她刻骨铭心的邀请函：吉尔和谢丽尔将于明天晚上举行酒会。邮戳时间是五天前。谢丽尔总是落后于时代。

凯特脱下衣服，简单冲了个澡。身边没什么能喝的，也没什么能嗅闻的，也没有烟抽。真是太疏忽了；她把自己困住了。还有其他工作可做，还有其他男人，或者说理论上如此。尽管如此，她身上还是有什么东西被夺走了。这种事怎么会发生在她身上？当刀刃抵在她后背上时，她总能反身一刺。任何阻碍她前行之路的人，她总能及时察觉，并且挫败对方。也许她正在失去自己的优势。

她盯着浴室里的镜子，玻璃雾蒙蒙的，她打量着自己的脸。那是一张20世纪80年代的脸，一张面具般的脸，一张有底线的脸；把软弱推到墙上去，抓住一切能抓之物。但现在是90年代了。她这么快就过时了吗？她才三十五岁啊，已经不知道比自己小十岁的人在想什么了。那可能是致命的。时光易逝，她以后不得不跑得越来越快才能跟上，而这都是为什么呢？她本应拥有的生活只是一条裂隙，它并非真的存在，她的生活什么都不是。还有什么可以挽回的？有什么可以从头再来？到底还能做些什么？

她泡好澡，爬出浴缸时，差点儿摔倒。毫无疑问，她发烧了。她体内有什么东西在渗漏，或者在溃烂；她能听到那种声音，就像水龙头滴水的声音。伤口正在化脓，这是先前过度劳累造成的。她应该去医院看急诊，打抗生素针。但她没去，而是摇摇摆摆走进客厅，从壁炉架上取下装着毛球的瓶子，放在咖啡桌上。她盘腿而坐，侧耳倾听。细丝抖动的声音。她听到了一种蜂鸣声，就像蜜蜂劳作时的声音。

她问过医生，囊肿是否能发育成一个婴儿，它是不是一只偷逃出来的受精卵，进错了孕育的床。不是的，医生说。有人认为这种肿瘤是生命初萌的形态，或这之前的形态。它也可能是女人身体里未发育好的双胞胎。虽然肿瘤上有多种人体组织，甚至有脑组织，但它们究竟是什么，尚不得而知。当然，所有这些组织都缺乏结构。

她静静地坐在地毯上，看着肿瘤，她把它想象成一个孩子。毕竟它是从她身上掉下来的肉。是她的肉中之肉。是她与杰拉尔德的孩子，她夭折的孩子，她不能正常成长的孩子。她畸形的孩子，她以此实施报复的孩子。

"毛球，"她说，"你太丑了。爱你的只有妈妈。"她对此感到伤心，怅然若失。泪水滑过她的面孔。她不习惯哭泣，她通常不会哭，最近更不会。

毛球在和她说话，无言地对话。它已不可复原，它有现实的质感，而不是一个形象。它要告诉她的，是她从来都不想听的关于自己的一切。这是一种新知识，黑暗、珍贵且必要。它停不下不说了。

她摇摇头。你干的是什么事啊，坐在地板上和一个毛球说话？你病了，她提醒自己。她服用了一片泰诺，上床睡觉。

翌日，她稍觉好些了。排版部的达尼娅打来电话安慰她，叽叽咕咕，像只鸽子，还说要在午饭时过来，看看她状态如何。凯特让她离自己远点。达尼娅气得冒火，说凯特被炒鱿鱼是前世不道德行为的报应。够了，凯特说；不管怎样，她此生做过的不道德之事已足以导致如今的结果了。"你怎么这么愤世嫉俗？"达尼娅问。她说这话的时候不像在表达观点，听起来她是真的很困惑。

"我不知道。"凯特说。回答直截了当。

挂断电话后，她在地板上来回踱步。她身体里噼里啪啦响成一片，就像挂在烤架上的热油脂。她在思忖着谢丽尔，后者正在自己温馨的房子里忙碌着，为派对做准备。谢丽尔会抚弄着自己固定不变的发型，摆好一个插满鲜花的花瓶，冲着筹办餐饮的人大惊小怪。杰拉尔德走进来，在她的脸颊上轻轻吻了一下。一番夫妻恩爱的场景。他的良心已清洗得干干净净。女巫死了，他的脚踏在尸体上，这是给他的奖品；他曾有过肮脏的婚外情，现在已经准备好度过余生了。

凯特乘出租车到大卫·伍德食品店买了两打松露巧克力。她把巧克力放进一个超大盒子，然后又放进一个标有商店标志的超大袋子。然后回家，从瓶子里取出毛球。她用厨房的过滤器滤去毛球的水分，然后用纸巾轻轻拍打，半干后撒上可可粉，这样毛球就附上了一层棕色的糊状外壳。毛球闻起来仍有一股福尔马林溶液的味道，所以她先用保鲜膜裹起来，然后再用锡纸包住，然后再包上粉色的薄纸，最后系上淡紫色的蝴蝶结。她把毛球放进铺满细纸带的大卫·伍德包装盒里，两边是松露巧克力。她合上盒盖，用带子扎紧，放到大袋子里，并在上面塞了几张粉红色的纸。这是她的礼物，珍贵而危险。这是她的使者，使者要传递的信息就是使者自身。无论谁问，它都会说实话。它应该属于杰拉尔德；毛球毕竟也是他的孩子。

她在贺卡上打了一行字："杰拉尔德，抱歉不能与你在一起。

这就是'怒潮'。爱你的，K。"

华灯初上，派对应如火如荼时，她订了辆送货出租车。毛球装在这么贵重的礼品包里，谢丽尔不会拒收。她会当着所有人的面打开。随后苦恼会接踵而至，疑虑也会重重而来。秘密会揭开。痛苦也将至。从此之后，一切都将一发而不可收拾。

凯特身体很不舒服；她的心脏在怦怦乱跳，她觉得房间又开始摇晃起来。但窗外正在落雪，她童年时那种柔软、潮湿、安静的雪花。她穿上外套走出去，这有点蠢。她本只打算走到拐角，但走到拐角处，她又继续前行。雪融化在脸上，就像小手指在触摸着她。她做了一件令人发指的事情，但她并没有负疚感。她觉得自己放松了、平静了、充满良善之念，她暂时没了自己的名字。

Isis in Darkness

03.

黑暗中的伊西丝

* 伊西丝（Isis）是古埃及神话中的生命女神。她的丈夫奥西里斯（Osiris）曾被谋杀分尸成四十八块，扔到了埃及的各个角落。伊西丝找到他的尸骸并拼凑在一起，使之复活。

赛琳娜是怎么出现的？理查德一坐在办公桌前，一开始整理自己的档案卡，都会习惯性地自问这个问题，试图从头理清线索。

他有一大堆设想出的答案。在他的想象中，她有时乘着由绿松石和翠绿色丝绸制成的巨大气球，降落到平平无奇的屋顶上，有时骑着中国茶杯上的那种金鸟抵达。而在其他时日，就像星期四这种更阴郁的日子——他知道，在她的日历上，星期四是阴险日——她都会穿过一条漫长的地下隧道，隧道上镶嵌着血红色的珠宝和神秘的铭文，在火把的光照下熠熠闪光。多年过去，她都是这样走着，她的袍服拖曳着，是袍服，而不是衣服。她的眼睛凝视着，像被施了催眠术，因为她是那些被诅咒的人之一，即她的生命不会终结；她就这样一直走着，走着。终于在一个月夜，她出现在了彼得罗夫斯基墓的铁栅栏门口，这是一座真实的墓地，尽管不可思议地挖到了安乐山公墓入口附近的山坡上，这是另一座同样真实的古墓。

（她喜欢那种庸常与神秘的交汇之处。她曾经说过，宇宙不过是个甜甜圈。她甚至能说出甜甜圈的品牌。）

门锁断开了。铁门缓缓打开。她现身了，对着突然变得冷飕飕的月亮举起了双臂。世界在变化。

还有其他一些设想。这取决于他借鉴了哪个神话。

真实答案是存在的。她和理查德来自同一地区：大萧条前的那个古旧老城多伦多，沿着湖岸延展开，就在女王街电车轨道以南。这个地方的房子都是直立的小户型，外墙的木板都已剥落，前门廊也已塌垂，草坪斑枯。当年，这些房子既不古朴，也没人翻新，并不招人喜欢。他只想尽快逃离这种使人便秘的中下阶层白人贫民窟，因为它让他想起了自己身上肮脏与局限的那一面。她逃离的动机或许与他一样。他喜欢自己这种想法。

他们甚至在同一所让人窒息的高中读书，尽管那时他从未注意过她。但他为什么要注意她呢？他大她四岁。她进校时，还只是一个瘦弱的、战战兢兢的九年级学生，而他几乎要毕业了。他无法想象她也在那所学校；他无法想象她也曾在同一条褪色的绿色走廊上闲逛，砰的一声关上同样布满划痕的储物柜，将口香糖粘在同样像笼子一样的书桌下面。

她和高中应该处于相互毁灭的对立面，就像物质和反物质的关系。每次他把她的形象与学校形象放在一起，其中的一个或另一个就会爆炸。通常是学校形象爆炸。

赛琳娜非其真名，她只是占用了这个名字而已。任何有助于她构建自己新的、更喜欢的身份的东西，她都会占为己有。她放弃了旧名，即玛乔丽。理查德在检查自己的研究对象的过程中，误打误撞地知道了她的真名，他试图忘记这个名字，但终究徒劳。

他第一次见到她的情况，在任何档案卡上都没有记录。他只记下他不太可能记住的事情。

那是1960年，50年代末或60年代初，这取决于你如何看待这个"0"。赛琳娜后来称之为"*白炽蛋／孵化万物的蛋*"，但对当时正在努力钻研《存在与虚无》的理查德来说，这个"0"代表着一条死胡同。读研究生一年级时，他靠批改写得一塌糊涂的本科生论文获得微薄的补贴金。他感到疲惫不堪，他在走下坡路。衰老正在迅速逼近。他才二十二岁。

第一次遇见她，是在某个星期二晚上，在那家咖啡馆里。就是在那家咖啡馆，因为据理查德所知，多伦多再没有一家那样的咖啡馆。咖啡馆名叫波西米亚大使馆，暗示那里弥漫着反资产阶级情调，而在一定程度上也确实如此。咖啡馆有时会收到很多不明真相市民的邮件，他们在电话簿中看到了咖啡馆的名字，还以为这里真是大使馆，所以写信咨询如何办理旅行签证之事。这成为咖啡馆常客的快乐来源，但理查德不是常客。

咖啡馆位于一条铺满了鹅卵石的小街，在一家废弃仓库的二楼，要经过一段没有栏杆、充满危险的木楼梯才能到那里。咖啡馆里灯光昏暗，烟雾缭绕，所以经常被消防部门勒令关闭。墙壁漆成了黑色，桌上铺着格子布，摆着滴着烛泪的蜡烛。就是在这里，理查德第一次见到蒸馏咖啡机。这台机器实际上就是咖啡馆的标志，以此向其他咖啡馆显示了自己的优越性，也表明它远远领先于多伦多的文化时尚。但它也存在缺陷。当你大声朗读诗歌时——理查德有时就会这样——咖啡吧后面的马克斯可能会打开咖啡机，来上一个"嘶嘶嘶"的声效，就像有人被高压锅煮得快闷死了一样。

咖啡馆里周三和周四有民谣表演，周末则是爵士乐。理查德有时会在这些晚上去咖啡馆，但他周二必去，无论那天他自己是否有诗歌要朗诵。他想弄清楚自己的竞争对手有多少。他的竞争者不多，但早晚都会在波西米亚大使馆咖啡馆现身。

对于那些急于摆脱资产阶级生活和体面收入的桎梏的年轻人来说，诗歌就是他们的出路。这就和绘画在世纪之交发挥的作用一样。理查德眼下知道了这一点，虽然他那时不知道。他不知道现在与诗歌起同等作用的东西是什么。他曾猜想，对那些自以为是的人来说是拍电影。而对那些不自以为是的人来说，那就是在乐队里打鼓。这些乐队的名字通常令人作呕，诸如"动物油脂"或"行尸走肉"等，他二十七岁的儿子可以作为例证，不过理查德无法密切关注儿子的动向，因为他和理查德的前妻生活在一起。（仍然在一起！都到他这个年龄了！为什么他没有自己的房间，自己的公寓房，自己的工作？理查德发现自己在思考，心痛辛酸。他现在明白自己的爸爸当初为什么对自己发火了：他过去常穿黑色高领毛衣，因为留胡子而邋里邋遢，在每周日的家庭晚餐上边吃着土豆和肉，边高谈阔论《荒原》，后来甚至更卖力地宣讲金斯伯格的《嚎叫》。但他那时感兴趣的至少是意义，他自言自语。或者是文字。至少他还对文字感兴趣。）

他把握文字的能力很强，曾在大学里的文学杂志和其他两本不知名杂志上发表过一些诗，其中一本还是铅印的。看着这些印成铅字的诗，下面还署着自己的名字，他感到前所未有的满足感，从未有任何东西让他如此满足。他用的是自己姓名的首字母缩写，如同T.S.艾略特那样，这样的名字听起来更老成。但他犯了个错，就是将其中一本杂志给爸爸看了，爸爸是邮局里的基层管理人员。他看了一眼杂志，皱了皱眉，咕哝了几句，但当他带着一袋刚洗好的衣服回自己租住的房子时，他在路上听到老爸正大声给老妈读自己的一首自由体的反十四行诗，一定是唾沫星飞溅，边读边笑，间或还能听到妈妈不悦的声音："好了，约翰！对他别太挑剔！"

反十四行诗是献给玛丽·乔的，一个矮胖、实在的女孩，留着淡金色的童花头，在图书馆工作，理查德几乎和她有一段情事。

"我沉陷进你的双眸"，他的爸爸咆哮起来，"这是一双沼泽般古老的眼哪！天哪，当他往下说到奶头时，他会怎么说？"

而他的妈妈，继续扮演着古老阴谋剧中的角色："好了，约翰！真是的！注意用词！"

理查德一本正经地自言自语说：不要介意。他爸爸除了读《读者文摘》和平庸的平装小说，其他什么都不读，所以啊，他能知道什么？

　　那个星期二对理查德而言很特殊，此时他已不再写自由体诗了。那种诗没有挑战性。他想写一些更严谨、更具有结构性的东西；他现在承认了，有些事并非人人都能做。

　　他在当晚朗读会的第一组中读了自己的作品，共五段六节诗，后附一节维拉内拉诗。他的诗优雅、繁复；他对自己很满意。蒸馏咖啡机一直响到了他读最后一节诗，他开始怀疑马克斯是在故意搞破坏，不过有几个人发出"嘘"声，示意机器安静下来。他读完，人们礼貌性地鼓掌。理查德坐回自己角落的位子，偷偷摸了摸自己的脖子。黑色高领毛衣让他起了皮疹。就像他妈妈逢人便说的那样——当然是对可能对此感兴趣的人——他的皮肤极其敏感。

　　在他之后轮到一位年龄稍大的女诗人朗读，她来自西海岸，头发如草。她朗读了一首长诗，诗中描述的是风如何在双腿之间穿过。诗里有一些活泼的暴露性词语，有即兴式的四字词语；这些都能在艾伦·金斯伯格的诗里找到，但理查德觉得自己的脸竟发热了。女诗人朗读完，走到理查德身边坐下。她搂着他的胳膊，小声说："你的诗很好听。"然后，她目不转睛地注视着他的眼睛，撩起裙子，搭在大腿上。因为有格子桌布挡着，加上咖啡馆里烟雾缭绕、幽暗一片，其他人都没看到这一幕。这明显是在挑逗他。她在看他有没有胆子偷窥一眼她藏在裙子下过时的恐怖，不管那是什么样的恐怖。

理查德涌起一股冷漠的怒火。他本应口水横流，像发疯的猴子一样把她压在楼梯上。他讨厌那些关于男人的假设，讨厌量油杆式的性爱，讨厌动辄垂涎三尺，讨厌傻瓜式的挑逗。他真想暴揍她。她至少有五十岁了。

他自己现在也到这个年龄了，理查德沮丧地注意到了这一点。赛琳娜逃过了这一劫。他视之为一种逃脱。

诗歌朗诵间歇，会穿插一段音乐表演，每个星期二都是这样。一个姑娘留着又长又直的中分黑发，坐在高脚凳上，把古琴放到膝盖上，高亢而清脆地唱了几首悲伤的民谣。理查德正心烦意乱地考虑着如何摆脱胳膊上缠着的女诗人的手，同时又不显得粗鲁，虽然他想粗鲁。（但她比自己年长，出过书，人脉广。）他想托辞去洗手间，但咖啡馆的洗手间只是个小隔间，锁都没有，直接通向大厅。一有人上厕所，马克斯就会恶作剧般把门打开。除非你关掉灯，摸黑去小便，否则你上厕所的样子就很可能会被公之于众，就像圣诞节时的幼儿园一样光亮闪耀，而你的双手还在胯部摸索。

他以刀抵酥胸，
她迎他入暖怀。

姑娘就这样唱着。我正好可以走了，理查德想。但他不想那样做。

　　哦威利威利，不要杀我，
　　归于永恒，我还没准备好。

　　都是性与暴力，他现在想起来了。很多歌曲都关乎这些主题。我们甚至没留意，还以为那是艺术。

　　紧随其后，赛琳娜出场了。以前他没在这里见过她。她似乎是凭空出现在窄小的舞台上的，出现在咖啡馆仅有的一盏聚光灯下。
　　她很瘦弱，几乎可以说是纤细。她的头发就像那个民谣歌手一样长而黑，还中分。她的眼睛被黑色的眼线勾勒出来，这正成为一种时尚。她身穿黑色高领长袖连衣裙，外面披着一条披肩，披肩上绣着类似蓝绿色蜻蜓的图案。
　　哦，天哪，理查德想，他仍然会用学校里那种孩子气的方式骂人，就像他爸爸。"又一个惊世骇俗的女诗人，"他想，"现在我们就要听到更多关于女性生殖器的词了。"他用上了一个读研究生时才学到的词。
　　随后，她一开口，他就沦陷了。她的声音温暖而丰富，有一股暗香，就像肉桂一样，声音非常响亮，让人觉得不可能出自这么一个身材瘦弱的女人。她的声音充满诱惑，但并不刻意。它打开了通向惊奇的入口，分享了一个让人刻骨铭心的秘密；通向辉煌。但其中也隐藏着一种欢乐的潜流，就好像你是一个被她的性感吸引住的傻瓜；似乎即将发生一个宇宙笑话，简单而神秘的笑话，孩子们的那种笑话。

她朗读的是一连串简短的抒情诗，名为"黑暗中的伊西丝"。

那位掌管天地的古埃及皇后在冥界游荡，收集她那被谋杀和肢解的情人奥西里斯尸体的碎片。与此同时，她也在拼凑自己的身体，她在重组物质宇宙。她凭依自己这一爱的行为创造了宇宙。

这些都没发生在古埃及王国，而是发生在平庸、昏暗的多伦多，就在夜幕下的斯帕迪纳大道上，就在漆黑的服装工厂、熟食店、酒吧和当铺中间。这是一种哀悼，也是一种庆祝。理查德以前从没听到过这种诗。

他回到自己的座位坐下，抚弄着自己乱糟糟的胡须，极力想找出这个女孩和她所读之诗的瑕疵：琐碎、过火和自命不凡，但他做不到。她很聪明，这让他感到害怕。他感到自己谨小慎微的天赋正在萎缩成一颗干豆子那么大。

蒸馏咖啡机这次没有砸场子。她朗读完，先是一阵安静，然后才响起掌声。没人说什么，这是因为大家不知道怎么理解她的诗，如何接受这件事，不管这是一件什么事，都已经发生在他们身上了。在那一瞬间，她改变了现实，他们需要深深吸口气，才能再回到现实生活。

理查德起身，把女诗人赤裸的双腿推开。他不再关心她可能认识谁了。他端着马克斯刚煮好的咖啡，向赛琳娜走去，而她刚刚坐下。

"我很欣赏你的诗。"他好不容易开了口。

"欣赏？欣赏吗？"他认为她在嘲弄自己，虽然她没笑，"欣赏，这个词太俗了。说崇拜，如何？"

"那就是崇拜。"他说，感觉自己做了两回傻瓜，先是说了欣赏，第二次又跳进她的陷阱。但他得到了回报，她请他坐下了。

他能贴近看她了，她的眼睛是绿松石色的，虹膜上有一圈黑环，像猫眼。她的耳环是蓝绿色的，像只金龟子。她长着一张心形脸，肤色泛白；对于长期涉猎法国象征主义作家的理查德来说，这让他想起了一个词：丁香。披肩、描着黑眼线的眼睛、耳环，很少有人能成功地把这一切协调起来，但她的行为举止让人觉得好像这只是她的日常行头。五千年前的任何一天，你在尼罗河畔旅行时就是这身装扮。

这也是她表演的一部分，不同寻常，但自信满满。效果完全达到了。最糟糕的是，她才十八岁。

"可爱的披肩。"理查德没话找话。他感觉自己的舌头就像牛肉三明治。

"不是披肩，是桌布。"她垂着头说。她抚摩着身上的桌布。然后，她笑了："现在是披肩了。"

理查德不知道自己是否应该鼓起勇气发问，但问什么呢？他是否能送她回家？家这种平凡的东西，她有吗？但如果她拒绝了呢？

正当他处心积虑思考时，呆头呆脑的咖啡师马克斯走过来，一只占有欲极强的手搭在了赛琳娜肩上，她抬起头，冲他笑了笑。理查德没有等着看这是否有什么意味。他找了个理由，离开了。

他回到自己租住的房间，给她写了一首献诗，是六节诗。然而这是一种徒劳的努力。诗没有捕捉到她的任何信息。他把诗烧了，他以前从未这样对待过自己的诗歌。

在随后的数周里，理查德加深了对她的了解。或者说他自以为对她了解得更多了。每个星期二晚上，当他走进咖啡馆时，她会冲着他颔首致意，微微一笑，算是打招呼了。他就走到她身边坐下，聊上一会儿。她从来都不谈自己，也不谈自己的生活。相反，她对待他的方式，就好像他是一位诗歌同行，如同她本人，是诗歌新手。她谈的都是出版过她诗歌的杂志和她已开始动笔的写作计划。她在为电台写一部诗剧；她会得到报酬。她似乎觉得，赚到足够的钱维持生计只是时间问题，尽管何为足够，她几乎没什么概念。她也没说自己目前以何为生。

理查德觉得她很幼稚。他本人采取了更明智的做法：拥有研究生学位，他就能在学术盐矿中获得报酬。但谁会为诗歌付酬，尤其是她写的那种诗？她的诗不属于任何类型，听起来和其他诗歌完全不同。它们太古怪了。

她就像一个在十层楼顶上梦游的孩子。他不敢大声提醒她，以防她醒过来，然后摔下去。

图书管理员玛丽·乔给他打了几通电话。他含含糊糊地以工作过累为由搪塞过去。在难得的星期天，他仍然会出现在父母家，洗洗衣服，吃一次爸爸所谓的体面饭，为此他不得不忍受妈妈令人痛苦的审视。她的观点是，他的大脑一直紧张，可能会导致贫血。事实上，他根本就没在工作。他房间里堆满了早该批改完的学生论文；他没有多写过一首诗，多写过一行诗。相反，他总是到附近的饮品屋去吃黏糊糊的鸡蛋三明治或一杯接一杯地喝生啤，要不就是去看下午场的电影，那种两场连放的廉价电影，如女人长了两颗脑袋，或男人变成了苍蝇。晚上他把时间都花在了咖啡馆里。他不再感到厌烦，他只觉得绝望。

让他感到绝望的正是赛琳娜，但他说不出为什么。部分原因是他想进入她的内心，找到她隐藏自己天赋的最深处的洞穴。但她总是和他保持距离。对他如此，在某种程度上对其他人也都如此。

赛琳娜朗读过几次诗。这些诗每次都引人惊叹，每次都与众不同，都与其祖母无关，与雪无关，与童年无关；与垂死的狗或任何类型的家庭成员无关。取而代之的是凛然不可侵犯、诡计多端的女人，魔幻般不断变化的男人；然而，在这些人身上，理查德认为自己辨认出了波西米亚大使馆咖啡馆里一些常客的身影，但他们的轮廓都变形了。那不正是马克斯白金色的尖脑袋和冰蓝色眼睑的双眼吗？还有一个男人，一个瘦削而热情的男人，留着小胡子，一副西班牙人阴燃的表情，这让理查德咬牙切齿。一天晚上，那个男人向所有人宣布，他曾得了严重的阴虱病，结果不得不把阴毛都剃光了，把腹股沟涂成了蓝色。那会不会是他的躯干，装上了燃烧的翅膀？理查德说不清楚，这让他发疯。

（但理查德认为，她的诗歌里从来没出现过他，也从来没出现过他粗短的脸、棕发和淡褐色眼睛。甚至一行都没有。）

他振作精神，批改论文，还完成了一篇论赫里克的机械装置意象的论文，用来确保自己能从本学年顺利进入下一学年。他带玛丽·乔参加了一次周二的诗歌会。他认为这样可以稀释一下自己对赛琳娜的感情，就像酸碱中和一样；这样就能把她从自己脑子里清理出去。玛丽·乔对她没留下什么印象。

"她从哪里弄来的那些破衣烂衫？"她说。

"她是一位才华横溢的诗人。"理查德说。

"我才不管呢。那东西看起来像块桌布。她为什么把自己的眼睛化得像假的似的？"

理查德觉得自己像被割了一刀，留下了一道只有他自己知道的伤口。

他不想娶赛琳娜。他也从未想到要娶她。他无法将她置于烦琐而舒适的家庭环境：为他洗衣服的妻子，为他做饭的妻子，为他端茶送水的妻子。他想要的只是能和她在一起，一个月，一个星期，哪怕只一个晚上。不能在汽车旅馆的房间里，也不能在汽车后座上；这些肮脏之地，他年轻偷腥时都混过，都不行。一定得另择他处，更黑暗、更奇异的地方。他想象中是在一个地穴，里面都是象形文字；就像《阿依达》的最后一幕。同样的绝望，同样的狂喜，同样的湮灭。经历了这些，你要么重获新生，要么销声匿迹。

这不是欲望。欲望是你对玛丽莲·梦露的那种感觉，或者是对胜利脱衣舞俱乐部的脱衣舞娘的感觉。（赛琳娜写过一首关于脱衣舞俱乐部的诗。对她而言，脱衣舞娘不是一群抖着长满皱纹的赘肉的胖荡妇。她们是半透明的；她们是超现实的蝴蝶，破光茧而出；她们光彩照人。）

他渴望的不是她的肉体。他渴望的是被她改变，变成一个不一样的自己。

时值夏天，大学放假，咖啡馆关门。在下雨天，理查德会躲在潮闷的房间里，躺在凹凸不平的床上，卧听雷声；明媚的晴日也同样湿漉漉的，他会穿行在树林里，躲在树荫下。他不愿去图书馆。如果再与玛丽·乔来一次黏糊糊的近乎做爱的表演，他就会永远阳痿：她用湿吻挑逗他，像护士般翻弄他的身体，尤其是她在最后时刻明智地停止越雷池的行为。

"你不会想把我肚子搞大吧。"她会这样说，她说得对，他没这样想过。对一个以书为业的女孩来说，她无聊得令人叹为观止。但后来，她有了自己的强项，那就是编目。

理查德知道她是一个健康的女孩，外表看起来也正常。她会对他好。他妈妈是这样说的，他犯过一次错，唯一一次，就是带她回家吃周日晚餐，随后妈妈表达了自己的看法。她就像咸牛肉、白软干酪和鱼肝油。她如同一杯牛奶。

有一天，他乘渡轮去了沃兹岛，随身带着一瓶意大利红酒。他知道赛琳娜住在岛上。至少她在诗中这样写过。

他不清楚自己到岛上要做什么。他想见她，抱住她，和她上床。他不知道自己将如何从第一步走到最后一步。他不在乎结果如何。他想要她。

他上了岛，在街上走来走去，他从未来过这里。这里的房子都是些度假小屋：廉价，不结实，护墙板呈白色或浅色，也有的镶着隔热瓷。这里禁止车辆通行，因此只有骑自行车的孩子和穿着泳衣在草坪上晒日光浴的矮胖女人。便携式收音机在播放着节目。这不是他脑子里赛琳娜应该生活的环境。他想找人问问她住在哪里，他们应该知道，她在这里卓尔不群，但他不想宣扬自己的到来。他在考虑要不要掉头乘下一班渡轮回去。

就在此时，在街尾，他看到了两棵大柳树，树荫下是一栋很小的单层小屋。她在诗中写到过柳树。他至少应试试运气。

门开着。就是她的住处，因为她正在房子里。看到他，她丝毫没感到意外。

"我在做花生酱三明治，"她说，"我们可以去野餐。"她穿着一条宽松的黑色棉质休闲裤和一件无袖上衣，散发着一种东方风韵。手臂白嫩细腻。脚着凉鞋；他看着她修长的脚趾，脚指甲上涂着淡淡的桃粉色指甲油。他注意到她的指甲油有些斑驳，心头一紧。

"花生酱？"他傻傻地说。她说话的样子就好像一直在等着他。

"还有草莓酱，"她说，"除非你不喜欢果酱。"她仍保持着那种有礼貌的距离感。

他递上那瓶酒。"谢谢，"她说，"不过你得自己喝掉了。"

"为什么？"他说。他没想到会是这样。他本以为她会很喜欢，然后给他一个无声的拥抱。

"如果我喝，我就停不下来。我爸爸酗酒。"她一脸认真，"他在别处，就因为酒。"

"在冥界？"他说，他用了她诗歌中的暗示，并且自以为用得还算优雅。

她耸耸肩："或者无论哪里。"他觉得自己像个笨蛋。她回到小厨房桌子边，继续涂抹花生酱。理查德不知道该说什么，就往四处看了看。房子只有一个房间，陈设简陋。这里几乎就像一个苦修室，或者说是他想象中的苦修室。角落里放着一张桌子，上面有一台黑色的旧打字机，还有一个用木板和砖块搭成的书架。一张窄床上铺着一床亮紫色的印度棉被，兼做沙发。房内有一个小水槽，一只小炉子。还有一把莎莉·安牌的安乐椅，一张褪色的编织地毯。墙上没挂任何照片。

"我不需要挂照片。"她说。她把三明治放到一个皱巴巴的纸袋里，示意他出门。

她带他去了一个防波石堤，在这里坐着可以俯瞰湖面，他们开始吃三明治。她在牛奶瓶里装了柠檬水；他们轮流喝。这像一种仪式，又像一种交流的方式；她在与他分享一些什么。她盘腿坐着，戴着太阳镜。湖面上有两个人划着独木舟从他们面前经过。湖水涟漪泛动，波光熠熠。理查德觉得很荒唐可笑，同时也很高兴。

"我们不能在一起。"过了一会儿，她舔着手指上的果酱，对他说。理查德猛地惊醒过来。从来没人这样突然理解他。这就像一个戏法；他觉得不太舒服。

他本应假装不明白她的意思。但相反，他问："为什么不能？"

"你终会厌倦的，"她说，"然后你就会从那儿消失，不久以后。"

厌倦，这正是他想要的。在圣火中燃烧殆尽。同时，他也意识到，自己无法对这个女人产生任何实际的、肉体上的欲望；这个女孩，现在正坐在防波石堤上，就在他旁边，手臂纤细，乳房扁平，晃荡着双腿，就像一个九岁的孩子。

"不久以后？"他说。她这是在对他说，你太善良了，不能浪费在我身上吗？这是不是一种恭维？

"就是当我需要你时，"她一边说，一边用蜡纸包好三明治，塞进纸袋里，"我送你去渡口。"

他被她算计了，被打败了，还被窥探了。也许他就是一本打开的书，也是个傻瓜，但她没必要提醒他这一点。他们一起向渡口走去，走着走着，他发现自己怒气越来越大。他仍抓着包装袋中的酒瓶。

在轮渡码头，她拉着他的手，正式地握了握。"谢谢你来看我。"她说。然后把太阳镜推至头顶，露出那双充满力量的碧绿的眼睛。"光只为某些人照耀，"她温和又悲伤地说，"即使对这些人来说，光也并非一直照射。其余时间你都是独自一人。"

但这一天他已经听够了她说的格言。"爱演戏的婊子。"在渡轮上，他自言自语。

他回到自己的房间，把酒喝掉了大半瓶，然后给玛丽·乔打电话。她一如往常，先与一楼爱管闲事的女房东周旋一番，然后蹑手蹑脚地来到他房门口，他一把把她拉进屋，非常粗鲁。他醉醺醺的，嘲弄般地抱住她，弄得她向后弯着腰。她开始傻笑起来，但他吻得很认真，并将她推到床上。既然无法拥有自己想要的东西，那他至少得拥有别的什么。她刚剃过腿毛，毛茬摩挲着他的身体；她呼出的气息里有股葡萄味口香糖的味道。当她开始抗议，再次警告他有怀孕的危险时，他则说没关系。她将此视作理查德的求婚。最终，他们也真就这样成婚了。

随着孩子的出生，他不再把学术研究当成难以忍受且可鄙之事，而是视之为生活的必需。他需要钱，然后需要更多的钱。他竭尽全力写博士论文：论约翰·邓恩诗歌中的地图图像。婴儿在哭号，吸尘器发出牙医钻头一般的悲鸣声，加上玛丽·乔不合时宜地给他端来一杯茶，这些都会打断他的写作。她说他脾气坏，但这或多或少就是她对一个丈夫的期望，所以她似乎并不介意。她替他打出了论文，做好了脚注，并向自己的亲友炫耀，包括他这个人和他的新学位。他在圭尔夫大学农学院谋了份工作，给兽医学专业的学生讲授作文和语法。

他已辍笔停诗。有些日子里，他甚至都想不起诗了。诗就像人类已经退化的第三只手或第三只眼。如果他还写诗，他就是个怪物。

不过，在偶尔参加酒会时，他会悄悄溜进书店或图书馆，偷偷翻阅书架上摆放的各种不知名的杂志；有时还会买一本。死去的诗人是他的工作，活着的诗人是他的罪孽。他所读之物多是废话，他心知肚明；尽管如此，这让他的水平得到了奇怪的提升。然后，他偶尔会读到一首真正的诗，变得平心静气。没有其他什么东西能像那样让他沉迷；没有其他什么东西能像这样让他敞开心怀。

有时，这些诗是赛琳娜的。他会读这些诗，而一部分的他，一小部分、被压缩的他，则希望能找到一些失误，一丝衰退的迹象；但她恰是越写越好。有那么一些夜晚，当他躺在床上即将入睡时，他会想起她，或者她会在他面前现身，他永远不确定是哪一个她；是那个一头黑发，手臂向上张开，穿着一件蓝色与淡金色相间的长斗篷的女人，还是那个穿着嵌着羽毛的长斗篷的女人，抑或是那个穿着白色亚麻长斗篷的女人。服装变幻不停，但她仍是她。她属于他已经失去的东西。

直到1970年，又一个"0"年，他才与她再次相遇。他那时已设法在多伦多找到了工作，在郊区的新校区为研究生讲清教徒文学理论，教新生英语。他的任期还没得到保证：在无成果就消失的时代，他只发表了两篇论文，一篇论作为性隐喻的巫术，另一篇论《天路历程》与建筑的关系。现在，他们的儿子已经上学了，玛丽·乔也回到了图书馆，继续自己的图书编目工作。他们用积蓄支付了首付款，在安奈克斯社区买了一栋维多利亚式的半独立式房子。房子后边附送了一小片草坪，理查德打理过了。他们一直想着弄一个花园，但始终没精力付诸实现。

此时，理查德正处于人生低谷，虽然玛丽·乔认为他始终处于人生低谷。她喂他吃下不少维生素片，对他唠唠叨叨，要他去找心理医生瞧瞧，这样他就可以变得更加自信，虽然他一在她面前表现出自信，她又会指责他父权思想泛滥。如今他已经认识到了，他可以始终依靠她恰当地处理社会事务。最近，她加入了一个女性主义团体，并且（可能）与大学里一位头发花白、脸色苍白的语言学家有了私情，他叫约翰逊。不管是否确有此事，这次偷情在某种程度上都对理查德有利：他可以把她想成坏女人了。

时值四月。玛丽·乔去参加那个女性团体组织的活动，或是去与约翰逊偷情，或者两者兼而有之；她效率很高，可以在一晚上做完很多事。他儿子住在朋友家。理查德本该忙活自己的大作，这本书可以让他一举成名，心想事成，助他获得终身教职，书名是"精神的肉欲：马弗尔、沃恩与17世纪"。是用"肉欲的精神"，还是"精神的肉欲"，他曾犹豫难决，但后者更显得充满活力。这本书进展得并不很顺利。聚焦不准。他应该重写第二章，但他却转身下楼，到冰箱里翻找啤酒去了。

"以粗粝的争斗撕裂我们的快乐／冲过人生的铁门，哦噢！"他哼着《赫尔南多公路》的曲调。他拿出两瓶啤酒，用麦片碗装满薯片。然后走进客厅，坐在安乐椅上，喝啤酒，吃薯片，切换着电视频道，找他能找到的最愚蠢的节目看。他太需要可以嘲笑的东西了。

这时，有人按门铃。他打开门，看到来人是谁时，他很高兴自己有预感似的提前关掉了在看的电视节目：一个伪装成侦探剧的充满低俗色情情节的节目。

是赛琳娜，她戴着宽边黑帽，穿着黑色针织长外套，提着一个破烂的手提箱。"我可以进来吗？"她说。

理查德惊讶之余又有点紧张，然后突然开心起来，急忙让她进屋。他已经不知道快乐是什么滋味了。在过去的几年里，他甚至连小杂志都不看了，他更愿意让自己麻木。

他没问她为什么会来，也没问她是如何找到自己的，而是问她："想喝一杯吗？"

"不，"她说，"我不喝酒，还记得吗？"他记起来了，她那时确实不喝酒；他想起了她岛上的小房子，细节历历在目：紫色床单上的小金狮图案，窗台上的贝壳和圆石，果酱罐里的雏菊。他还想起了她修长的脚趾。那天他像个傻瓜，但现在她就在这里，过去的都不重要了。他想搂住她，紧紧地抱住她；拯救她，也被她拯救。

"但喝点咖啡倒不错。"她说。他引她到厨房，为她冲了杯咖啡。她没脱下外套。她衣服的袖子都磨破了；他看到了用毛线缝补过的杂乱衣边。她对着他微笑，一如既往地接受他，理所当然地当他是朋友和同行，他为自己过去十年的生活方式愧疚不已。在她眼里，他的生活一定无比荒唐；他也觉得自己的生活太荒唐。他现在大腹便便，有一笔贷款，一桩脏兮兮的婚姻；他打理草坪，穿着运动夹克，不情愿地耙过秋天的落叶，铲掉冬天的落雪。他任凭自己慵懒无度。他本应屈身小阁楼，就着生蛆的奶酪吞吃面包，唯一的衬衫晚上洗白天穿，脑里闪耀着词汇的光芒。

她没明显变老。如果要说有什么变化，也只是更瘦了些。他看到她右颧骨上有道隐痕，他认为那是瘀伤，但也可能是光线造成的。她喝着咖啡，摆弄着勺子，思绪似乎又飘到了什么地方。"你还在写诗吗？"他说，他抓住了会让她感兴趣的东西，他知道的。

"哦，还在写，"她爽快应答，思绪又回到她体内，"我又要出一本书了。"他怎么连她的第一本书都不知道呢？"你呢？"

"笔都生锈了。"他耸了耸肩。

"很可惜，"她说，"简直可怕。"她说这话是认真的。就好像他告诉她某个人死了，对此他心生感动。她感到遗憾的不是他真正写出的诗，否则她就毫无品位可言了。那些诗没有什么益处，他现在已经明白了，她当然也明白。她遗憾的是那些诗，那些他可能会写出来的诗，如果。如果什么？

"我能在这儿住下吗？"她说着，放下了杯子。

理查德吓了一跳。她随身带着的那只手提箱，就是一种暗示。他暗想，还有什么比这更让他高兴啊，但要顾及玛丽·乔。"当然可以。"他说，希望没有暴露内心的犹豫。

"谢谢，"赛琳娜说，"我现在无处可去。准确地说，是没有任何安全的地方可去。"

他没要她解释这一点。她的声音一如既往，意味深长，诱人联想，仿佛濒临毁灭；仍像过去那样对他有破坏性的影响。"你就睡在休息室吧，"他说，"里面有一张可折叠沙发。"

"哦，真好。"她叹息道，"今天是星期四。"他想起来了，星期四是她诗歌中重要的日子，但当时他并不记得这是个好日子还是坏日子。现在他明白了。他现在有三张档案卡，上面只有星期四。

当玛丽·乔带着那副神采奕奕又充满防御性的姿态回来时——偷情过后她一贯如此——他们仍在厨房里坐着。赛琳娜正在喝第二杯咖啡，理查德在喝第二瓶啤酒。赛琳娜的手提箱上放着她的帽子和缝补过的外套。玛丽·乔看到了他们，皱起了眉头。

"你还记得赛琳娜吧，玛丽·乔，"理查德说，"我们在大使馆咖啡馆见过的那个赛琳娜？"

"记得，"玛丽·乔说，"你倒垃圾了吗？"

"我会倒的，"理查德说，"她今晚在这里留宿。"

"我去倒吧。"玛丽·乔说着，脚步重重地朝放垃圾桶的玻璃后廊走去。理查德跟在她身后，接着两人开始吵起来，起初声音很低。

"她在我家到底要做什么？"玛丽·乔语带怒气。

"这不只是你家，也是我家。她无处可去了。"

"她们都这样说。怎么了，被男朋友打了？"

"我没问。她是老朋友了。"

"听着，如果你想和那个平胸怪咖睡觉，你可以去别的地方。"

"就像你做的那样？"理查德说，他希望能维持自己的尊严，酸苦的尊严。

"你说什么？你在指责我吗？"玛丽·乔说。她的眼睛外凸，每当她真的生气而非表演生气时都是这样。"哦。你喜欢那样，不是吗？那会满足你的偷窥欲，会让你获得快感。"

"我无论如何都不会与她偷情。"理查德说，他在提醒玛丽·乔，她指责了他，是她错在先。

"为什么不睡？"玛丽·乔说，"你心心念念十年了。我见过你围着那些愚蠢的诗歌杂志虚度光阴。在星期四，你就是一只香蕉，"她粗鲁地模仿起赛琳娜低沉的声音吟诵起来，"你为什么不上了她，把这事做个了断？"

"如果可以的话，我会那样做的。"理查德说。这是事实，他感到伤心。

"噢。还硬撑着摆架子呢？臭婊子。行行好，就在休息室里睡了她，然后彻底忘了她。"

"啊呀，啊呀，"理查德说，"姐妹团体充满力量。"他话音刚落，就知道自己太过分了。

"你怎敢用我的女权主义来挤兑我？"玛丽·乔的声音提高了八度，大喊起来，"太无耻了！你一直都是个卑鄙无耻的小人！"

赛琳娜站在了门口，看着他们。"理查德，"她说，"我想我还是走了好。"

"哦，不要走，"玛丽·乔用一种快活而戏谑的热情口吻说，"留下吧！没问题！待一周吧！待一个月！就把我们家当成酒店好了！"

理查德陪赛琳娜走到门外。"你能去哪儿呢？"他问。

"哦，"她说，"总有留人处。"在门廊灯下，她望着街道。那道隐痕确实就是瘀伤。"但我现在身无分文。"

理查德掏出钱包，把所有钱都拿了出来。他希望自己的钱能多一些。

"我会还你的。"她说。

如果要给这个星期四命名，理查德会称之为婚姻终结日。即使他和玛丽·乔相互道了歉，即使他们喝了好多酒，一起抽烟，断断续续做了几次毫无感情的爱，但问题都没解决。没过多久，玛丽·乔就离家出走了，寻找她自称需要找到的自我。她也带走了他们共同的儿子。理查德原本不怎么关注儿子，现在每到周末就开始怀旧，没完没了地想儿子。他试过其他几个女人，但都无法专情。

他找过赛琳娜，但她了无踪影。从一位杂志编辑口中他得知她去了西部。理查德认为自己让她失望了。他没能成为一个庇护所。

又过了十年，他们才再次相遇。那是1980年，又一个一无所成年，或者说是另一个白炽蛋年。他现在才注意到这个巧合，他是在像算命先生那样把档案卡摊放在刨花板办公桌上时发现的。

他开车穿过车水马龙的大学，刚下车。他在大学仍只是勉强保住职位。那是三月中旬，冰雪融化的春季，一年中令人恼火的肮脏的时节。到处是泥、雨水和冬天留下的垃圾碎片，就如同他的心情。出版商最近刚将《精神的肉欲》手稿退回，这已是第四次了。封面上有编辑的留言：书稿未能充分解决文本中的问题。扉页上，还有一行明显用橡皮擦过的笔迹：愚蠢的浪漫。他怀疑是百舌鸟约翰逊所为，他读过书稿，自从玛丽·乔离开后，他就一直找理查德的碴儿。玛丽·乔过了一段短暂、坚定、充实的单身母亲生活后，就搬到约翰逊家里了，他们只闪电般同居了六个月，她随后就想夺取他一半的房产。自那以后，约翰逊就一直把一切都归咎于理查德。

他正想着此事，想着公文包里的那堆学生论文：马克思主义视角下的詹姆斯·乔伊斯，或者从法国流入的乱糟糟的结构主义等，都进一步稀释了学生的大脑。明天一定得改好论文。他萌生一个令他心满意足的幻想：把这些论文铺在泥泞的街道上，然后开车碾过去。他可以以不小心为借口。

　　一个穿着黑风衣的矮胖女人背着一只棕色毡包向他走来；她似乎在挨家查看房子门牌号，或者也可能是在看草坪上的雪莲花和番红花。就在她要从自己身边走过时，理查德才发现，那是赛琳娜。

　　"赛琳娜。"他碰了碰她的手臂。

　　她转过身，面无表情，蓝绿色的眼睛空洞暗淡，毫无神采。"不，"她说，"我不叫赛琳娜。"接着，她靠得更近地审视了他一番："你是理查德？"她要么是假装高兴，要么是真高兴。而他，则再一次被一种不习惯的快乐捅了一下。

　　他呆呆站着，手足无措。难怪她没有认出他。他过早地白了头发，还胖了很多；在与玛丽·乔最近一次不愉快的偶遇中，她就告诉他，他的脸色看起来就像鼻涕虫。"我不知道你还在这儿，"他说，"我以为你搬去西部了。"

　　"旅行而已，"她说，"我受够了。"她声音里透着一种锋芒，是他以前从未听到过的。

　　"那你的工作呢？"他说。这事他总要问问她。

　　"什么工作？"她说，笑了起来。

　　"你的诗。"他开始紧张了。现在的她比他曾经认识的更务实了，但不知何故，这让他觉得很疯狂。

"诗，"她一脸鄙夷，"我讨厌诗。仅此而已。这就是全部。这座愚蠢的城市。"

他吓得全身发冷。她在说什么啊，她都做了什么啊？这是在亵渎神明，这是亵渎的行为。但他自己的诗歌创作都一败涂地了，又怎能指望她对诗歌保持信心呢？

她本来一直皱着眉，但现在整张脸都因忧虑而皱了起来。她一只手搭在他的胳膊上，踮着脚尖对他低语说："理查德，我们这是怎么了？大家都去哪儿了？"她身上散发出一股迷雾，一种气味。他闻出了甜酒的味道，猫的味道。

他想摇晃她，抱住她，把她带到安全之地，无论何处。"我们只是改变了，仅此而已，"他温和地说，"我们都老了。"

"我看到了，一切都变了，都衰腐了，"她笑着说，他一点儿也不喜欢她笑的方式，"归于永恒，我还没准备好。"

他邀请她一起喝茶，她拒绝了，匆匆走开，好像她只是迫不及待地见他最后一面，直到此时他才意识到，她在引用那首民谣。就是他第一次在咖啡馆见到她时听到的那首民谣。那天晚上，在咖啡馆里，她披着蜻蜓披肩，站在唯一的那盏聚光灯下，朗读了她的诗歌。

除了那首民谣，还有一首赞美诗。他想知道她是否已变成他的学生所谓的"宗教信徒"。

数月后，他听说她死了。报纸上的一小篇文章报道了此事，细节含混不清。引起他注意的是一张照片：她早年的一张照片，是从她某本书的护封上复制的。可能没有她最新的照片吧，因为她已多年没有新作发表了。甚至可以说她早就死了；即使在封闭、狭小的诗歌世界里，人们也基本忘了她。

　　然而，既然她已死去，人们就又开始尊敬她了。有几本季刊发表了对她的评论，抨击这个国家对她漠不关心，在她活着时没有认可她。还有人筹划以她的名字命名一个小公园，或是某项奖学金，学者们像蛆虫般一拥而至。一本关于她的薄册子也面世了，里面收录了对她作品的评论文章，在理查德看来，都是些粗制滥造的玩意儿，浮夸而浅薄；有传言说，还有一本同类的小册子即将出版。

　　然而，这并非理查德写她的原因，写她也并非为了掩盖他职业的失败：无论如何，他都会被大学开除。最近大学要裁员了，他没有获得终身教职，他的位置正在拍卖。写她只是因为她是他最后还珍视的东西，或是最后想写的东西。她是他最后的希望。

　　"黑暗中的伊西丝"，他写道，"创世记"。仅仅写下这些文字就让他觉得自己得到了升华。他终将为她而生，由她创造，毕竟他要在赛琳娜的神话中拥有一席之地。他以前没想过要这种东西：不做奥西里斯，也不做翅膀燃烧的蓝眼之神。他的比喻更为谦逊。他只会做个考古学家；他不是故事的主体成分，而只是后来偶然发现了这个故事的人，他为了自己隐晦、破碎的心愿，穿过丛林，翻越群山，穿越沙漠，直到最终发现了被抢掠过的废弃的寺庙。在已成废墟的圣地上，在月光下，他会发现掌管天地和冥界的古埃及皇后就躺在破碎的大理石中。他将在瓦砾中筛选，摸索过去的形状。他是那个会说这一切都有意义的人。那也是一种召唤，也可以说是一种命运。

他拿起一张档案卡，在上面仔细地加了一个小脚注，然后重新将它整齐地放在办公桌上摊开的马赛克拼图上。他的双眼灼痛。他闭上眼，两手握成拳头，抵着额头，唤醒他剩余的知识和技能。在黑暗中，他跪在她身边，将她破碎的肢体重新组装起来。

04.

The Bog Man

泥 人

朱莉与康纳分手的地方，恰在沼泽中央。

朱莉悄悄地做了修正：并不是在沼泽中央，也不是在及膝深的腐叶和烂乎乎的棕色泥潭里。差不多是在沼泽边缘吧；离得不太远。好吧，确切地说，是在一家小旅馆。或者说，甚至都称不上是旅馆。是在酒馆里的一个房间。空着的房间。

无论如何那也不是沼泽，而是泥塘。沼泽是水从一端流入从另一端流出，泥塘是水流入就不流出了。这种差异康纳需要解释多少次呢？解释过很多次，但朱莉更喜欢沼泽的声音。这种声音更朦胧，更诡异。泥塘，在俚语里代表厕所，你一听到泥塘这个词，你就知道这个厕所破烂不堪，臭气哄哄，而且里面不会有卫生纸。

因此，朱莉都是这样说：我与康纳分手，恰在沼泽中央。

　　她还修订了其他一些东西。她修改了康纳，还做了自我修正。康纳的妻子则大致保持不变，但她从一开始就是朱莉发明出来的，因为朱莉从未见过她。她曾经很想知道这个妻子是否真的存在，还是只是康纳虚构出来让朱莉与自己保持一定距离的。但不是这样，他的妻子确实存在。她真实存在，随着时间的推移，她变得越来越真实。

　　康纳遇到朱莉后不久就提到了妻子、三个孩子和那条狗。噢，不是遇到，而是上床。这几乎是同一件事。

　　朱莉现在想，他不想过早地提这些事，是不愿因此吓跑她。她自己才二十岁，还太单纯，甚至不会想到去找一些蛛丝马迹，比如无名指上的白色戒指印记。等他做出羞怯的表白或忏悔时，朱莉已经没有被吓跑的资格了。她已经躺在汽车旅馆的房间里，裹着松松垮垮的床单。她太累了，吓不跑了，太惊讶了，也太感激了。康纳不是她的第一个情人，但他是她成年后的第一个情人，他是第一个不把性当作某种内裤突袭游戏的人。他认真对待她的身体，这给她留下了无尽的印象。

　　当时——当时是什么时候？那是二十年前，还是二十五年前？更像是三十年前。那是60年代初；确切地说，是流行爆炸头的年头，那时还流行涂白唇膏，在眼睛周围描黑色眼线。此外，紫色成为流行色，尽管朱莉本人更喜欢具有叛逆色彩的黑色。她认为自己是一个海盗，一个黑眼睛、鹰脸庞、头发乱蓬蓬的掠夺者，在那自鸣得意的地区的边界上大胆劫掠；在屋顶上放火，抱着战利品逃之夭夭，这更适合她。她学过现代哲学，略懂点萨特，吸吉坦尼牌香烟，流露着一副百无聊赖的轻蔑神情。但她的内心深处一直翻腾着一种心不在焉的兴奋感，她一直在寻找可以崇拜的人。

康纳就是这样的人。朱莉是多伦多一所大学的应届生，康纳是她的考古学教授——每周一小时的课程，可以用来抵宗教课程的学分。朱莉爱上了他的声音，丰富而粗犷，有说服力，还充满磁性。在他展示凯尔特墓葬幻灯片时，他的声音在黑暗中起伏伏，就像有一只坚定的手在抚摩着你。随后，她就在他办公室里和他缠绵在一起了，每天她都故意在晚些时候去他办公室讨论她的期末论文，然后和他一起去汽车旅馆。在那个时代，学生和教授之间非常容易发生这样的事情，而教授们也不必担心会被指控性骚扰而丢掉工作。当时甚至都没有"性骚扰"这样的词。没人会有这样的想法。

当时，朱莉还没觉出妻子、三个孩子以及那条狗与她和康纳有任何关系。她还太年轻，无法将这一切联系起来：他妻子的年龄几乎和她妈妈一样大，而那样的女人并没有真正属于自己的生活。她眼中的康纳只会出现在这样的情境中：他们偷偷潜入汽车旅馆里的房间，或是朱莉朋友的公寓——那种简陋的廉价公寓，配有床垫，天花板上钉着黑色的鸡蛋纸盒和基安帝酒瓶做成的烛台。她不认为他的存在独立于自己之外：妻子和孩子只是无聊的细枝末节，就像刷牙一样。相反，她把他看成光荣而高贵的独立存在，一个鹤立鸡群的男人，就像宇航员，就像钟形罩里的潜水员，就像中世纪画作中的圣人，自带金色光环笼罩全身。她想和他在一起，分享他的光芒，沐浴他的光辉。

因为她对康纳一开始就心怀敬畏：他非常睿智，他对古代的骨头、出国旅行以及如何调配酒都了如指掌，所以她并没有像她本可以做的那样尽力与他讨价还价。不过那时她根本想不到要讨价还价。她耽迷于自我牺牲的观念；除了要求康纳继续做超人，她没为自己要求什么。

两个月前，他们第一次去了汽车旅馆。从那以后，朱莉觉得自己老了很多。她坐在泥塘边小镇上的苏格兰酒吧里，靠窗的栗色长毛绒扶手椅让她感觉不舒服，窗帘脏兮兮的，从北边照射进来的阳光倒很明亮，她抽着吉坦尼牌香烟，喝着糟糕透顶的早餐剩下的冷茶，早餐的培根软不拉几的，都没煮熟，西红柿却烤焦了。她坐在那里，边抽烟，边织毛衣。

针织是她最近重新拾起的活计，她还是个孩子时，崇尚女性家庭美德的妈妈就把这个手艺教给了她。妈妈还教她钩针，装拉链，给银器抛光，把厕所清扫得熠熠发光。读到斯宾诺莎后，她就立即扔掉了这些包袱；一两年前，她鄙视针织。但康纳不在这里时，镇上没什么事可做。朱莉在小镇主道上来来回回走了好几次。她曾冒着细雨在街上漫步，裹着粗花呢外套的本地居民对她怒目而视。她曾在一家咖啡馆里待过，喝过粗劣的咖啡，吃过寡淡无味的猪油烤饼。她曾探察过这里的一座老教堂，但那里也没多少可看的。污迹斑斑的彩色玻璃窗肯定在长老会[1]接管这里时就已消失了。墙上刻着死去士兵的名字，好像上帝会对此感兴趣似的。

针织是她最后可以做的事。像这样的苏格兰小镇无论缺什么，都不会没有羊毛商店。朱莉去了一家羊毛店，躲开那些关于她婚姻状况和生活方式的拷问，买了一种工作服的毛衣样式图纸，这里的人把毛衣称为工作服，还有一些粗针和深灰色的羊毛线。她把毛线卷成团状，然后回到商店买了一只丑陋的带木柄的毛毡袋，把线团放了进去。

她织的是康纳的毛衣，刚开始织一只袖子。过了一会儿，她意识到，她织的袖子多出了八英寸，康纳穿在身上会像一只大猩猩。那就让他抱怨吧，她想。她没管那只袖子，开始织另一只。她打算让两只袖子一样长。

朱莉在织毛衣，康纳则外出勘探泥人去了。他们来这里就是为了泥人。

当发现泥人的消息公之于众时，他们人在奥克尼岛上。康纳正在调研巨石阵，朱莉则假扮成他的助手。这是康纳的奇思妙想。这样他就可以把朱莉的花销算进调研费用里报销，但这骗不了太久。至少骗不了酒保，也骗不了他们住过的各个小旅馆里的服务员，他们以阴沉、自以为是的方式嘲笑朱莉，尽管朱莉和康纳小心翼翼地

1　长老会是基督新教三大流派之一，产生于16世纪，传入北美后对政治、习俗和伦理等均有重大影响。

分别预订了房间。也许朱莉应该表现得更勤劳些；她或许应该带上笔记本，多忙活忙活。

尽管酒保和服务员含沙射影，朱莉仍然在奥克尼岛玩得很高兴。无论是早餐，还是凝固成块的燕麦片和干巴巴的吐司都很难让她失望。甚至连晚餐也不让她失望。要想让她情绪低沉，需要一大堆石头一样硬的羊排和炸过头的鱼才行。这是她第一次横渡大西洋的旅行；她想让一切都保持旧式风格且显得风景如画。更重要的是，这是她和康纳第一次长时间单独在一起。她觉得自己和康纳几乎被一起放逐了。他也感觉到了这一点；他更不拘小节，对门外的脚步声也不那么紧张；虽然他半夜还是得爬起来，偷偷溜出去，但因为知道他只是偷偷溜到隔壁去，她还是感到欣慰的。

田野碧绿，阳光普照，巨石阵神秘得恰如其分。如果朱莉站在巨石阵中间，闭上眼睛保持不动，她会以为自己听到了一种嗡嗡声。康纳的理论是，这些巨石阵不只是大而无害的原始日历，用来计算夏至和冬至的日期；他认为这其实是举行活人祭祀的场所。这样的说法本应让朱莉觉得它们更加险恶，但事实并非如此。朱莉觉得这让自己与祖先有了联系。她妈妈的祖先大概就生活在这个区域，苏格兰北部的某个地方。她喜欢坐在巨石中间，想象着自己的祖先赤身裸体地跑来跑去，布满全身蓝色文身，他们向诸神敬献一杯鲜血，或是别的什么。某种嗜血成性、难以辨识的皮克特人的品性。血液使他们变得真实可信，就像玛雅人一样真实；或者至少比别的部落、那些苏格兰格子和风笛更真实，这些东西在朱莉看来都既乏味又感情用事。这些东西在大学里多得很，她的兴趣只会维持一小会儿。

但随后，泥人被发现了，他们不得不打包行李，乘渡轮来到这片雨水绵绵的大陆。朱莉本来想留在奥克尼岛，但康纳对此行热情高涨。如他所说，他想要在泥人被彻底毁掉之前赶到那里。他想比其他人先到。

这个特别的泥人是被一位泥炭工挖出来的，他不小心用锋利的铲子刃插入了泥人的身体，把泥人的脚都切断了。他还以为铲到了最近被谋杀的一个受害者。他不相信这个泥人已经两千岁了：他保存得堪称完好无缺。

从康纳展示过的照片来看，朱莉觉得这些以前发现的泥人没什么好看的。泥塘的水染黑了他们的皮肤，保存下来了他们的头发，但他们的骨头大多已溶解，泥炭的重量压平了他们的身体，这使他们看起来与某种让人恶心的皮革物品极其相似。这些泥人没让朱莉产生她与巨石之间的那种联系。人祭的想法是一回事，但人祭后的残骸又是另一回事了。

在这次旅行之前，朱莉对泥人了解不太多，但现在她了解了。例如，这个泥人死于扭曲的皮革绞索，是被勒死后沉入泥塘的，可能是献祭给伟大的纳索斯女神或类似的女神，以保佑五谷丰登。"在经过某种形式的性狂欢之后，"康纳满怀希望地说，"那些自然女神都贪婪无比。"

他接着列举了一些献祭给自然女神的东西。项链是其中一种，还有各种陶罐。在北欧各地的泥塘里，到处都有挖掘出的各种罐子和陶锅。康纳有一张地图，上面标有泥人出土的地点，还列有一张表，上面标明了每一个地点发掘出了什么东西。他似乎认为朱莉应该记住了这份清单，她应该记住一切详细信息，当事实证明她没记住时，他还会表现得很吃惊。康纳非常好为人师，这是他的优点，也可能是缺点，朱莉最近发现这两者之间很难区分。她开始猜疑，他在试图改造她的思想。改造成什么东西，现在还是个问题。

她边织毛衣，边在脑子里列出了一份清单，都是一些被改造过的东西：冒着热气的圣诞节布丁、草坪上浇筑了混凝土的小矮人、掺了明胶的甜点：晃晃悠悠，亮粉色，上面还点缀着棉花糖小人儿。一想到这些，朱莉就想起了自己的妈妈，然后是康纳的妻子。

她大吃一惊：这个隐身的妻子已经有了血肉之身，逐渐获得了实实在在的存在感。在她与康纳在一起的头两个月，他的妻子只是一个微不足道的影子。朱莉在康纳洗澡时甚至都没兴趣翻看他的钱包，找找他的家庭照片。

那时她没有烦恼，但从那以后她就开始烦心了。康纳的驾照后面塞了一张全家福彩照，是夏天拍的，在草坪上。他妻子的个头很大，穿着花裤子，眯着眼；三个儿子都有康纳式的红头发，也全眯着眼；那条狗，一只黑色的拉布拉多犬，倒是没有直视太阳，它伸出舌头，流着口水。这张照片日常、平凡，深深刺激了朱莉。这干扰了她对康纳的看法，干扰了他作为浪漫独立者的身份设定；这贬低了他的形象。这让朱莉第一次觉得自己既廉价又见不得光。自己被排除在那个家庭之外，只是某种附属物。如果他们都坐在马车上，周围聚集着一群狼，毫无疑问——看看那只狗、那三个红头发的孩子、那郊区的草坪——第一个被扔下车的一定是她。与那位妻子从华丽连衣裙中露出的上臂——在洗衣房洗过衣服、打过孩子的手臂相比，朱莉那海盗般的长发和二十四英寸的腰身，都只是个架子。

康纳说他妻子不理解他，他当然会这样说。这个身材魁梧、眯着眼的女人，似乎已经知道了太多事。如果她和朱莉见面，她不会把朱莉当回事。她会瞥上一眼朱莉，只是瞥一眼，然后轻轻一笑，朱莉就会无力招架，消失得无影无踪。

家庭氛围，对，就是这个词。那是妻子袖子上缀着的王牌，她的保险单。尽管她看起来就像一只卡车轮胎，但她的领地已被标记出来。她有家。她有房子，她有车库，她有狗窝，还有钻狗窝的狗。她有康纳的孩子，他们一起组成了一个有四颗头颅、八只胳膊和八条腿的无敌怪物。她有挂着康纳衣服的衣橱和洗袜子的洗衣机。每逢洗衣日，康纳的袜子都在洗衣机里滚动，连他与朱莉待在一起时衣服沾上的房间防滑垫上的绒线也会清洗掉。汽车旅馆是一块公共领地：不属于哪一个人，自然无人防御。朱莉知道康纳的性癖好，但真正拥有康纳的是他的妻子。

今天朱莉已经织够了；她把刚开始织的第二只袖子绕在针上，塞进毛毡袋里。她决定去泥塘找康纳。她以前从未见过泥塘，也没见过泥人。康纳给她这样一种印象：她只会妨碍他。他甚至不让她再假扮成任何实质意义上的助手。她如果自行前往，会被视作干扰，但她愿意承担这样的风险。无聊是创造之母。

她从缺了一个小口的梳妆台上拿起挎包，在破旧的镜子里凝视着自己，将头发绾在脑后。她看起来愁容满面。她从衣橱里找出雨衣，把吉坦尼牌香烟塞进口袋，关门，上锁，下楼梯，绕过恶狠狠瞪着自己的清洁女工，一脚迈进浓雾中。

她知道泥塘的位置；这谁都知道。沿着一条古老的小路，她走了半小时才到，路已陷进泥土里，就像一条车辙。康纳是乘车去的，坐的是另一位考古学家在爱丁堡租来的汽车。在这个镇上租不到车。

泥塘看起来不太像泥塘，而更像一块湿地；草疯长，矮灌木丛生，到处都是一些挖好的坑，像巧克力色的疤痕般敞开着。在泥人活着的时代，这里的水应该更多；这里其实更像一个湖。这样才更便于淹死人。

康纳正站在一个用粗制防水油布搭的棚子旁。和他在一起的还有一个人，其他人都去泥塘那里了，在泥坑周围傻乎乎地溜达。朱莉猜想，他们在等着其他随葬的宝物浮出水面。朱莉打了声招呼，但没说明自己为何而来。康纳自会解释。康纳快速而恼怒地看了她一眼。

"你怎么到这儿来的？"他说，好像她是从天上掉下来的。

"走来的。"朱莉说。

"啊，青春的活力。"另一个男人笑了。他非常年轻，或者说比康纳年轻多了，一个高大的金发挪威人。另一个考古学家。他看起来就像维京电影中的人物。空气中弥漫着金属质感的竞争气息。

"她是我的助手。"康纳说。挪威人心知肚明。

"啊，是的。"他嘲弄地说，他与朱莉握手，都把她握疼了。他盯着她的眼睛，而她则畏缩了一下。"我伤到你了吗？"他温和地问。

"我能看看那个泥人吗？"朱莉说。挪威人显露出嘲弄的惊讶：像她这样的助手竟然还没看过泥人？然后，他以一种主人般的气势把朱莉领进帐篷——他可是先到的现场，随后才是苏格兰人，在这件事上他完胜康纳。

泥人正躺在一块帆布上，侧身蜷缩着。他的手指纤巧细柔，连指纹都完好无损。他的脸有点内凹，但保存完好；每个毛孔都清晰可见。他的皮肤呈深棕色，胡须和头发都因塞在皮质头盔下面而得以保存，都还是令人震惊的鲜红色。这些颜色是泥塘中的单宁酸造成的，朱莉知道这一点，但仍难以想象除此以外他还能是什么颜色。他紧闭着双眼。然而，他似乎并没死，甚至没睡着。相反，他似乎在专注地思考：他的嘴唇微微抿着，两眼之间涌动着深邃的思绪。他脖子上绕着勒死他的双股绳索，都是扭曲的。被截断的双脚整齐地摆放在他身边，就像卧室的拖鞋，在等着他穿上。

有那么一瞬，朱莉觉得把泥人挖出来重见天日是一种亵渎。求知的欲望应该设定界限，这是无疑的，仅仅为了知识本身的求知欲也应该设限。这个泥人正受到侵犯。但这种想法转瞬即逝，朱莉走到帐篷外。她的脸色或许看起来有些发青：她毕竟刚看过一具尸体。她点燃香烟时，手在抖。挪威人关切地看了看她，将一只手托着她的肘部。康纳对此有些不满。

去泥塘勘察泥坑的三名男子回来了：一名苏格兰自然人类学家，两名拿着铲子的工人。有人提醒该吃午饭了。工人们自带午饭，就留下来守帐篷。朱莉与那位人类学家坐进挪威人租来的汽车。这里除了酒吧就没其他吃饭的地方，所以他们只能去那儿。

朱莉午餐吃的是面包和奶酪，这是最安全的东西，比软塌塌的苏格兰煎蛋和几乎没加热且满是脂肪的肉馅儿饼要安全得多。三人谈起了泥人。他们确信无疑，泥人是祭品。问题是，是祭献给哪位女神的？是在哪个"至日"献祭的？是在冬至献祭，以召唤回太阳，还是在夏至献祭，以保佑五谷丰登？或者也许是在春天或秋天献祭的？通过检查他的胃——他们打算切除他的胃，不是在这里，也不是现在，而是稍后在爱丁堡——可以找到线索，通过检查胃里的种子、谷物等。其他以前发掘出的泥人，只要胃部完好，都这样检查过。朱莉很庆幸自己只吃了面包和奶酪。

"有人说人死不复语。"挪威人说，对朱莉眨了眨眼。他的许多观点都是针对康纳的，但也都是针对她的。在桌子下，他时不时蜻蜓点水般摸摸她的膝盖："但这些泥人有许多绝妙的秘密要对我们讲。但他们会害羞，与其他男人一样。他们不知道如何表情达意。一定得给他们一点点助力、一些鼓励才行。你同意吗？"

朱莉没答话。就在康纳鼻子底下，她无论如何回答，都如同在与他共谋，公然调情。她要不是爱着康纳的话，这是可能发生的，或者说可以成为一种可能。

"胃啊什么的可能会让你恶心吧？"挪威人说，"血肉之类的东西。我妻子也觉得恶心。"他对她笑了笑，就像鬣狗一样。

朱莉微笑着，点上一支吉坦尼牌烟。"哦，你有老婆了？"她响亮地说，"康纳也有老婆。你们两个或许可以讨论一下老婆的事。"

她不知道自己为什么要说这种话。她不用看康纳都能感觉到一股热浪袭来，那是他的怒火，就像炉火。她拿起钱包和外套走了出去，面不改笑。她脑子里一闪而过的，是逻辑学第一条公理：A不能同时既是A又不是A。她从没彻底相信这一点，现在就更不信了。

康纳没跟她回房间。整个下午他都没露面。朱莉织会儿毛衣，看会儿书，再织会儿毛衣，抽根烟。她在等着什么事情发生。有什么事情已经改变了，她已经改变了一些东西，但她还不知道是什么。

日落后，康纳终于现身了，他神情郁闷。对于她此前的粗鲁举动，他只字未提。也没多说什么。他们与挪威人、苏格兰人共进了晚餐，他们三人一直在谈泥人的脚。在有些案例里，泥人的双脚是绑在一起的，这是为了防止死者走动，回到生前所居之地复仇。但这个泥人的情况不同；或者说，他们认为不同。当然，脚被砍掉可能会对研究造成一定的干扰：那样绳索、皮带之类的东西就找不到了。

挪威人不再对着她挤眉弄眼；他看着她，眼神里是那种揣测的意味，似乎她比他原来想象的要更复杂一些，他想知道那是为什么。朱莉不以为意。她吃着硬巴巴的羊排，一言不发。她想到了外面防水油布下的泥人。此时此刻，比起这些人，她宁愿去和泥人待在一起。泥人比眼前这些人更有趣。

上甜点前，她找借口先走了。她猜测，康纳会继续待在酒吧里喝啤酒，他也确实这样做了。

十点半左右，他如往常一样敲了朱莉的门，然后进来了。朱莉已经躺在床上，正靠在枕头上织毛衣。她确定他会来，但又不那么有把握。她把羊毛线和钩针塞进毛毡袋子里，等着看他下一步干什么。

康纳一言不发。他脱下毛衣，披在椅背上，还有意解开衬衫上的纽扣。他没有看朱莉，而是盯着梳妆台上那面摇晃、斑驳的镜子。镜子里的他看起来水汽淋淋的，仿佛在他身下，透过他的脸庞与苍白的皮肤，可以瞥见湖底腐败的落叶。在这种光线下，他的头发不那么红了。"我也开始发福了，"他拍拍自己的肚子说，在房间里，他美妙的声音变得平缓、低弱，"中年诅咒。"这是在传递信号：如果他恼怒了，他是不会提这事的。他们会维持旧情，就当什么都没发生过。也许本来就没发生过什么。

　　对她来说，这并非坏事。她笑了。"不，你没有。"她说。她不喜欢他这样。他不应该在镜子里审视自己的身体或考虑自己的外表。男人不应做这事。

　　康纳怪罪似的看了看她。"总有那么一天，"他说，"你会跟哪个年轻的种马跑掉。"

　　他以前也说过类似的话，有关朱莉未来的情人等等。那时朱莉并没有太在意，但现在她留意了。他是指那个挪威人吗？他是在自我安慰吗？他是想听她说他还年轻吗？还是他在告诉她实情？朱莉以前从没将他看作中年人，但现在她看出来了，她所想的他和他所想的自己，可能不一样。

　　他发出一声无奈的叹息，爬上有些凹陷的床。他身上散发出一股啤酒的味道，以及酒吧里残留的烟味。"你快让我筋疲力尽了。"他说。他从前也这样说过，朱莉把它当作性方面的恭维。但这次他是认真的。

　　朱莉关掉了床头灯。她以前不会费这个劲；以前她也没时间。以前康纳曾开灯又关灯。但他现在不这样做了。他不再需要看着她，他已经看够了。

　　他开始抚摩她全身，若有所思，但无动于衷。先是膝盖，再到大腿，然后是臀部，再从臀部摸回膝盖。朱莉冷冰冰地躺着，大睁着双眼。风穿过窗户的裂缝吹进来，一阵雨点打在玻璃上。光线从门下渗进，是外面几盏路灯的光。梳妆台的镜子像黑油一样闪闪发光。康纳是她身边的一大块肉。他开始抚摩她，但她兴奋不起来，反而感到恼怒，他的手就像张砂纸，就像挠人的猫爪子。她觉得被侮辱了，因为这非她所愿。这对他而言只是罪过，而对她而言则是自暴自弃。肮脏的罪恶，卑微的罪恶。这是欺骗。他现在觉得自己陷进去了。她不再是他的欲望，而只是他的义务。

"我觉得我们应该结婚。"朱莉说。她不知道这话是从哪里冒出来的，但她的确是这样想的。

康纳正在抚摩她的手停下了，随后猛地抽了回去，好像朱莉的身体在燃烧，滚烫得像燃烧的煤，或者是因为冰凉；好像康纳发现自己正和一条美人鱼睡在一起，她全身都是鳞片，腰部以下是鱼腥味的黏液。

"什么？"他声音里透着惊恐。那是一种感到被冒犯的声音，似乎她羞辱了他。

"算了。"朱莉说。但康纳忘不了。她说的话也让人难忘，自此之后，这桩风流韵事就无药可救了，不过本来也毫无希望。康纳那看不见的妻子和他们一起睡在床上，她一直都躺在那里。现在她正逐渐具体化，她开始长出肉来。因为增加了她的重量，弹簧床嘎嘎响个不停。

"这事咱们明天再谈。"康纳说。他已经恢复常态，正在思忖。"我爱你。"他多说了一句。他吻了吻她。他的嘴好像与他分开了；柔和、湿润、凉爽。就像一块未煮熟的培根。

"我想喝一杯。"朱莉说。康纳的房里存放着一瓶苏格兰威士忌。她要喝酒，等于给他找了件事情做，他心存感激。有些琐事他可以满足她，但他无法给她她真正想要的东西。他爬下床，套上衣裤，去找了。

他前脚刚出门，朱莉后脚就锁了门。康纳回来了，他摇晃门把手；他低声叫她，轻轻敲着门，但她没应声。她躺在床上，因悲伤和愤怒而发抖，她在等着，看康纳是否爱自己爱到踢门、大喊大叫，对他来说她是否还那么重要。但他没有。她不重要了。稍过了一会儿，他走了。

朱莉蜷缩在潮湿的被褥下，试着睡着，但是徒劳。等她终于入睡时，她梦见一个泥人从窗户上爬进来，一个漆黑而脆弱的身形，一个渴望被阻止的形象，雨水从他身上滴滴答答地滑落。

翌日早晨，康纳又来敲门。"如果你不应答，"他从钥匙孔里说，"我就找人破门了。我会告诉他们你自杀了。"

"别自欺欺人了。"朱莉说。今天早上，她不再悲伤。她怒火中烧，但很坚决。

"我做了什么啊，朱莉？"康纳说，"我一直认为我们相处得很好。"听起来他是真的困惑不解。

"以前是这样，"朱莉说，"现在你滚吧。"

她知道，他会躲藏在早餐室里等着她，所以她一直等他走掉，尽管她的胃已经咕咕叫了。她没吃东西，而是开始收拾行李，还时不时望一眼窗外。终于，她看到他坐着挪威人的车往泥塘去了。中午有一辆巴士，可以把她送到另一辆巴士上，然后把她送到开往爱丁堡的火车上。她留下了毛毡袋和未织完的毛衣。这与给他留言的效果一样好。

回到多伦多，朱莉将头发梳成了那种轻快、端庄的法式鬈发。她买了一件米色棉斜纹布套装和一件白衬衫，并成功被聘为贝尔电话公司的人事实习生。她得学习如何培训其他女性处理好投诉工作。她不打算长期待在这个岗位上，但这个差事赚钱多。她租了一套空阔的顶层公寓。她没有长期计划。虽然是她离开了康纳，但她觉得是他抛弃了自己。到了晚上，她会边听着收音机，边自己做饭度日，趴在盘子上哭。

过了一段时间，她又重新穿上了黑衣服，晚上去乡村俱乐部。她不再抽吉坦尼牌香烟，因为这种烟会吓跑男人。她偶遇了在斯宾诺莎课上认识的一个男孩。他嘲弄了一会儿无窗单子理论，为她买了杯啤酒，并告诉她，他曾经很害怕她。最终，他们上了床。

在朱莉看来，这就像和小孩子过家家。男性生殖器的狂热、身体的扭动、疯狂的舌吻之间没什么区别，都不让人心潮澎湃，甚至无法带来感官刺激，但令人充满活力。朱莉对自己说：她享受这些，很享受。或者说，要不是因为康纳，她本可以享受这些。她希望他明白这一点，然后她才能真正享受。即使与挪威人做爱，也比和康纳做好。她曾有过机会，她本应该利用的。

八月底，康纳回来了。他没用多久就找到了她。"我想你了，"他说，"我想我们应该谈谈。"

"谈什么？"朱莉小心翼翼地问。她本以为自己已经忘掉他了，但事实并非如此。

"我们为什么不能回到以前的样子？"他说。

"我们以前是什么样子？"朱莉说。

康纳一声叹息："也许我们应该结婚，终究要结婚。我会和她离婚的。"他说出的话，就像从身上硬撕下来的。

朱莉哭了起来。她哭是因为她不再想嫁给康纳。她不再想要他了。神性正从他身上消失，就像空气。他不再是浑身发光的巨人，在天堂里自由自在的巨人，比生命本身更恢弘。他很快就会变成一坨潮湿、松软的橡胶。她在哀悼他的崩溃。

"我马上就过来。"康纳说，声音里透着愉悦和慰藉。她的眼泪表明他又胜了。

"不要来。"朱莉挂断了电话。

她穿上黑衣服，很快吃完饭，翻出香烟。她给自己那个孩子气的情人打电话。她想把他拉到身上，就像盖上一条毯子；她想把他抱在怀里，就像抱着毛绒玩具。她想得到安慰。

她走出公寓楼的大门，康纳正等着她。她想他想得太多，甚至忘了他到底是什么样的。他比她想象的更矮小，肉也更松弛。他的眼睛似乎凹陷下去了，也太闪亮，还有点狂野。是她把他变成了这个样子，还是他始终都是这样？

"朱莉。"他说。

"不。"朱莉说。他的棕色灯芯绒裤子在膝盖处显得松松垮垮的，这是朱莉在他身上发现的唯一觉得反感的细节，其他地方则让她觉得冷飕飕的。

他一只手伸向她。"我需要你。"他说。又是陈词滥调，都是情歌的歌词，但他确实离不开她。这从他的眼里能看出来。自两人相识以来，这是最糟糕的事了。从前一直都是她需要他；他应该超越"需要"，需要意味着软弱。

"我对此无能为力。"朱莉说。她想说的是，事情发展到这一步，已经超出她的控制能力了，对他她已经没有感觉了；但她说出的话却比她预想的更轻率、更绝情。

"天哪。"康纳说。他动了动，好像要抓住她。她躲闪着，开始朝街上跑去。她身穿黑色裤子，脚穿黑色平底鞋。她现在烟抽得少了，所以跑得相当轻快。

既然她已经全力以赴了，那她还能期待什么？期待他最终离开，期待他永远追不上自己？但他并没走开，而是在追赶她。她能听到身后的脚步声和他喘气的声音。她自己的喉咙也堵得难受；她跑得越来越慢了。

在一个十字路口，她停下来。那里有一个电话亭。她弓身钻进去，砰地关上折叠玻璃门，用双脚抵住，背靠在电话架上，支撑着自己的身子。陈年酒味和尿味扑面而来。康纳随后追到，他从外面推门，用力地敲。

"让我进去！"他说。

她吓得心怦怦直跳。"不！不！"她喊起来。声音细小，仿佛身处隔音室。他整个身体都扑在了玻璃门上，双臂尽力伸开，抱住电话亭。

"我爱你！"他喊着，"该死的，你没听到我说话吗？我说我爱你！"朱莉捂着耳朵。她现在是真的怕他了，都吓哭了。她认识的那个他已经不见了；他是全世界孩子的噩梦，代表着邪恶与暴力，是青面獠牙的怪物，就要破门而入了。他用脸撞着玻璃，做着绝望的手势或滑稽的亲吻动作。他的鼻尖都挤扁了，嘴也变了形，嘴唇都挤到牙齿上面去了，她都看到了。

朱莉想起来了：她是在电话亭里。她看着他，在钱包里摸出一些零钱。"我要报警了。"她冲他尖叫。她报警了。

过了一段时间，警察才到。等他们到时，康纳已经离开了。无论他想要什么，他都不想被警察当成准备在电话亭性侵女性的家伙。或者说朱莉是这样说的，那段时间她讲起这个故事时就是这么说的。

起初，她根本没提起这事。这太让她痛苦，过程也太复杂。她也不知道这是怎么回事。她是被比自己年长、老练、强大的男人利用了吗？还是说她在生死攸关之际摆脱了食人魔的魔爪？但康纳不是食人魔。她曾经爱过他，徒劳无益的爱。让她痛苦的是，她完全看错他了。她一度还能可怜地自欺欺人。或者说她仍然骗着自己，因为在某种程度上她还在想着他；想着他，或者是自己错误的崇拜。

后来，她结了婚，又离了婚，她偶尔开始讲述康纳的故事。在夜深人静的时候，孩子们都已上床睡觉，她喝了几杯酒后，就讲这个故事，且总是对女人讲。她们在交换故事，她想听其他类似的故事，她就得讲出这个故事。那都是一些神秘的故事，故事里的神秘对象都是男人；男人和他们鬼鬼祟祟的行为。大家发现了线索，检查了线索，交换了观点。大家都找不到明确的解决方案。

既然她又结了一次婚，她的故事讲得也就更频繁了。这一次，她专注于营造故事的氛围：苏格兰的雨，酒吧里难吃的食物，镇上老皱着眉的居民，泥塘。她在故事中增加了很多喜剧元素：自己的织毛衣强迫症啦，毛衣过长的袖子啦，凹陷的床啦，等等。

而对康纳，她该如何解释他和他曾经的金色光环呢？对此她不再劳神费力。她省略了自己曾经对他的崇拜之爱，那要说出来就太恶心了。她省略了那位妻子，在这个故事中，她不再是气势汹汹的竞争对手：朱莉本人现在也已成人妻，对她产生了一种隐隐的同情。

她也省略了悲伤。

她完全省略了自己可能对康纳造成的任何伤害。她知道自己伤害了他，且非常严重，至少在当时是这样；但若讲出来，别人就会认为她在幸灾乐祸，怎么讲才不会让听者这样想呢？她是说者无意；或多或少会这样。无论如何，在这个故事里，这些情节不适合讲。

　　朱莉惬意地靠在椅子上，胳膊靠着桌子，点上一支烟。烟，她仍在抽，但不那么凶了。这么多年过去，她脸上的肉厚了，腰也变结实了。她理了发；后脑勺和侧面都剪短了，在头顶上随意扎成一束，很调皮，很时髦，也清爽多了。她戴着海星状的银耳环，透着一股古怪的气息，这是她海盗时代遗存下来的唯一痕迹，也是她与在新街区遛狗或购物的同龄女人唯一的区别。

　　"天知道我那时是怎么想的。"她笑着说，那是一种悲伤而困惑的笑，也是一种放纵的笑。

　　故事现在已演变成有关她自己的愚蠢或天真的故事，远隔时空，闪烁着柔和、醇厚的光芒。这个故事现在就像某种已消失的文明遗存下来的工艺品，当时的风俗习惯已经晦涩难解。然而，她清楚它的每一个细节：她能看见房间里破损的镜子，早餐时的干面包片，泥塘上摇曳起伏的草丛。这一切她都记得。每次重讲这个老故事，她都觉得自己更加能融入其境其情。

　　然而，每次她用语言塑造康纳时，康纳都会失去实感。他变得更加扁平，更像一张皮革，全无生命力，更加死气沉沉。都到这个时候了，他几乎也只是一段逸事，而朱莉也快老了。

Death
by Landscape

05.

死于风景之畔

现在儿子们都长大了，罗布也死了，路易丝搬到了一个新开发的水景小区的公寓里。她不必再为草坪忧心忡忡，不必再忧心常春藤强有力的小触手长进砖墙，不必再担忧松鼠一路咬进阁楼并吃掉电线上的绝缘材料，也不必再担心响起莫名其妙的噪声，为此她倍感宽慰。这座建筑有一个安全系统，唯一有生命的植物在日光房里的花盆里。

终于找到了足以容纳下那些画的公寓了，路易丝对此感到欣慰。这些画放在这里比在原来的房子里更拥挤，但这种安排使墙壁具有了欧洲风格：一排排的画，都上下左右地比邻而置，而不是按照过去的习惯分散开来摆放，长沙发上一幅，壁炉上一幅，前厅也放一幅，为的是使画作不那么显眼突兀。现在这种摆放方式更有效果。要知道，不该把画当成家具。

这些画都不太大，但这并不是说它们价值不高。这些油画、速写和素描作品，皆出自路易丝购买时知名度没现在高的艺术家之手。而他们的艺术作品后来有的印在了邮票上，有的挂在高中校长办公室里的丝质屏风上，有的被当成拼图的样式，有的印在精美的台历上，被公司买去作为圣诞礼物，送给不太重要的客户。这些艺术家大多在20世纪20至40年代完成了这些画作；他们画风景。路易丝有两幅汤姆·汤姆逊的作品，三幅A.Y.杰克逊的作品，一幅劳伦·哈里斯的作品。她还有一幅亚瑟·李斯麦尔的作品，一幅J. E. H.麦克唐纳的作品，一幅大卫·米尔恩的作品。这些画，有的描绘了粉红色波浪冲刷着的石岛上那些盘根错节的树干，背景是更多的岛屿；有的描绘了粗糙、明亮、树木稀少的悬崖间的湖泊；有的描绘了栩栩如生的河岸，灌木丛生，岸边停泊着两只独木舟，一只红色，一只灰色；有的则描绘了秋天金黄的树林，透过交错的树枝，依稀可见闪着冰蓝色微光的水塘。

这些画都是路易丝选择的。罗布对艺术品没有兴趣，虽然他也知道在墙上挂些东西很有必要。他把所有的装饰权都留给了她，当然，同时也提供钱。因为这些收藏，路易丝的朋友们，尤其是男人，都尊崇她投资艺术的敏锐嗅觉。

但她当时并非出于商业目的才买画。她买画，是因为她想要。她想要这些画里的某种东西，尽管她当时说不出那是什么。不是平静：她丝毫没觉得它们平静。看着它们，她心里总是充满难以言说的不安。尽管画上的不是人，甚至连动物都没有，但总似乎有什么东西或什么人，从画后面往外看。

　　十三岁时，路易丝曾乘独木舟旅行。在此之前，她只在外面过过几次夜。正如卡皮所说，这是一段漫长的旅程，要进入无路可走的荒郊野岭。这是路易丝第一次，也是唯一一次独木舟之旅。

　　卡皮是夏令营的负责人，而路易丝九岁就被送到了这个名为马尼图营地的夏令营；对女孩子来说，这个夏令营虽然不是最好的，但也不错了。像她这个年龄的女孩，只要父母负担得起费用，通常会被塞进这种夏令营里，而这些夏令营普遍类似。营地偏爱起印第安名，领导者则热情、精力充沛，就像卡皮、斯凯普和斯克提。在这些营地里，你要学习游泳、航海、划独木舟、骑马和打网球。若你不想做这些事，你可以学做手工艺品，为妈妈制作脏不拉几的疙瘩状陶土烟灰缸——那时抽烟的妈妈比现在多——或者用彩线编织手链。

　　任何时候都得保持积极，甚至吃早饭时也要如此。在仪式间歇，会允许，甚至会鼓励你大喊大叫、用勺子敲桌子。巧克力棒定量供给，以防止长蛀牙和粉刺。晚饭后，在食堂里或食堂外，大家会在蚊虫环飞的篝火旁围成一圈，一起唱歌。路易丝仍然记得《我亲爱的克莱门汀》和《我的邦妮躺在海洋上》的全部歌词，还能表演出动作：唱到"大海"时用手做出起伏的波浪，唱到"躺下"时两手并拢放在脸颊下。她永远无法忘记这些，一想起就悲伤。

　　路易丝认为自己能认出参加过这些营地的女人，并且擅长此道。即使是现在，这些女人在握手时仍保持一种僵硬的姿势；站立时双腿比平时分得更开些，稳稳地伫立着；这也是一种她们衡量你的方法，看你是否适合划独木舟：当然是靠前的位置，而不是靠后。她们自己会坐后面，她们称之为殿后。

她知道现在这种夏令营仍然存在，尽管马尼图夏令营已成历史。夏令营是少数变化不太大的事物之一。在现在的营地，营员们学习给铜器涂漆，用电烤箱烤制没一点儿用且脏兮兮的彩色玻璃，但从她朋友孙子的作品来看，营地的艺术水平并没有提高。

路易丝是在战后第一年去马尼图营地的，在路易丝看来，营地似乎很古老。建筑都是圆木围成的，圆木之间铺着白色水泥，旗杆环置着白色的石头，风化的灰色码头伸向观景湖，码头上挂着绳编的缓冲器和锈迹斑斑的拴船用的铁环，办公室门口是整齐的圆形牵牛花圃，这一切想必都还如故。事实上，这里的历史仅可追溯到20世纪的头十年；营地由卡皮的父母创立，并作为遗产和义务传给了她，他们认为露营可以塑造性格，就像冲冷水澡一样。

路易丝后来意识到，在大萧条和随后的战争年代，资金流通受阻，卡皮为了维持马尼图营地的运转，一定费尽了周折。如果营地只为非常富有的人服务，而不只是一般的富人，那么问题就会少一些。实际上，真正维持营地运转的，是那些要多少有多少的生了女儿的老姑娘，虽然她们也无法让一切井然有序：家具损坏了，油漆饰边剥落了，屋顶也漏水了。餐厅四处散挂着这些老姑娘已显模糊的照片，她们穿着宽大的羊毛泳衣，露出肥胖的、有褶皱的腿，或是穿着奇怪的网球服和宽松的裙子，双手抱在胸前站着。

　　一只巨大的驼鹿头标本挂在食堂里，就在从未使用过的石制壁炉上方，看起来像是肉食动物。它是一种吉祥物；名叫蒙蒂·马尼图。年龄大一些的营员中散布着关于它闹鬼的故事，说每当那盏灯光微弱、时亮时熄的灯关掉后，或发电机又一次故障而灯全熄灭时，它就会在黑暗中复活。路易丝起初感到害怕，但习惯后就不怕了。

　　对卡皮也是一样：你不得不适应她。她可能有四十岁了，或者三十五岁，或者五十岁。她有一头黄褐色的头发，看起来像是扣上碗，顺着碗沿剪的。每当她大步走在营地里时，她的头总是向前伸着，摇摇晃晃，就像一只母鸡。她手里抓着笔记本，检查着里面的记录。她就像教堂里的牧师：他们都笑得很开心，也很焦虑，因为他们希望事情进展顺利；他们都有过度洗涤的皮肤和细长的脖子。但是，当卡皮一开始领唱或带头做什么事时，这一切就无影无踪了。她会高兴起来，自信起来，那张平常的面孔几乎发出光来。她想创造欢乐。在这些时候，人们都爱她，而在其他时候，人们只是信任她。

　　起初，马尼图营地的许多地方路易丝都不喜欢。她讨厌餐厅里嘈杂的混乱和敲勺子的声音，讨厌人人期待你为了表明自己快乐而大喊大叫的喧闹合唱。她出生的家庭不鼓励大喊大叫。她不愿意被逼着给父母写信，还要说自己很开心。她不好埋怨，因为夏令营花了太多钱。

　　她不太喜欢在一屋子女孩中间脱衣服，哪怕是在昏暗的灯光下，即使没人注意。她也不喜欢与其他七个女孩子同睡一间小屋，其中一些女孩因为扁桃体发炎或感冒而打鼾，一些女孩晚上做噩梦，还会尿床，并因此哭个没完。她睡在下铺，这让她觉得自己被封闭起来了，她害怕睡上铺的女孩掉下来；她恐高。她想回家，她怀疑自己不在家父母过得更好，比她在家时更好，虽然妈妈每周都给她写信说他们多想她。发生这些事时，她才九岁。到她十三岁时，她已经喜欢上了营地，成为老营员了。

在营地里，她最要好的朋友叫露西。在冬天，路易丝还有其他朋友。冬天她需要上学，学生们都穿着刺得身上发痒的羊毛衣服，一到下午天就黑了。而露西是她的夏日好友。

露西是第二年到营地的，当时路易丝十岁，还是一名蓝鸟营员。（山雀、蓝鸟、乌鸦和翠鸟：马尼图营地用不同的鸟名给不同年龄组命名，这是一种图腾氏族分类法。就是在那时候，路易丝认为女孩是鸟，男孩是兽：好比狼，诸如此类。有些鸟兽适合用来命名，但有些则不适合。例如，从不用秃鹫命名；也不用臭鼬或老鼠。）

路易丝帮露西打开铁皮箱，把叠好的衣服放在木架上，整理好床铺。她安排露西睡在自己上铺，这样就方便照顾她了。她已经察觉到了，露西还不习惯很多规则；她觉得自己对她负有责任。

露西来自美国，漫画和电影也来自那里。她并非来自纽约、好莱坞或布法罗——路易丝只知道这些美国城市的名字——而是来自芝加哥。她家住在湖边，她家有很多扇门，还有多处庭院和一个女仆。路易丝家只有一个每周来两次的清洁女工。

露西的妈妈也曾是这里的营员，这是她来这个营地的唯一原因（露西环顾小屋，投去轻蔑的眼神，她对营地不屑一顾的样子既让路易丝不太开心，同时又使她心生畏惧）。露西的妈妈本是加拿大人，但后来嫁给了她爸爸。她爸爸的一只眼睛上戴着眼罩，就像一个海盗。她给路易丝看过她钱包里爸爸的照片，他在战争中失去了一只眼睛。"是榴霰弹片。"露西说。路易丝不知何为榴霰弹片，但大受震动，她不知说什么好，只好咕哝了一声。相比之下，她爸爸的两只眼睛完好无损，显得平淡无奇。

"我爸爸打高尔夫球。"路易丝最后鼓起勇气说。

"人人都打高尔夫球，"露西说，"我妈妈也打高尔夫球。"

路易丝的妈妈不打高尔夫球。路易丝带露西去看室外厕所、游泳码头和挂着蒙蒂·马尼图可怕脑袋的餐厅。她知道这些根本无法满足露西的要求。

出师不利；但露西心地善良，她只是随意地耸了耸肩就接受了马尼图营地，似乎她一切都能接受。她会竭尽全力，并且时刻提醒路易丝，她的确尽力了。

不过，路易丝知道某些露西不知道的事情。露西把蚊子叮咬的包抓破了，不得不被带到医务室涂药水。划船时她会脱掉T恤，虽然教官很快就发现并让她重新穿好，但她还是晒伤了，伤得还很厉害，皮肤都成了鲜红色，只剩泳衣带子的印痕煞白煞白，白得耀眼，在皮肤上留下X形的图案；她让路易丝帮忙，把肩膀上晒伤的薄皮揭下来。当她们围着篝火唱《云雀》时，她一个法语单词都听不懂。不同的是，露西并不关心她自己不知道的事情，对此路易丝却很关心。

在接下来的那个冬天以及后来的冬天里，露西和路易丝都互相写信。她们都是独生女，这在当时是公认的缺憾，所以她们在信中互称姐妹，甚至是双胞胎。对路易丝来说，承认这一点有些吃力，因为露西有一头耀眼的金发，半透明的皮肤轻弹可破，蓝色大眼睛就像洋娃娃的一样，而路易丝并无什么不同寻常之处：她只是一个高瘦的棕发姑娘，还长了雀斑。她们署名都用LL，两个L交织在一起，就像毛巾上的字母图案。（路易丝想：我们一个路易丝，一个露西，名字都正符合我们出生的年代：路易丝·莱恩，超人的女友，雄心勃勃的女记者，还有《我爱露西》。我们的名字现在都过时了，现在的时代，是小詹妮弗、小艾米丽、小亚历山德拉、小卡罗琳和小蒂凡尼的时代。）

她们在信中表现得比见面时更加热情似火。在信纸页边，她们写满了"吻你"和"亲你"。等夏天又再见时，她们总会让对方大吃一惊。她们都变了很多，或者说是露西的变化很大。就像是看到一个人一晃就长大了，很难在一开始就想到要说些什么。

但露西总会带给路易丝一两个惊喜，她总有东西要展现，有奇迹要揭示。第一年，她带来了一张照片，照片里她穿着芭蕾舞裙，头顶打着芭蕾舞女演员的发结；为了向路易丝展示芭蕾舞动作，她绕着游泳池表演了一圈芭蕾舞动作，差点摔倒在地。第二年，她不跳芭蕾，改骑马了。（马尼图营地没有马。）下一年，她的父母离婚了，她有了一个双眼完好的继父，外加一处新房子，虽然女仆没有换。又过了一年，她们从蓝鸟班毕了业，进入了乌鸦班，就在入营的第一周，她来了例假。黄昏时，她们从违规吸烟的教官那里偷了一些火柴，然后打着手电筒，在离营地最远的室外厕所后面生了一小堆火。现在她们会生各种各样的火了，是在露营课上学到的。她们这次生火是为了烧掉露西用过的一张卫生巾。路易丝不确定这样做的原因，也不记得是谁出的主意，但她还能记得烧焦的白绒毛和血液的嘶嘶声给自己带来的深深的满足感，就像完成了某种无言的仪式。

没人抓住她们，自那之后，她们在营地的违规行为基本都能得逞。露西有那么大的一双眼睛，也是一个那么有造诣的小骗子。

露西今年又有了新变化：她的行动更迟缓，更郁郁寡欢。她对天黑后偷偷出去晃悠、偷教官的香烟以及在黑市上贩卖棒棒糖都不再感兴趣了。她心事重重，早上很难醒来。她不喜欢她的继父，但也不想和已经再婚的亲生爸爸住在一起。她认为妈妈可能与一个医生有染，她不确定，但当她继父不在家时，她看到他们在车里接吻，车就停在外面的车道上。他那是活该。她不喜欢自己读的私立学校。她有一个男朋友，才十六岁，是园丁的助手。她就是在花园里与他相遇的。她向路易丝描述了他亲吻她的感觉：一开始像橡胶一样，但接着膝盖就软了。她的家人禁止她见他，并威胁要送她去寄宿学校。她想离家出走。

路易丝几乎没什么可说的。她自己的生活平静而令人满意，但谈不上幸福。"你真是幸运儿。"露西对她说，有点小小的自得。她还不妨直接说路易丝生活无聊，因为路易丝觉得她就是这么想的。

露西对独木舟之旅漠不关心，所以路易丝不得不掩饰自己的兴奋。在她们出发的前一天晚上，她就像露西一样，表现得就像被人胁迫似的，无精打采地钻进营火圈，忍无可忍地叹了口气，坐下了。

每次独木舟之旅都从营地出发，卡皮、班长和教官在出发前都会举行一次特别的送别会，全体营员都要参加。卡皮用口红在自己的两边面颊上各涂上三道红线，看起来就像三道手指挠的印痕。她用墨水在额头上画了一个蓝色圆圈，把手帕拧紧系在头上，周围还贴上一排羽毛，身上裹着一条红黑相间的哈德逊湾牌毯子。教官们也都裹着毯子，但脸颊上只划了两道红条纹。他们敲打着木制圆奶酪盒子制成的印第安手鼓，鼓皮是皮制的，用钉子固定住。卡皮装扮成卡佩索塔酋长。当她迈进人群中间，站在那里，举起一只手时，营员们都得说"嗬！"

回首此事，路易丝感到一丝不安。她对印第安人太了解了：这就是原因。例如，她知道甚至都不该将他们称作印第安人，即使没有其他人冒充其名，且假扮成他们的样子，他们要操心的事也足够多了。这就是一种偷窃形式。

但她也想起自己曾对此一无所知。曾经，她也喜欢篝火，喜欢围成一圈的人们脸上闪烁的光影，喜欢假印第安手鼓的声音，又重又快，就像受到惊吓的心跳声；她喜欢裹着装饰着羽毛的红毯子的卡皮，就像有庄严感的酋长，她会举起手说："致敬，我的乌鸦们。"这并不好笑，也不是在开玩笑。她曾经想成为一个印第安人，变得富有冒险精神、纯粹且原始。

"你们将去经历大风大浪。"卡皮说。这是她的想法，也是她们所有人的想法，印第安人就该这样说话："你们将去无人涉足之地。历经数次月盈月亏，你们终将抵达目的地。"此言非真。她们只去一周，不是去数月。独木舟旅行路线也有明确的标示，她们已经在地图上演习过了，一路上会经过的营地也都准备好了，营地的名字年复一年地沿用。但当卡皮这么说时，尽管露西翻了个白眼，路易丝仍感觉到了波涛在延展，两边的湖岸蜿蜒而退，气势磅礴而又让人畏惧。

"你们将带回诸多贝壳念珠，"卡皮说，"我的勇士们，去英勇战斗，剥下敌人的头皮吧！"这是她的另一个幌子：把她们当成男孩，而且嗜血成性。但玩这样的游戏不能用"印第安女人们"来代替，那样根本没效果。

她们人人都得站起来，并要向前迈出一步，由卡皮在脸颊上画一条红线。她告诉她们：必须沿着祖先的足迹继续前进。（路易丝想，这些祖先中，肯定大多数都没考虑过，只纯粹为了好玩就乘着一只独木舟驶向辽阔的湖面。她从公寓的窗户望出去，想起了妈妈梳妆台上摆放的家族珍藏的银版照片和棕褐色肖像画，男人都穿着浆硬的衬衫和黑外套，表情严厉，女人的头发都梳得纹丝不乱，束胸衣紧箍着身体，令人肃然起敬。）

仪式结束时，她们都起身，手牵手围成一圈，打着拍子唱歌。这听起来不太印第安，路易丝想，而是像电影中军事基地里的号角。但卡皮从来都不在乎前后一致，她也不是考古学家。

第二天早上，吃完早饭，她们就乘坐四只独木舟从主码头出发了，每舟三人。她们脸上的口红条纹还没有完全消失，仍透着隐隐的淡粉红色，像是正在愈合的烧伤。太阳当头照，她们戴着白色牛仔帆布帽，穿着细条纹T恤和裤腿卷起的浅色宽松短裤。坐在中间的人蹲坐着，臀部靠在折卷起的睡袋上。和她们同行的教官是帕特和基普。基普一丝不苟；而帕特更容易受骗或被愚弄。

白云飘飘，微风习习，波光粼粼。路易丝乘着基普的独木舟，就坐在船头。她仍然不太会划J形桨，在整个旅程中，她都不得不坐在船头或船中。露西在她身后坐着；她更不会划J形桨。她的桨拍打出大片的浪花，溅了路易丝一身。

"我会报仇的。"路易丝说。

"你肩上有只马蝇。"露西说。

路易丝扭过头，看了看她，她想看看露西是否在偷偷笑。她们常常互相泼水。回头看去，营地已经隐没在第一道长长的岩石堆和粗粝的树木后面了。路易丝感觉，似乎有一根无形的绳子断了。她们随意漂浮着，自由自在，独享蓝天碧水。独木舟下，湖水流淌，比一分钟前更深更冷了。

"独木舟上不能嬉闹。"基普说。她将T恤袖子挽到肩上；她的棕色手臂强壮有力，下巴坚挺，划桨的动作完美。她看起来好像很清楚自己在做什么。

四只独木舟彼此靠得很近。姑娘们唱着歌，闹哄哄的，充满挑衅意味；她们唱了《水手商店》《我亲爱的克莱门汀》《云雀》。她们与其说是在唱歌，还不如说是在号叫。

随后，风越来越大，斜吹在船头，她们不得不集中精力，破浪前行。

当时发生了什么重要的事情吗？有什么可以为接下来发生的事情提供某种理由或线索的事情吗？路易丝能记住一切，她记得每一个细节，但这对她没什么好处。

中午，她们停下来游泳，吃午饭，下午继续前进。最后，她们到了一片小桦树林，这是她们第一个过夜的露营地。路易丝和露西生了火，而其他人则搭起厚重的帆布帐篷。生火的地方已经准备好了，用扁平的石头堆成U形，里面留着一只烧过的铁罐和一只啤酒瓶。她们生的火熄了，因此不得不重新生。"快点吧你们，"基普说，"我们快饿死了。"

太阳落山了，在粉红色的夕阳下，她们刷了牙，朝着湖水吐掉牙膏沫。基普和帕特把非罐头食物都装进一个背包，然后扔到一棵树上，以防有熊偷走。

路易丝和露西都没有睡在帐篷里。她们好不容易恳求来睡在外面的机会，这样她们说悄悄话就没人能听到。她们答应基普，如果下雨，她们保证不会爬进帐篷把水淋到其他人腿上；她们到时会钻到独木舟下面。这样她们才被允许睡在外面。

路易丝挪动着，想尽量在睡袋里睡得舒服点，睡袋里散发着仓库的霉味和之前的露营者的体味，一种酸腐味，咸乎乎的。她蜷缩着身子，将毛衣卷起来放在头下当枕头，手电筒则放在睡袋里，以免滚出去。她的手臂酸痛，肌肉发出轻微的砰砰声，就像橡皮筋断裂的声音一样。

露西挨着她，发出窸窸窣窣的声音。路易丝可以看到她白皙的椭圆形脸在闪光。

"我的后背硌着一块石头。"露西说。

"我也一样，"路易丝说，"你想回帐篷吗？"她不想回去，但问一下总是对的。

"不想。"露西说。她钻进了睡袋。稍过了一会儿，她说："要是能不回去该多好啊。"

"不回营地？"路易丝问。

"不回芝加哥，"露西说，"我讨厌那儿。"

"你男朋友怎么办？"路易丝说。露西没吱声。她要么是睡着了，要么是假装睡着了。

月亮出来了，树木来回摆动。天上星星闪烁，逐层下落。基普说，星星像这样明亮而不朦胧，就意味着明天会有坏天气。远处的湖面上有两只潜鸟，它们正在用疯狂、悲哀的声音相互呼唤。当时，这种声音听起来并不像哀鸣，而只是背景。

早晨，湖面平静无波。她们轻快地越过明镜似的水面，在身后留下V形的浪痕，感觉就像飞起来一样。太阳越升越高，天气也随之越来越热，几乎是太热了。独木舟上有很多马蝇，也有很多光着的胳膊或大腿，马蝇一有机会就迅速叮上一口。路易丝希望能吹来一丝风。

下一个露营地名为瞭望台，她们停下来吃午饭。营地得名于附近一处陡峭的悬崖。虽然营地本身位于水边一块平坦的岩石架上，但有一条小道可以通往顶峰。顶部就是瞭望台，不过在台上也是什么都看不清。基普说瞭望台也只是一个观景点而已。

无论如何，路易丝和露西决定爬上去。她们不想闲荡着等吃午饭。她们轮流负责做饭，这次不是她们。她们并非不想做饭——因为做午饭并不难，只需要打开奶酪，取出面包和花生酱就可以了——但帕特和基普总要她们到树林里捡些树枝，为自己生火煮茶。

她们告诉了基普她们要去哪里。哪怕只是去树林里找干树枝生火，只有一小段路走，你也必须得告诉基普。不与人同行，你哪儿都不能去。

"好吧，"基普说，她正蹲在火边，往火堆里塞浮木，"再过十五分钟就要吃午饭了。"

"她们要去哪里？"帕特说。她刚从湖里提来一大罐水。

"瞭望台。"基普说。

"要当心点。"帕特说。她事后说自己说过这话，因为她一直都这样说。

"她们是老手了。"基普说。

路易丝看了看手表：现在离十二点还有十分钟。她留意时间，但露西不在乎。她们沿着小道往上走，沿途全是干燥的泥土、岩石、圆形的粉灰色大石块和锯齿状边缘的开裂的石块。路两旁都长着细长的香胶木和云杉树，左边是湖，蓝波粼粼。太阳就在头顶上，无处成荫。热浪裹挟着她们。森林都干裂了，发出噼噼啪啪的声音。

路并不远，但很陡峭，她们爬到山顶时，都大汗淋漓。她们用手擦着脸，小心地坐在一块灼热的岩石上，这里离崖边只有五英尺，对路易丝来说已经太近了。这是一个名副其实的瞭望台，峭壁与湖面垂直，可以俯瞰水面，一直能看到她们来时的小道。令路易丝感到惊讶的是，她们竟然已经走了这么远。她们沿着水边小道一直走到这里，除了自己的双臂外，没依赖其他任何力量。这让她觉得自己很强壮，有能力做任何事情。

"这真是个潜水的好地方。"露西说。

"你一定是疯了。"路易丝说。

"为什么？"露西说，"悬崖真的很深，垂直下降到底。"她起身，往崖壁走近了一步。路易丝的腹部仿佛被刺了一下，就像汽车过快地开过颠簸不平之地一样。"别去。"她说。

"别干吗？"露西说着，调皮地瞥了她一眼。她知道路易丝恐高，但她还是转过身来。"我真要小便了。"她说。

"你带卫生纸了吗？"路易丝说，她身上从来不缺卫生纸。她在短裤口袋里翻找着。

"谢谢。"露西说。

在树林里小便她们颇有心得：速度要快，以免蚊子叮咬，内裤只拉到膝盖处，双脚分开蹲下，以免把腿弄湿，面朝着下坡方向。这样小便，屁股有暴露在外的感觉，好像有人正从后面看着你。如果和别人一起小便，你就要遵守规矩：不可以乱看。路易丝起身，开始沿着小道往回走，就要离开露西的视线了。

"你会等我吧？"露西说。

路易丝从山顶爬下来，绕过巨石，就看不见露西了；她在等露西。她可以听到岸边其他人的说话声和笑声。一个人在喊："蚂蚁！蚂蚁！"一定有人坐在蚁丘上了。在树林的另一边，一只乌鸦在嘶鸣，声音嘶哑而单调。

她看了看表：十二点了。这时，她听到了喊叫声。

自那以后，她在脑海中一遍又一遍地回想当时的情景，回想的次数太多了，以至于覆盖了最初真正的喊叫声，就像一个被其他脚印踩过的脚印一样消失了。但她确信（她几乎可以肯定，几乎可以确信无疑），那不是恐惧的喊叫，也不是尖叫，而更像是一声惊叫，瞬间就地中断了的惊叫。短促，就像狗吠。

"露西？"路易丝说。接着她喊起来："露西！"她边喊边往回爬。她翻过小道上的石头，但没有见到露西。或者说，露西不在她的视线之内。

"别闹了，"路易丝说，"该吃午饭了。"但露西没有从岩石后站起来，树后也没闪出微笑着的露西。阳光洒满大地；岩石看起来白森森的。"这不好玩！"路易丝说。这不好玩，她心中升腾起一阵恐慌，是那种小孩子不知道比自己大的孩子藏在哪里的恐慌。她能听到自己的心跳声。她迅速地环顾四周；她趴在地上，从悬崖边上望过去。她觉得浑身发冷。什么都没有。

她跌跌撞撞地沿着小道往回走；她的呼吸无比急促；她害怕极了，甚至都哭不出来。她觉得很可怕，更准确地说是内疚和沮丧，就好像她不小心做了什么大坏事。某种东西永远也无法修复了。"露西不见了。"她告诉基普。

基普正在火堆旁，她抬起头来，一脸不耐烦。马口铁罐中的水正在沸腾。"什么意思，不见了？"她问，"她到哪儿去了？"

"我不知道，"路易丝说，"她刚刚不见的。"

没人听到露西的喊叫声，但也没人听到路易丝的呼叫声。其他人一直在岸边交谈。

基普和帕特走上瞭望台，一边搜索一边呼叫，还吹响了哨子。但没有任何回应。

随后，她们走回来了，路易丝必须准确地说清楚发生了什么事。其他女孩都围成一圈，听她说话。没人言语。她们看起来都很害怕，尤其是帕特和基普。她们是领导者。你不能就这样毫无缘由地丢失一位营员。

"你怎么把她一个人留在那儿？"基普问。

"我只是想在回来的路上等她，"路易丝说，"我跟你说过了，她憋不住了。"在比自己年长的人面前，她说不出"小便"这个词。

基普一脸厌烦。

"也许她只是误入树林深处了，现在正往回走呢。"其中一个女孩说。

"也许她是故意的。"另一个女孩说。

没人相信其中任何一种说法。

她们乘着独木舟，在悬崖底部四处搜寻，还盯着水下看。但没有石头落水的声音，也没有水花飞溅的声音。没有任何线索，什么都没有。露西只是不见了。

独木舟之旅就此结束。尽管少了露西划桨，她们仍只花了两天时间就回来了。她们没再唱歌。

在这之后，警察带着狗，乘坐摩托艇也到了现场；这些警察是骑警，狗是德国牧羊犬，受过训练，能在树林中追踪行迹。但在那之后下了一场雨，他们一无所获。

卡皮把路易丝叫到自己的办公室。她在镜子里看到自己的脸都哭肿了。现在她没有任何感觉，就像是她自己淹死了。她不能再在这儿待下去了。这真是太让人震惊了。明天她的父母就来接她走。另外几个参加了独木舟旅行的女孩也被召集到了一起，都准备回家。其他女孩则不得不留下来，因为她们的父母都在欧洲，或者无法联系上。

卡皮的脸色铁青。她们曾试图掩盖此事，但营地中已尽人皆知。媒体很快也会知道。在这种情况下，你无法保持沉默，但能说什么？有什么可说的？"一个女孩在光天化日之下消失得无影无踪。"谁会相信？公众会有其他说法，更倾向于阴谋论的说法。人们至少会说这是疏忽大意，但她们一直都非常非常小心啊。厄运就像迷雾一样降临，笼罩着马尼图营地；父母们会对马尼图营地避之唯恐不及，会首先选择其他运气更好一些的地方。尽管路易丝已经麻木，她也能看出卡皮正在思考这一切。换了谁都会这么做。

在卡皮的办公室里，路易丝坐在旧木制书桌旁的一张硬木椅上，书桌边的墙壁上，是一份营地日常活动规范公告，用图钉钉在墙上。路易丝的眼睛都哭肿了，她看着卡皮，卡皮现在则在微笑，那应该是表示安心的微笑。她的态度太随意了：她在打着什么算盘。她追索违禁巧克力棒时，追捕那些据说在夜间偷偷溜出小屋的营员时，路易丝在她脸上看到过这种表情。

"再给我讲一遍事发经过，"卡皮说，"从头开始。"

迄今为止，路易丝已经向帕特与基普、向卡皮和警察讲了无数遍，所以她可以一字不差地重讲一遍又一遍。她知道事情的经过，但她自己都开始不相信了。这已经变成一个故事。"我跟你说过了，"她说，"她憋不住了。我给她卫生纸后就下山了，我等着她。我听到了喊叫声……""好吧，"卡皮胸有成竹地微笑着，"但在那之前。你们都说了什么？"

路易丝想了一会儿。以前没人问过这个问题。"她说可以从那里去潜水。她说那儿垂直向下。"

"你怎么说的？"

"我说她一定是疯了。"

"你生露西的气了？"卡皮鼓励她继续说下去。"没有，"路易丝说，"我怎么会生露西的气？我从不生露西的气。"她觉得自己又要哭了。她曾对露西生过气，但那些时刻都已经被抹去了。露西始终完美。

"有时我们会生气，但我们自己都没察觉，"卡皮说，仿佛是在自言自语，"我们有时真的很生气，但我们甚至都不知道。我们有时会在无意间做自己本不想做的事，或者说都不知道后面会发生什么。我们会大发脾气。"

路易丝才十三岁，但她很快就发现，卡皮所说的"我们"，并不包括她本人。这个"我们"指的是路易丝。她是在指责路易丝，暗示是路易丝把露西推下悬崖的。路易丝就像被打了一记耳光，这种指责太不公平了。"我没干！"她说。

"没干什么？"卡皮轻声说，"没干什么，路易丝？"

路易丝开始哭起来，这是最糟糕的回答。卡皮看了她一眼，就像一次突袭。她得到了她想要的。

再后来，等路易丝长大了，她才明白和卡皮这次会面的实质。她可以看出卡皮的绝望，她需要一个故事，一个有答案的真实故事；只要不是那个她必须处理的露西凭空消失的故事。卡皮希望路易丝提供一个答案，并成为答案。这样做甚至不是为了应对报纸，也不是为了给露西父母一个说法，因为若没有证据，她永远无法进行这样的指控。她这是为了自己：她需要某种东西来解释为何会失去马尼图营地以及她为之工作的一切。年复一年，她一直在取悦这些被宠坏的孩子，恭维她们的父母：头发上插着羽毛，当众把自己扮成傻瓜。事实上，马尼图营地已经衰败了，没能幸存下来。

二十年后，路易丝终于想通了这件事。但已经太晚。甚至事发后十分钟就想通都已太晚，当她离开卡皮的办公室，慢慢走回小屋收拾行李时，都太晚了。露西的衣服还在原处，叠放在架子上，仿佛在等待主人归来。她感觉到小屋里的其他女孩都在用猜测的目光看着她。她会做那种事吗？一定是她做的。在她的余生，她发现人们都以这种方式看着她。

也许她们不是这样想的。也许她们只是为她难过。但她觉得自己接受了审判并被判了刑，这种感受一直如影随形：被人区别相待，受人谴责，罪名却是凭空捏造出来的。

路易丝坐在她公寓的客厅里，手里端着一杯茶。透过落地窗，她可以看到宽阔的安大略湖，湖面上波光粼粼，泛着蓝灰色的光，中心岛上的柳树在风中飘摇，从她这个距离，透过玻璃看过去，湖水寂静无声。污染太严重了，她以前还能看见远处的湖岸，他国的湖岸；但今天什么也看不见。

或许她可以下楼，出去购购物；冰箱里的东西所剩不多了。她的儿子们说她应该多出去走走，但她并不饿。从这个地方出去，变得越来越费劲了。

她现在几乎不记得在医院里生下两个儿子的情况了，他们是婴儿时她还照顾他们；她几乎不记得结婚的事了，或者罗布的相貌。即使在那个时候，她也从未觉得自己能全神贯注。她很累，似乎她过的不是一个人的生活，而是两个人的生活：她自己的生活，以及另一个人的生活，萦绕在自己身边并且不被人发现的阴暗生活，那种如果露西没有迈上那条上山的小道，并且自那以后就人间蒸发的生活。

那样她就永远不会北上，不会去罗布家的小屋，也不会去任何有野湖、原始森林和潜鸟叫声的地方。她永远不会去任何附近的地方。尽管如此，她好像仍能听到另一个人的声音，一个应该在那里却没有出现的声音。一个人的回声。

罗布还活着、儿子们尚未成人的时候，她可以假装没听到这个声音和其中的空白。但现在，能分散她注意力的东西已所剩不多了。

她从窗前转过身，凝视着自己的画。湖中是粉红色的小岛，树木盘绕交错。这和她们在那个遥远的夏天划船经过的风景一样。她看过这个国家的航拍旅行纪录片；俯瞰的视角很不一样，更宽阔，更绝望：湖连绵不绝，就像深绿色灌木丛中不规则出现的蓝色水坑，树就像刚硬的毛。

在这样的地方，一旦有东西遗落，怎么可能找回来？如果他们砍掉所有的树，抽干所有的湖水，他们或许会在某个时候找到露西的骨头，不管藏在什么地方。几块骨头，几颗纽扣，还有她短裤上的搭扣。

但死人是一具尸体；尸体总会占据空间，躺在某处，总能为人所见。尸体会装在一个盒子里，然后埋到地下，从此就躺在了地下的盒子里。但露西没在盒子里，也不在地下。因为没法明确她在什么地方，所以她可以在任何地方。

这些画并非风景画。因为画里没有任何风景，也不是古老而整洁的欧洲风情，若是的话，那就会有一座平缓的山丘，一道蜿蜒曲折的河流，一间小屋，背景则是一座山，一抹金色的夜空。相反，画里只有缠绕纠结的一团，一座模糊不明的迷宫，在这座迷宫里，你只要离开小路，就会立刻迷失方向。这些画中都没有背景，也没有远景；只有大量的前景，无休止地往后延伸再延伸，让你陷入缠绕不清的树、树枝和岩石之中。无论你朝后走多远，都只有同样的东西，没有尽头。树已很难说是树了；它们是能量流，充满着强烈的色彩。

露西失踪前，悬崖上到底有多少棵树？谁知道？谁数过？或许以后还会有人重蹈覆辙。

路易丝一动不动地坐在椅子上。她手里端着杯子，半举到唇边。她听到了什么声音，几乎是听到了一种认可的呼喊，或者说是一种喜悦的呼喊。

她看着画，她看透了画。每幅画都是一个露西，都是她的一张照片。你看得不确切，但她就在那儿，就在粉红色的石头岛后面，或在后面的那座小岛之后。她在那张画有悬崖的画上，就藏在崖底一堆落石中间；她在那张画有河岸的画上，就蜷缩在翻倒的独木舟下。她在那张描绘金秋树林的画上，就藏在密林中的某棵树后，就在银蓝色的池塘边；但如果你走进画中找那棵树，一定会找错，因为那棵真正的树会在更远的地方。

人皆居于某处，而露西就居于此处。她在路易丝的公寓里，在墙上向内打开的孔里，这些孔不像窗户，而是更像门。她就在这儿。她活得好好的。

06.

Uncles

舅舅们

　　快五岁的时候，苏珊娜在一只奶酪箱上跳了一次踢踏舞。奶酪箱是圆柱形的，木制的，用白色绉纱纸和交叉的红丝带装饰着，看起来就像一只鼓。另外还有两个女孩子在奶酪箱上跳舞，但她们的装饰物是蓝色的。苏珊娜跳舞的箱子是唯一一只红色的。她在中间，她也是年龄最小、身高最矮的。她得被人举起来。在她们后面，在后排，还有三排女孩子，她们跳得不够好，不能上奶酪箱上跳。

　　这是一场朗诵会上的舞蹈表演。苏珊娜穿白袜子、白鞋子，系着一条红发带，穿着一条白色水手裙，裙子的方领口上缝缀着红色的花边，那是妈妈辛辛苦苦缝上的。她妈妈总能为特殊的场合改制出特殊的衣服，让自己摆脱日常毫无生气的生活。在朗诵会开始前，苏珊娜在后台过于兴奋，不得不去了三趟洗手间；但一旦她走上舞台，站在灯光下，她就好了，没踏错任何一个节拍。

伴奏的曲子是《起锚远航》。那一年，女孩们的一切都是军事化的，因为当时仍在战争期间。杂志上的女性都穿着白色海军蓝短裤和水手上衣，下摆系起来，露出肚皮，她们头上都翘戴着水手帽，斜着眼，表情刻薄、无礼，或惊讶地噘着嘴。这些女人和这些衣服被说成像纽扣一样可爱，人们也是这样说苏珊娜的。苏珊娜并不明白纽扣有什么可爱之处。她只觉得扣纽扣很难。但她也是知道别人是在夸自己的。

说这些话的是那些舅妈。她们是和自己的丈夫——苏珊娜的舅舅们一起来的，都坐在前排，她们用僵硬的手臂和扑满粉的脸虚情假意地拥抱和亲吻苏珊娜。舅舅们很少说话，也没拥抱或亲吻苏珊娜。但苏珊娜设法摆脱舅妈们，跑到两位舅舅身边，被舅舅架着，像只猴子荡来荡去，骄傲地离开了观众席。舅舅们才重要。

苏珊娜的妈妈当然也来了。她的爸爸没有来，因为他在战争中失踪了。没人说他被杀了，所以苏珊娜以为他正在某个地方徘徊着——在她的想象中有一块空地，就像她所住街道尽头的那块空地，大人不允许她到那里玩——爸爸正想方设法找寻回家的路。

为了让舅舅们开心，苏珊娜在周日下午又跳了一遍踢踏舞。时值夏天，午饭后他们会坐在前廊里。那时，人们仍会坐在房子的前廊下、摇椅或门廊的秋千上。苏珊娜家的前廊里就有摇椅和秋千，舅舅们会坐在摇椅上。他们会坐在阳光下，像熊一样眨着眼睛，人人一杯啤酒。他们只喝一两杯，从来不喝烈酒；尽管如此，舅妈们仍认为他们不应该在别人能看见的门廊上喝。舅舅们并不理会。他们眨了眨眼，继续喝自己的酒。

苏珊娜有三个舅舅，都是金发，开始秃顶了，红脸膛。他们都是大块头，你不能说男人"胖"。他们也都很强壮；当他们来帮苏珊娜的妈妈修剪草坪时——他们轮流做——他们只用一只手推着割草机。他们会伸直一只手臂，这样苏珊娜就能坐在上面，稳稳地靠在他们粗大的红脖子上。他们并不富裕，但他们让人感觉舒服。她妈妈就是这样说的，苏珊娜认为说得对：他们就像安乐椅一样。其中一个经营一家五金店，另一个是银行经理，第三个做保险生意。这也是舅妈们担心他们喝啤酒的原因。

他们很少在门廊下谈话，所以苏珊娜在那里有很多活动空间。她穿着荷叶边的黄色棉质太阳裙，哼着曲子，脚在地上踏上踏下，跳上跳下，用脚跟和脚尖着地跳舞，向舅舅们行礼。舅舅们则会笑着拍手，然后她就会坐在其中一个舅舅粗壮的大腿上，闻着他们的啤酒味、肥皂味、剃须液味，翻他们的口袋，寻找可能藏在里面的口香糖，或者哄他们变戏法。他们人人都有绝活儿。一个会吐烟圈，另一个会把手帕变成一只老鼠跳到手臂上，第三个会用一种可笑的女人声音唱"哦，苏珊娜"，声音嘶哑而悲伤，还边唱边做着悲伤的鬼脸。大约只是在这个时候，他才会改变表情。

"哦，苏珊娜，不要为我哭泣……"他会假装哭起来，苏珊娜则会假装安慰他。这个下午，以及所有这些下午，都为快乐设定了一个高标准，在后来的岁月里，苏珊娜发现很难再有这样的快乐了。

　　偶尔，苏珊娜的妈妈会出现在门廊里。"苏珊娜，不要卖弄了。"她会说。或者："苏珊娜，别缠着舅舅们了。"然后就会有一个舅舅说："她不烦人，梅。"在大多数情况下，苏珊娜的妈妈会待在厨房里，和舅妈们一起洗碗，在苏珊娜看来，厨房才是属于她们的地方。

　　周日晚餐吃的食物大部分是舅妈们带来的。她们会带来烤肉、柠檬蛋白酥皮派、饼干和她们自己的泡菜罐子。她妈妈可能会煮一些土豆，或者做一份果冻沙拉。大家并不指望她做多少，因为她是一个战争寡妇；她仍然在克服失去丈夫的痛苦，她还要独自抚养一个孩子。从外表看，这对她似乎没多大影响。她天性开朗，处事平稳，行动迟缓。舅舅们凑钱给她买了房子，因为她是他们的小妹妹，他们都是一起在农场长大的，关系亲密。

　　舅妈们很难原谅这一点。在餐桌上她们会谈到这个话题，会躲躲闪闪地暗示说，你得如何精打细算才能攒够两套房子的抵押贷款。舅舅们会看着妻子，带着责备的神情阻止她们说下去，并把盘子递给苏珊娜的妈妈，再加一份土豆泥。你不能让自己的血肉至亲流落街头，忍饥挨饿。苏珊娜之所以知道这一点，是因为她听到一个舅舅在跟跟跄跄地走过门前的小路，往汽车走去时就是这么说的。

　　"你不必买这么大的房子，"舅妈说，"几乎和我们的房子一样大了。"她匆匆跟上去，高跟鞋敲击着水泥地。所有舅妈都是短腿的小个子，动作轻快。

苏珊娜当时正坐在门廊下巨大的白色柳条摇椅上摇摆着。她停止摇晃，蜷缩起身体，这样别人就看不到她的头了，她听到了下面的对话。

"算了吧，阿黛尔，"舅舅说，"你不会想让她们住在小屋里吧。"

"她可以找份工作啊。"这是一种侮辱，舅妈知道这一点。这就表明舅舅其实负担不起。

"那谁来照顾苏珊娜？"舅舅说着，停下脚步，找车钥匙，"肯定不会是你。"

舅舅的声音里透出一丝苦涩，苏珊娜以前没听到过。她为舅舅感到难过。而对舅妈，她一点也不可怜。

舅舅们都有孩子，但都是男孩，而且都比苏珊娜大。他们成群结队地乱跑。他们总是被告知要坐姿挺直，把手指从耳朵中拿出来。他们被告知指甲很脏。他们被禁止顶嘴。他们被告知"不要自作聪明"。他们在一块空地上用石头和弹弓把怒气发泄到附近的猫身上。当吃完周日晚餐，他们就不理会苏珊娜了，还会一起轻蔑地盯着桌子对面的她。苏珊娜躲着他们，待在门廊地上舅舅们投下的保护她的阴影范围内。舅舅们会照顾她；她知道他们珍爱自己。然而，从另一方面看，她并不重要。她坐直与否不重要。她可以把手指伸进耳朵里，她可以自作聪明。她可以做任何她喜欢的事情，而且仍像纽扣一样可爱。

等她到了上学的年龄时，那些比较多愁善感的老师会想方设法地照顾她，因为她没有爸爸。"但我有三个舅舅。"她会说，他们会摇头叹息。但三个总比一个好。

从某个方面讲，她确实有一个爸爸。他出现在两张照片中：一张是他的单人照，放在壁炉上方的装饰架上，你一转动开关，壁炉上带玻璃罩的煤气灯就会亮起来；一张在她妈妈的梳妆台上，是他们两人的合照。两张照片上的爸爸都穿着制服。在壁炉装饰架上的照片里，他面色凝重，毫无表情，瘦削面孔上的黑色眼睛直直地盯着前面，这种表情让苏珊娜感到不安。这种表情有时就像一种渴望，有时则像一种决心，或代表恐惧，或代表愤怒。

十岁那年夏天，苏珊娜决定每天在这张照片前放一朵花。她放的总是金盏花，因为那是苏珊娜妈妈唯一用心种的花。那些花沿着房前人行道两侧整齐地排成一排，没有杂草。苏珊娜放了将近一个月的花。她妈妈认为这是因为她爱她的爸爸，至少这是苏珊娜无意中在厨房里听到妈妈告诉舅妈们的话。但事实并非如此，她怎么会爱一个素不相识的人？献花恰是因为她不爱他，但又怕他会发现这一点。她不想让他读出她的心思，因为众所周知，上帝就能做到这一点；那么为什么死人在同一个地方就做不到这点呢？每到此时，他照片上的表情都似乎充满一种纯粹而强烈的怨恨。他恨他死了，而苏珊娜还活着。

有时她沉溺于古老的幻想之中，认为他只是迷路了，他还会回来。但如果他真回来了又会怎么样？就此她做过几次噩梦，梦里的回归是这样的：一个长长的影子从她的卧室门进来，还有一双恶毒的眼睛。他可能不喜欢她。

在梳妆台上的照片里，他看上去很不一样，至少更帅一些。他正低头看着地面，笑得有些尴尬。她的妈妈有一张苹果脸，那时才只有十八岁。太年轻了，正如她一直不厌其烦地在说的那样，她挽着他的胳膊，凝视着镜头，带着一种苏珊娜平时从未见过的深情、沉思的假笑。这张照片令人失望，因为这是一张结婚照，而苏珊娜的妈妈只戴了一顶普通的帽子，穿着普通的裙子，而不是一件白色的长裙。苏珊娜的妈妈解释说，都是因为战争。那时人们结婚都匆匆忙忙的，他们没有时间好好打扮。

苏珊娜则把这归结为懒惰：实际上是因为她妈妈懒得收拾自己。她在做家务时也偷工减料。苏珊娜曾看到舅妈们对餐桌下面的厨房地板啧啧指责，或者从抽屉里拿出一堆塞成一团的茶巾，并重新整齐地叠好，或者在经过门前小路时收掉枯烂的金盏花上的种子。在某些方面，舅妈们将苏珊娜的房子视为自己的房子。她们针对性地把花式围裙作为圣诞节礼物送给苏珊娜的妈妈，但没什么效果。围裙也被塞进了抽屉，苏珊娜的妈妈会在浴缸里泡上几个小时，或者穿着拖鞋躺在她乱糟糟的床上阅读女性杂志，如果不出门，她就会在梳妆台镜子前修剪指甲，脏衣服堆在房间的各个角落里，一小堆一小堆的，散发出臭味。甚至连缝纫衣服她也常常半途而废；剪开的衣服图样钉成一捆一捆的，塞在杂志架后面；长沙发椅上散落着杂乱的线头，人起身时就会沾到身上。

从好的一面说，她不指望苏珊娜帮多大忙。苏珊娜年满十二岁，开始在学校学习家政时，她有时会以自卫的姿态打扫打扫卫生，或是对着妈妈抱怨几句。但这也没什么效果。

苏珊娜自己并不懒惰，虽然她也不曾在茶巾上花太多力气。那是舅妈们的工作。她又瘦又结实，更像爸爸家的人，她的精力与之相称。九年级时，她练跳高，然后是排球。她还加入了戏剧社团，社团会演一些台词通俗易懂的独幕剧，还有吉尔伯特和沙利文的轻歌剧，有时还会演出《俄克拉荷马！》和《蓬岛仙舞》。舅舅们会来观剧，坐在前排，微笑着鼓掌。他们现在更老了，肤色也更红了，几乎全秃了。他们仍会来修剪草坪，尽管她们已经有了一台电动割草机。苏珊娜把头偏向一边，肆无忌惮地对着他们笑，又唱又跳的；虽然她知道唱歌跳舞已经不足以取悦他们了。

某个星期天，开五金店的那位舅舅，把她带到一边，告诉她，她肩膀上有一个脑袋，应该学会用它。另一个银行家舅舅对她说，学会复式记账在任何工作中都不会有坏处，并教给她如何做。第三个舅舅说，她不应该过早结婚，这样会毁掉自己，知道如何谋生的女人永远不必依赖别人。苏珊娜知道他们指的是她的妈妈。她认真听了。

在高中的最后几年里，苏珊娜学习刻苦，表现出色——"表现出色"是舅舅们说的——并获得了一笔小额奖学金。剩下的学费由舅舅们支付。他们自己的儿子们都没有如他们所愿，儿子们中的一个成了芭蕾舞演员。

不久，苏珊娜大学毕业了，她身穿黑礼服，舅舅们鼓着掌，而旁边的舅妈们紧绷着脸，挤出一丝微笑，因为她们知道这花了多少钱。舅舅们一个接一个地去世。他们一直是大肚汉，喜欢烤牛肉和炸鸡，生奶油和厚厚的馅儿饼。他们不曾变瘦，只是变得更虚弱了。他们都是突发心脏病而死，有一段时间，苏珊娜觉得整个世界都没了声音。

*　　　*　　　*

每个舅舅都给苏珊娜的妈妈留了一些钱，也给苏珊娜留了一些。钱不是很多，但对舅妈们而言已经太多了，她们觉得在苏珊娜身上花的钱够多了。不久之后，当她妈妈再嫁——嫁给了她通过舅舅们认识的一个鳏夫，他曾经从事屋顶铺盖行业，现在退休了——并且搬到加利福尼亚去住时，她们变得更加愤怒。她妈妈最大的罪行是把房子卖掉并独吞了房款。她们觉得房款应归她们所有，因为买房子的钱是舅舅们出的。鳏夫家境不错，这让事情变得更糟。她们认为他的财富是对她们的人身侮辱。

这对苏珊娜来说是一种解脱：她不再需要假装喜欢她们了。她在多伦多找到了一份工作，一份在一家大型日报社负责编辑讣告、出生证明以及婚礼记录的小工作，业余打杂做点研究。她在原地踏步。舅舅们留给她的钱都安全地存放在银行。她本可以用那些钱继续读研究生，或谋一份职业；她的成绩足够好。不过，虽然她擅长的事情很多，但没有什么是她特别想做的。

男人对她来说也都一样。这些年来，她交过一些男朋友，至今甚至有好几个情人，但他们都是她的同龄人，她难以认真对待他们。一旦谈话变得过于私人化，当他们想知道她对他们的真实感受时，她就给他们讲笑话；她取笑他们，问他们一些无礼的问题，深挖他们的隐私。她有本事展现出浓烈的兴趣，虽然她其实并无兴趣，而只有一种好奇心。她认为调调情无伤大雅，男人总是纵容着她。还出现过一些很糟糕的场面：愤怒的男孩们在聚会时把她逼到厨房的墙角，或堆放大衣的房间里，指责她诱导他们。曾有几次，她从停着的汽车中险里逃生。她在被人求婚时竟然大笑起来——她并不想让人讨厌，但求婚这个想法让她觉得好笑。有一个男人向她扔过一只盘子，但他当时喝醉了。那是在另一个聚会上，那时男人们聚会时都是这个样子。

遇到这些情况，苏珊娜的反应是从不生气，只是感到惊讶。她惊讶的是自己不知为何没能取悦他们。

报社里有一个她真正崇拜的男人。他的名字叫珀西·马罗。大部分文化类报道都是他写的。在那时候，多伦多并没有多少文化事件。但如果有某个剧团到镇上演出，或一个来自英国的舞蹈团，一个来访的弦乐四重奏组合，负责评论的总是珀西。众所周知，珀西常去纽约出差，尽管报社并不为他报销路费。这赋予了他国际化视野：他喜欢贬低外省品位和当地人的粗俗。他也写爵士乐和电影评论，有时还写书评。他之所以做这些事情，是因为报社里没有其他人想做这些事。

"珀西做的都是些娘娘腔的事。"新闻编辑室里的人就是这样向苏珊娜解释的，而她必须经过新闻编辑室才能走到自己窄小的办公桌，那里堆满了新婚者和新故者的资料。新闻编辑室的人以对人粗暴无礼而自豪。珀西·马罗背后被人称为"菜珀西"，是西葫芦的缩写。这很残酷，因为这个叫法准确描述了他的体形。苏珊娜只远远地看见过他，这也是她唯一能看到他的有利位置，他看起来真像一颗矮胖的蛋，或者像韦瑟比先生，就是阿奇漫画书中那个秃头、长得像鸡蛋似的高中校长。在他负责的每周专栏"城镇纪事"上方，有他的头部照片，看起来就像一只去皮土豆上粘上了微缩版的五官，戴着老式半框眼镜，头顶有一撮绒毛。

"别那么刻薄，"苏珊娜第一次听到他的绰号时这样说，"他不胖，他只是块头大。"

"苏茜力挺西葫芦，"体育版编辑马蒂说，"西葫芦是一只忙碌的蜜蜂。他能照顾好自己。"

"西葫芦是个自负的讨厌鬼。"比尔说，"所有那些臭名远扬的艺术家都是。"他是伦敦佬，移居至此，做过诸如谋杀之类的硬新闻。他是报纸的宠儿，左翼派，因为他是外国人，总能被原谅。

"艺术狂。"卡姆说，他报道政治新闻，是所有编辑中最愤世嫉俗的人。

苏珊娜过去通常只是与他们开开玩笑，但现在，她发现自己很生气。她认为他们是出于嫉妒，因为珀西·马罗比他们更见多识广，知道更多有趣的事情。但她知道最好不要这么说出来。她经过他们，走到自己的办公桌前，穿过烟雾缭绕、嘈杂不休、噼啪作响的空气，身后还传来他们习惯性的嗡嗡乱叫声和咂舌声。

苏珊娜从讣告中没看到自己的远大前程。她开始跟踪珀西·马罗。她记下他的出入时间，并最终设法在饮水机前向他介绍了自己。他让她印象深刻，但她并没有知难而退。她告诉他，自己非常欣赏他的工作，她以他为榜样。她提议他们一起吃午饭：也许他可以给她一些指点？她准备好被拒绝了——毕竟，她是谁啊？——但稍过片刻，短暂的几秒内他的圆脸上浮现出恐怖的表情，他接受了。他胆怯，几乎是害羞。苏珊娜得出的印象是：他不习惯被人赞美。

他们走到街上，他走路慢条斯理，步步当心，脚趾外伸，就像一只企鹅。他们去了一家可能新闻编辑部里没人会去的餐厅。苏珊娜以为他可能会点一杯异国情调的葡萄酒——她指望他对此略知一二——但他没有。他解释说他在工作期间从不饮酒，他要了两杯水。苏珊娜很高兴，这是对新闻编辑部价值观的反叛。那里的男人吃完午饭进来时，身上都散发出一股酒味，就像从酿酒厂出来的，或者他们的办公桌里就藏着袖珍烧酒瓶。

苏珊娜直截了当。她想要的就是一个机会，一脚踏进职业大门的机会。报社里的其他人都不可能给她这个机会。她知道自己的价值要远超处理出生证明和讣告材料。如果她无法胜任，珀西可以直接甩了她，她不会感到难过。

珀西·马罗从自己的半月形眼镜上方打量着她。他在思考。他摘下眼镜，在领带上擦了擦。他双手很小，像许多大块头男人一样，他的手和脚都很瘦小。近距离看，他比报纸上的照片看起来要年轻得多。根本不到五十岁，可能比她大不了十岁，或者可能只大五岁。很难说，因为他的体形。

也许她可以尝试做做艺术评论，他最后说。这是他本人不太关心的事情。这样她就等于帮了他一个忙。她可以在晚上做，保证日常工作照常进行，这样她不会冒太大的风险。

"但我对艺术一窍不通。"苏珊娜说，她有点沮丧。她一直想做个专栏一类的东西，上面可以放她的照片。

"你不需要，"珀西说，"我会给你一些范文。"他停下来，检查自己的青豆。"煮过头了，"他说，他是个挑剔的食客，"请谨记，这里只不过是个小镇。所有的艺术家都互相认识，互相厌恶。你会发现让自己被人讨厌是多么轻而易举。"

"因为写了不好的评论？"苏珊娜问。

"不。是因为写了好的评论。"珀西第一次对她露出了微笑。笑得乖乖的，与他的害羞格格不入。其中隐含着一丝恶意，仿佛知道她正在迎难而上，他在享受这个念头。

但那只是一闪念，她很快就确信自己错了。下一秒，他脸上就恢复了一贯的平静；她想，他就像一尊佛陀，或者一头没有獠牙和胡须的温和的海象。

在接下来的几个月里，珀西收她为徒。也许是因为他们都来自小镇，她和他在一起时感到十分自在。他帮忙修改了她第一次艺术评论中的格式和语言风格，他提出了建议，并在他认为她做得很好时夸奖她。苏珊娜认为，她的评论是骗人的，但考虑到其他艺术评论都差不多，也没人能分辨出来。她学会了使用很多形容词，它们成双成对出现，有褒有贬。同一幅画可以是充满活力的也可以是混乱不堪的，可以是静态的也可以是浸润着古典价值的，这都取决于她心血来潮时的想法。她收到了平生第一封恶意信件，并在吃午饭时给珀西读了。

他们一起吃午餐的事被编辑部的人注意到了。"那么说，你与老西葫芦正热乎着？"比尔说。

"别傻了，"苏珊娜说，她的防御性超乎常态，"他都结婚了。"这是真的。她遇到过珀西的妻子，在电梯里撞到的，当时他们两个正在一起。珀西磕磕巴巴地做了介绍。他的妻子身材矮小，目光锐利，她向苏珊娜明确表示，她丝毫不在乎她。

"结婚了！哦，天哪！那么说他还真找到人同榻而眠了？真令人震惊！"

"如果我有那样的老婆，我也会变成西葫芦的。我们叫她人瘤。"

"西葫芦是瘤管严。"

"如果我也胖了两百磅，你会与我亲热吗，亲爱的？"

"小苏茜正在睡着爬梯子呢。我们已经看到了你的那些附庸风雅的艺术评论。署名和整篇文章都非常好。"

"听听这个：'抒情、整齐的线条，空间物体的位置恰到好处。'"

"这些话从哪里来的，腰带广告？对我来说，这听起来像个不错的屁股。"

"她搞定老西葫芦了。"

"如果他有啥搞头的话。"

"如果他还剩下可搞的东西的话。"

"滚开。"苏珊娜用他们自己的语言回敬过去。新闻编辑部发出一阵嘘声。

当然，他们都错了。没有发生那样的事。诚然，苏珊娜想要保护珀西，但他就像家人一样。此刻她正钟情于一个新的男人，一个广告代理人，爱看赛马会，爱好跑车。她对他的感情在她看来是性欲，在内心深处，她认为他轻如鸿毛。珀西仍然是她见过的最聪明的人，同时也很善良。她就是这样向自己的朋友们介绍他的，她现在有很多朋友。他开始建议她如何穿衣打扮。和对大多数其他主题一样，他对这个主题也有自己的看法；现在他已经习惯了她，她听到的建议也更多了。她期待着两人的约会，她从来都不知道他为她准备了什么建议或八卦，什么暗示或宝藏。他总是有节制地分发这些信息，一次一个，就像分糖果一样。

一个专栏出现了空缺。是妇女专页，但至少是一个专栏。无论如何，当时的女性问题多少引人关注，这个领域正在升温。"妇女"的主题下，不再只有食谱、衣服和保持腋下干爽的建议。妇女开始成为让人大惊小怪的话题。

专栏分给了苏珊娜，苏珊娜接受了。"是你促成的吗？"她问珀西。但他擦着眼镜，只是笑，高深莫测。

苏珊娜把舅舅们留给自己的一部分钱投资在了漂亮衣服上，还有一部分花在了不公开的电话号码上。现在，她的照片也出现在了报纸上，就在她的专栏上方。她开始收到骚扰电话，电话打通后不说话，只喘粗气。她错就错在把这事告诉了比尔，整整一个星期，整个新闻编辑室的人都轮流用办公室电话打给她，对着话筒大口大口地喘气。她简直烦死他们了。

她的专栏清新而轻松。这些都是珀西评价用的形容词。不装腔作势且诙谐睿智，但有冲击力。他认为她把问题处理得妥当，但采取了一种平衡的提问方式。不狂热。他向她表示祝贺，几个月后，他提到有一家更大的广播电台有空缺。节目名为"深度报道"。他们想要一个可以就当前话题进行采访的人；他们在找一个女主持人。这可能正好适合她。

"我以前从未做过类似的事。"苏珊娜说，她等待珀西的鼓励。

"那没关系，"珀西说，"他们需要的是一个能即兴发挥、说话热情友好的人。你做得到的，不是吗？因为确实如此。"他摘下眼镜擦拭，然后抬起了头；他的眼睛看起来毫无保护了。眼睛上有种水蒙蒙的东西，还有一种哀求的神情，这让她感到震惊。

她笑了。"我什么都会编，"她说，"那我就试试看。"

她得到了这份工作。报社在新闻编辑室里为她举办了告别晚会。时值六月；他们用纸杯盛满了杜松子酒和汤力水。

"为苏茜干杯，她向来稳操胜券！"

"或者敬我，我的运气更差！"

"嘿，金银花，你的胖西葫芦呢？"

"他来不了。"

"他老婆不让他来。明白吗？哈哈。"

"闭嘴，你这个满嘴喷粪的蠢货。苏茜现在是上流社会人士了。"

他们以自己的方式表示对苏茜的恋恋不舍。苏珊娜被感动了。

派对结束，苏珊娜正往门口走，比尔赶过来拦住她。"老西葫芦就这样让你离开了报社，嗯？"

"你什么意思？"苏珊娜说，"这是一份很棒的工作！"

"你搞错了，"比尔说，"你做得太好了。你限制了他的风格。"

"这话心胸狭隘。"苏珊娜说。

"也许我是个愚钝的老报人，"比尔说，"但你要当心。你越来越强大了。"

"对我的裤子而言？"苏珊娜轻描淡写地说。

"不，"比尔说，"是当心他对你的裤子打起主意。"他吻了一下她的脸颊。"让他们都见鬼去吧。"他说。

在电台节目中，苏珊娜顺风得水。人人都这么说。有人说她傲慢，有人说她镇静自若，但人人都认同她的最大资本是不畏权力。她不怕向任何人问任何事，即使是皇室成员，他们有时也接受采访。采访总会以一种友好、轻松的方式开始，而受访的政要、政治家、科学家、专家或电影明星都会慢慢放松下来，随后苏珊娜就会发动攻击——先迂回出击，问一些诸如谁为他们洗衣服，他们是否认为强奸犯应该被阉割的问题——然后就会打开窗户说亮话了。在学会调整她咄咄逼人、单刀直入式的说话方式前，苏珊娜有几次几乎造成灾难性后果，其中一次受访者直接退场了。

她很快就吸引了大批听众。人们听她的节目，是因为她问的问题都是他们永远没有勇气或不能坦然提出的。她的问题还有出其不意的价值：任何东西都可能从她嘴里说出来。有些人觉得她太八卦，甚至不顾及别人的感受，但不管如何他们还是听了。她的节目越成功，真正重要的人就越想参与。受访者排起了长队。

珀西·马罗为她写了一篇专栏文章，题为"哦，苏珊娜"。他说她的行为堪称民主。

自然而然地，她现在很少见到他了。他们在一起吃午饭的次数也不多，尽管她仍然通过电话与他保持联系。他为节目提供了些有用的线索。"你好，有什么八卦吗？"她会说。他总能为她提供一些小道消息。

她会边听边记，但她喜欢的其实只是他的声音。他的声音让人安心，让她觉得自己有价值。从他的声音里，她能感觉到她去世的舅舅们看不见的合唱，他们在暗中注视着她，替她做主，赞赏她所做的一切。

*　　　*　　　*

十年后，当人们已经称她相当于一个国家机构时，苏珊娜转向了电视。她更喜欢电视。

广播节目一直轻松随意。技术人员隔着玻璃对她做鬼脸，或者在她的咖啡里放上塑料狗屎玩具：他们喜欢在她直播时捣乱。在电视上就没有这些，也不能穿旧运动衫。上电视要化妆，要打扮，不能搞笑。她面容姣好。幸运的是，她不是太漂亮，太漂亮会让人望而却步。相反，她看起来很健康，充满活力，值得信赖。

这个电视节目是早晨黄金时段的综合报道，名为"勇敢向前"。她发现，刺眼的灯光和紧张的气氛让她兴奋，尽管每次拍摄前她都会紧张地踱来踱去，但一旦倒计时开始，她就掌控了一切。她试图保持主持广播节目时随意的语气，总的来说，她成功了。当然，每个主题发挥的空间更小了，人们更愿花更多的时间听而不是看。她的朋友说，每次就在她要提出致命问题前，她的鼻子都会抽搐一下。她看了录像带：他们说得对。但她没法改变，而且似乎也无所谓。

与此同时，她终于结婚了。她邀请妈妈参加婚礼，但得到的答复模棱两可。不久之后，她的妈妈便离开了人世。苏珊娜认为妈妈不是死了，而是渐渐消失了，就像衣服上洗过的图案。无论如何，她一生中一直都在发生着这种事，这次只是又一次的延续而已。

苏珊娜的丈夫是一位公司总裁，名叫埃米特，一个不太相称的名字。苏珊娜不清楚他的公司是做什么的，似乎主要是收购其他公司。他比她大十五岁，已经有了三个孩子，所以她没有再生孩子的压力。在孩子们眼里，她是个好继母；埃米特说她在孩子面前就像个姐姐。她艺术界的朋友觉得埃米特很难相处，实际上他就是件无聊的旧毛绒衬衫。他们都想知道，她本有别的选择，为什么还是嫁给了埃米特。但这对苏珊娜来说已经不是什么秘密了：埃米特很坚强，也可靠；他总在她左右，他知道她不知道的事情，他仰慕她。

苏珊娜和埃米特在罗斯代尔买了一栋大房子，苏珊娜完成了房子的装修；墙壁粉刷的颜色与埃米特收藏的众多印象派画作相得益彰。在一些日子里，苏珊娜和埃米特在露台上喝咖啡，俯瞰着美丽的花园。苏珊娜简直不敢相信自己是在一所那样的房子里长大的：白色木架搭成的长方形盒子，门廊里的秋千，枯朽的金盏花，地板上妈妈成堆的内衣散发出的味道。两栋房子之间有一道巨大的鸿沟，几乎就像一段失去的记忆。白色木架房子在鸿沟的另一边，正在消失；就像海市蜃楼，就像她的妈妈。然而，舅舅们仍然生动而清晰。

苏珊娜和埃米特也举办晚宴，宴会上埃米特几乎不说话。他们邀请了各种各样的人。埃米特喜欢向他商业界的朋友展示具有艺术色彩的明亮灯光，而苏珊娜喜欢了解人们对她节目的总体评价。

起初，珀西·马罗和他的妻子被邀请参加其中一些较大型的聚会，但这并不是一件美差。他妻子表现出一副很委屈的样子，虽然苏珊娜挽着他的胳膊，把他当成名人一样，引导他四处参观，珀西还是一副愠怒的神情。

"我想念我们共进午餐的时光。"她对他说。但他低下头，没有回答。当她从他身边走开，去迎接另一位客人时，她发现他正侧头看着她：是那种好奇的、捉摸不定的眼神；或者可能是害怕或者生气。深不可测。苏珊娜受到了伤害。他们曾彼此帮助，自由自在，现在是怎么了？

他给她打过一次电话。她已经有段时间没见过他了，也没和他说过话，尽管她偶尔仍会在报纸上读到他的文章。他开始重复自己了。年纪大了，她想。这一定会发生的。

"苏珊娜。我想也许我们可以把你聘回报社，负责采访嘉宾的特稿。当然，我们会付高薪。"

苏珊娜不想再为报纸写任何东西了。她记得那是份苦差，但她认为应该出于礼貌表现出一些兴趣："哦，珀西，你能想到我真是太好了。写哪方面的稿子呢？"

"嗯，我想可以与妇女运动相关。"

"哦，我不写可怕的妇女运动！我的意思是说，我知道这有价值，但这个题材不是写绝了吗？两年前我们已做过整整一个系列。"

"这次会从一个不同的角度。"他停顿了一下；她想象着他在擦眼镜，"这会是——既然妇女运动已经达到了自己的目标，难道不是到了该谈谈男人，谈谈男人受到妇女运动伤害的时候了吗？"

"珀西，"她小心地说，"你从哪里知道妇女运动已经实现了目标？"

又一次停顿。"嗯，周围有很多成功的女性。"

"比如说？"

"比如你。"

"哦，西葫芦——哦，珀西，我不能算成功的女人。"现在我已撕破脸了，她想，我竟称他西葫芦，"我做过跨国调查，也做过个人兴趣访谈。男女工资差别怎么解释？强奸统计数据怎么解释？那些靠领取救济生活的单身妈妈呢？她们是贫困线以下增长最快的群体！我不认为那是一个目标，你觉得呢？如果我写出那样的稿子，我宁愿被石头砸死！"她有点含糊其词，遮遮掩掩，生怕伤了他的感情。

"这不是我的主意，"他冷冷地说，"是有人要我问你。"她怀疑他在说谎。

她再次见到他已是多年以后了。是在他自己告别报社的聚会上。

比尔打电话给她。"老西葫芦要走了，"他说，"我们觉得你愿意来。"

"真的吗？他不该退休啊。他还不到退休年龄。发生了什么事？"

"让我们这样说吧，这是双方的共识。"比尔说，他现在是主管编辑。

"我觉得这很可悲。"苏珊娜说。

"别担心老西葫芦，"比尔说，"他挺爽快的。他已经有其他计划了。"

苏珊娜乘了辆出租车去参加聚会。埃米特不在城里，所以她一个人去了。她穿着皮大衣，因为是十二月；皮衣是黑色的貂皮做成的，埃米特送她的礼物。当她站在路边付车费时，有人朝大衣吐了一口唾沫。她记起了不能在公共场合穿这种衣服，只能在那种有车道的私人聚会时穿。

报社还在老地方，但楼里的一切都不同了。里面都是光滑的镶板。新闻编辑室已经完全翻新，不再混乱和喧闹，也没有了打字机的嘈杂声。现在全是电脑，发着绿光的显示屏，像鲨鱼一样安静。即使有人说荤段子，也只是窃窃私语。也没人抽烟了，或者不公开抽了。

比尔现在已头发灰白，他是报社里她唯一认识的人了。后来证明其他一些人她也认识，但岁月不饶人，他们都发生了太大的变化，脸上的毛发或多了或少了，以至于她都认不出他们。

珀西本人兴高采烈。与年轻的他相比，年长的他还更好看一些。就好像他的体形曾是一件宽松的衣服，他不得不照着衣服的尺寸成长，而现在衣服合身了。他穿着背心，戴着怀表，眼镜架在鼻尖上，看起来就像本·富兰克林。苏珊娜对他产生了一种爱慕的冲动。

"啊，"他说，"大明星。"然后他拉着她的手到处炫耀。这一切结束后，苏珊娜才单独与他说话。

"你离开不后悔吗，"她说，"在经过了那么多年后？"

"丝毫不，"他说，"是时候了。我还有其他想做的事情要去做。"他露出一丝隐秘的微笑。

"你想做什么？"她轻声问他。她为他担心。他怎么赚钱呢？

"我在写回忆录，"他说，"我已经有出版商了。他们付了我一笔可观的预付款。"

"哦，"她半信半疑地说，"听起来很棒啊。"

"确实如此，"他说，"回忆录与我关系不太大，是写我遇到的人。在我那个时代有很多有趣的人，"他停顿了一下，"其中包括你。"

"有我？为什么？"

"别谦虚，"他说，"你是一位重要的女士。你很引人注目。"他又停了一下，"我想你会喜欢的。"他向她露出灿烂但警觉的微笑，就像一个口袋里藏着惊喜的胖男孩。

"你把我包括在内真是太好了。"她说。毫无疑问，这本书会像他写过的专栏文章《哦，苏珊娜》一样。会写她的神韵，她的神经。她捏住他的胳膊，吻了他的脸颊道别。

半年后，珀西的书出版了，是比尔打电话告诉她的。"书名叫

'恒星高地'，"他说，"写的都是他认识的无耻之徒，写女人的裤子是否有味道。你不会喜欢的。"

"为什么会这样？"她说，她不相信比尔。比尔一直不喜欢珀西。

"我得说，诽谤连篇，"比尔说，"不值一提。写你就写了二十页。真不知道那老家伙身上有这么多坏水。"

"哦，好吧，"她屏住呼吸，想一笑而过，"谁会读啊？"

"报纸已经选摘了一部分。"他说，"是关于你的那一部分。几乎全都见报了。"

"为什么是我？"她说。一定是比尔做的决定。

"明摆着啊，"他说，"你是书里最出名的人，至少对当地人来说是这样，他爆了你的料。"

"你真是个浑蛋！"

"成熟点吧，苏珊娜。你知道行规的。报社卖了副本，但我认为应该提醒你。"

"多谢了。"她说。她扔下电话，出去买了一份报纸。报上有一张她的大幅照片，一张珀西的小幅照片，一个黑色大标题：女强人秘闻。她把报纸带回办公室，关上门，告诉接线员她正在开会。

一切都在报上了——他们的第一次相遇，他们的友谊，几乎所有的谈话。珀西全都记得，但一切都被他歪曲了。她在冷水机旁是如何与他搭讪的，像个乡下来的野姑娘，实际上却流着野心勃勃的口水。他是如何一手发现了她，在她最初的摸爬滚打中自己是如何照顾她的，更绿的牧场是如何向她招手的，她怎么再也没有打电话给她的老报友，她是如何踩着别人的尸体往上爬的。一个小镇姑娘却有一颗铁石心肠。至于她那轻飘飘的友谊，她热情洋溢的、小狗般的魅力，她幼儿园老师一般健康的面孔，都是照片拍得好而已，都是用灯光和镜子精心装扮出来的。文中甚至还暗示——尽管他没有直接写出来——她嫁给埃米特是为了钱。

他对她背地里如何在新闻编辑室里维护他的事只字未提。对她如何支持他、信任他，也只字未提。那是最糟糕的：她信任他。他本应是老成、和蔼可亲、包容和欣赏她的。相反，他充满恶意。小肚鸡肠，满怀恶意。她无法理解这么多年自己怎么就看错他了。

她回到家，钻进浴缸，肥皂沫从她身上流下来，她哭了半个小时。然后她打电话给工作室："我得取消明天的节目。找人替我一下吧，或另外怎么安排。我在发烧。"

"怎么回事？但愿不严重吧？"她已经可以听到人们在猜测了，都是没问出口的问题。

"谁在乎呢？"她说，"告诉他们说是白血病。"

然后，她给在报社里的比尔打电话。"他为什么要这样对我？"她说，"我对他一直很好。"

"跟臭鼬讲你对它好有什么用，"比尔说，"我提醒过你，如果你还记得的话。来吧，振作起来，你以前有过负面压力的。"

"没那么糟，"她说，"且都不是来自朋友。"

"某个朋友，"比尔说，"面对现实吧，苏茜。他嫉妒你。"

"他为什么嫉妒？"苏珊娜说，"男人不应该嫉妒女人。"

"为什么不？"比尔说。

"因为他们是男人！"因为我个子最小，因为我年龄最小，她在想，因为他们都比我大。

"全宇宙的人都嫉妒你，小苏茜，"比尔声音疲惫，"你已经拥有了一切。连我都嫉妒你。只是我表达嫉妒的方式不同而已，比如我第一个告诉你西葫芦这本可鄙的小书。如果你摔断了腿或长了一个脓包可能会好一些。人们不把你当人，你知道的。"

"这不公平。"苏珊娜说。她又哭了起来。

"没关系，他已恶有恶报。我已经看到两次采访了。他一直想谈谈自己，但他们只想问他有关你的情况。这就像看着一只蚂蚁想从茶杯里钻出来一样。"

"关于我的什么？"

"你是否穿橡胶内衣。你的爪子在黑暗中是否发光。你是不是真的是个超级婊子。他哼哼唧唧的，说你有时很好。"

"哦，太好了。我将不得不与之为伴了。"

"苏茜，别太当回事，"比尔说，"这只是老西葫芦的事。没人在乎他说了什么，真的。你很好的，你知道。虽然后来有点势利，但还好。"

"谢谢你，比尔。"苏珊娜说。她感到一种异常的感激。

她穿着睡袍，拿着一盒面巾纸爬上床，想找电视上的犯罪节目看。她认为看看人们互相残杀的节目会对自己有帮助，但她无法集中注意力，所以她关掉了电视。她在瑟瑟发抖。她感到自己被出卖了，被夺去了心智。丢脸，亚洲人是这样说的。他们都知道。她觉得她那张精心装扮、细心保养的脸好像被扯掉了。

埃米特回到家时，在昏暗的卧室里发现了她。她抱着他，哭了又哭。

"亲爱的，怎么了？"他说，"我从没见过你这样。"

"你觉得我是个好人吗？"她说，而他则抱着她，抚摩着她的头发。她不再相信自己能懂得埃米特对自己的感觉了。

过了一会儿，她不哭了，擤了擤鼻涕。她叫他不要开灯；她知道自己的脸都肿了。"也许我对自己一生的记忆都是错的，"她告诉他，"也许我对每个人的认识都错了。"

"我给你弄杯喝的，"埃米特说，仿佛在面对着一个生病的孩子，"我们谈谈这个事。"他拍拍她的手，离开了房间。

苏珊娜用手支撑着，躺在床上，透过暮色凝视对面的墙。她回到了礼堂，出现在音乐会上，穿着水手服，红丝带在飘扬，在强烈的灯光下，在奶酪箱子上，跳上跳下，像训练有素的猴子一样咧着嘴笑，把自己弄得像个傻瓜。时髦又过时；一个爱炫耀、令人讨厌的小丫头片子。这才是舅舅们一直以来看到的真正的她吗？

　　但是舅舅们不在那儿，不在他们应该在的前排对她微笑，为她鼓掌了。取而代之的是她的妈妈，她穿着婚纱照里的衣服，斜视着走廊，不耐烦地看着她跳舞。她身边坐着苏珊娜失踪的爸爸，他终于从战场上、从那片空地回家了。他穿着制服，面孔瘦削而充满怨恨。他盯着她，带着仇恨。

The Age 07.

of Lead

铅的时代

这个男人已经埋在地下一百五十年了。人们在封冻的砾石上挖了一个洞，直深入到永冻土层，然后将他安葬，这样狼群就找不到他了。或者这只是后人的猜测。

他们挖洞的时候，永冻土暴露在了更暖和的空气中，永冻土也因此融化了。但当这个人被埋起来后，冻土就又冻上了，所以，当他被带到土层表面时，他是完全被冰封住的。人们取下棺材盖，发现他就像那些用来调制那种花里胡哨的热带饮料、放在冰格里冷冻的酒渍樱桃：形状模模糊糊，在厚重的雾层中朦朦胧胧地显现出来。

随后，他们把冰融化掉，他就露出了真面目。他几乎和下葬时一模一样。冰冷的水把他冻得龇牙咧嘴，就像在发出吃惊的咆哮，他的皮肤呈黄色，而不是粉红色，就像亚麻布上沾上了肉汁，但他身体部位都仍在其位。甚至他的眼球都还在，只是不再是白色的，而是那种奶茶浅棕色。他用这双像染上茶渍的眼睛注视着简：深不可测，无辜，凶恶，惊讶，但若有所思，就像一个沉思的狼人，恰在他发生剧烈变化的那一瞬间被一道闪电击中。

　　简不太看电视。她以前看得比较多。她过去常在晚上看喜剧连续剧，读大学期间，她看关于医院和富人的午间肥皂剧来打发时间。有一段时间，就在不久前，她还看晚间新闻，双脚蜷缩在大沙发上，腿上裹条毯子，喝着热牛奶和朗姆酒，睡前放松身心。这都是逃避的形式。

　　但她在电视上所看到的，无论是在一天中什么时候看的，都离她自己的生活太近了；尽管在她的生活中，并没有那些整洁的隔间里的东西，这出喜剧啊，那出低俗的浪漫剧和感伤的眼泪啊，人们称为刺激的三十秒事故和暴力死亡事件的视频片段，就好像是巧克力棒一样。而在她的生活中，一切都混杂在一起了。笑吧，我想我会死，很久以前，文森特曾模仿母亲单调乏味的声音这样说过；这就是事情本来的样子。因此，她这些天打开电视后，又很快将电视关掉。就连那些超现实的日常商业剧也开始关注社会黑暗面，开始暗示节目背后的意义了，尽管它们的外在形式都充满了清洁、甜美、健康、力量和速度。

　　今晚，她把电视一直开着，因为她在电视上看到的和她平时看到的太不一样了。这个冰冻人形象并没有隐藏着什么险恶的东西。他完全只是他自己。所见即所得，文森特过去也这样说过，他斜着眼，露出一边的牙齿，将鼻子扭成恐怖电影角色的怪样。虽然他以前从来没这样做过。

他们挖出并融化的那个冰冻人是一个年轻人；或者说仍然年轻——很难知道应该使用什么时态，但他的样子看起来就该用现在时。尽管冰冻让他变形扭曲，疾病使他消瘦不堪，但你仍可以看出他的年轻，身躯柔软，未经风雨侵蚀。根据他那精致的铭牌上的日期，他只有二十岁。他名叫约翰·图灵顿。他曾是，或者说现在也是一名水手，一名海员。虽然他不是一个身体健壮的海员。他是一名海军军士，在船舷上指挥的那种，对指挥者的身体素质要求不高。

他是船上最先死去的人之一。因此他才能得到棺材和金属铭牌，以及永冻土层里的一个深洞——因为在初期他们仍能精力充沛并满怀虔诚地去处理这种事。他们为他安排了一场葬礼，为他念悼词和祈祷。随着时间的流逝，一切都变得模糊不清，事情没有好转，他们一定是为了保存体力而自保了，祈祷也是只为自己。祈祷不再是例行事务，而逐渐变得令人失望，然后是绝望。后来死去的人的坟墓都是石头垒成的，再后来死去的人甚至连石头都没有了。他们最终变成了一堆堆骨头，与靴子底、偶尔出现的纽扣一起，凌乱地撒在冰冷、布满石头、无树也无情的一条朝南的小径上；就像童话故事中的小径，撒满了面包屑，或种子，或白色石头。但在这种情况下，月光下的小径上没有什么东西发芽或闪亮，也没有救援人员跟着，所以这不是什么神奇的生命之路。而过了整整十年，人们才弄清楚发生在他们身上的事是如何开始的。

　　他们都是富兰克林探险队[1]队员。简很少关注历史，除非与古董家具和房地产的知识相关——"19世纪松树收获桌[2]"或"黄金地段乔治亚中心大厦，无可挑剔的里诺"——但她知道富兰克林探险队的事。两艘倒霉的船——"恐怖号""幽冥号"——已经被印上了邮票。她在学校也听说过相关故事，以及许多其他注定失败的探险故事。似乎没有多少探险家能顺利地摆脱困境，他们总是患上坏血病，或迷了路。

　　富兰克林探险队当时在寻找一条西北航道，那是一条穿越北极点的公共航海通道，有了这条航道，旅客和商人从英国到印度就可以不必绕道南美洲，从而降低成本，增加利润。这次探险远没有马可波罗的东方之行或探索尼罗河源头之旅那样充满异域风情。当时，探险的想法吸引简的地方是，登上一艘船，只是要去某个地方，某个地图上没标出的地方，一个未知之地。让自己陷入恐惧之

1　又名"北极探险队"，是由探险家约翰·富兰克林爵士成立的船队。1845年5月，富兰克林率领这支探险队出发了，他们先是驶向格陵兰岛，然后沿加拿大北海岸西行。1845年7月，两艘探险船在前往北极海域后神秘消失，包括富兰克林本人在内的129名精英船员从此杳无音讯。

2　一种长而窄的餐桌，现在多用于与家人、朋友分享美食。历史上，农民在收获季节会用这种桌子分类农产品，因此得名。

中，去发现未知的事物。尽管充满损失和失败，但或许就是因为这些，探险具有了某种勇敢和高尚的特质。这就像高中时排卵期不吃避孕药就做爱，即便你采取了预防措施。如果你是女孩，就能体验这种情况。而如果你是男孩，这种风险就相当小了，你得做其他事情来体验风险：使用武器或酗酒，或飙车。在她就读的多伦多郊区的高中里就发生过这些事，回到当时，那是20世纪60年代初期，时兴弹簧刀、啤酒和周六晚上在主干道上赛车。

现在，简盯着电视，菱形的冰块逐渐融化，年轻水手的身体轮廓慢慢显露出来，清晰可见，她想起了文森特，他当时才十六岁，头发还比较多，他挑了挑眉毛，嘬着嘴，阴阳怪气地冷笑着说："富兰克林，亲爱的，我根本不在乎他。"他说得很大声，足以让人听到，但历史老师没理他，他就不知所措了。老师们很难让文森特乖乖听话，因为他似乎天不怕地不怕。

那时的他就已双眼凹陷。他经常看起来好像整晚都没有睡觉。甚至当时，他就像一个非常年轻的老人，否则就像一个放荡的小孩。他眼睛下的黑眼圈让他看起来像老人，但他笑起来的时候却有一口可爱的小白牙，就像杂志上婴儿食品广告上的男孩一样。他嘲笑一切，还受人崇拜。他和其他男孩被人崇拜的方式不同，那些男孩的下唇阴沉，头发油腻，给人一种精心假装出来的阴鸷的威胁感。而他却像宠物一样受人宠爱——不是宠物狗，而是宠物猫。他想去哪儿就去哪儿，没人能管住他。没人叫他文斯。

极其奇怪的是，简的妈妈欣赏他。她一般不欣赏和简出去约会的男孩。但她欣赏他，也许因为她清楚简和他外出不会带来什么坏结果：不会有心痛，不会有压力，不会有负担。不会有任何她所谓的后果。这些后果包括：体重增加，不停长出的肉层层折叠成褶皱拉着；车厢里头皮肤皱巴巴的小妖精的头颅。婴儿和婚姻，以此顺推。她就是这样理解男人，还有他们的偷偷摸摸、带有威胁性的欲望，因为简就是这样的一个"后果"。她就是个错误，她是个战争婴儿。她一直就是一个需要一次次付出代价的罪孽债。

到十六岁时，简已经听够了这个比她好几辈子都长的故事了。在她妈妈的描述中，因为你年轻，所以你会堕落。你就像熟透的苹果一样坠落下来，砸到地上就扁了；在你堕落后，你的一切也都随之堕落了。你的足弓扁平，子宫下垂，头发脱落，牙齿掉落。这就是生孩子给你带来的后果，它会让你承受重力的影响。

简对记忆中的妈妈的印象仍是这样：动作萎靡不振，松松垮垮，身体低垂；下垂的乳房，唇边下垂的皱纹。简想起了妈妈：她和往常一样，坐在餐桌旁，端着一杯凉茶。她在伊顿百货公司工作，下班后总是筋疲力尽，她在珠宝柜台后面一站就是一整天，腰带勒得紧紧的，肿胀的双脚塞进规定要穿的中跟工作鞋里，对着被宠坏的顾客挤出嫉妒的、不满的微笑，她们将鼻子凑近那些闪闪发光的垃圾，而她自己是永远买不起的。简的妈妈叹了口气，拿起简为她热好的罐头意大利面。她飘出一句无声的话，就像陈旧的滑石粉：你还能期待什么——总是一句陈述，从来不是一个问题。简一直想在这件事上对妈妈表示同情，但从未这么做过。

至于简的爸爸，他在简五岁时就离家出走了，让她的妈妈陷入了困境。这就是她妈妈所说的——"离家出走"——就好像他是一个不负责任的孩子。他不时寄钱回家，但那是他对家庭生活贡献的总和了。简因此怨恨他，但没有责怪他。谁遇到了她妈妈，都会被激发出逃离的邪恶欲望，几乎人人如此。

简和文森特会坐在简家狭窄的后院里，她家就是那种战时建在山脚下的带斜窗的灰泥小平房。山顶上的房子就奢华多了，住的人也更富有：住在里面的女孩们穿的是羊绒衫，而不是简熟悉的那种奥伦布或羔羊毛衫。文森特住在半山腰。他还有一个理论上的爸爸。

他们背靠在后院的栅栏上，院子里长满了细长的波斯菊，他们尽可能离房子远一些，能有多远就多远。他们会喝点儿杜松子酒，是文森特从他爸爸的酒窖中弄出来，装在不知从哪里捡到的一个旧军用水壶里偷偷带来的。他们都喜欢模仿各自的妈妈。

"我节俭节省，我一分分地攒钱，我拼命工作，我得到了什么感谢吗？"文森特会气呼呼地说，"你爱莫能助，宝贝儿子。你和你爸爸一个样，像鸟儿一样自由，整晚不归，随心所欲，毫不在乎任何人的感受。现在把那些垃圾拿走。"

"是爱把你弄成这样的，"简会用她妈妈那种听天由命的沉闷的声音回应，"你等着瞧吧，我的姑娘。总有一天你会放下你那任性肆意的架子。"当简这么说时，虽然她是在开玩笑，但她能想象出爱情的样子——以大写的L开头，像一只巨足从天向她降落。她妈妈的一生就是一场灾难，但在她本人看来，这是一场不可避免的灾难，就像歌中唱的和电影中演的那样。应该对这场灾难负责的是爱情，面对着爱情，你还能怎么办？爱情就像压路机。谁都无法回避，它从你身上压过去，你就变成扁平的了。

简的妈妈等待着，充满恐惧，对简提出警告，但带着一种幸灾乐祸的意味，因为同样的事情也发生在简身上了。每次简带着新男友出去玩时，她妈妈都会将那些男孩视为潜在的诱人堕落者审察一番。她不信任其中大多数男孩；她不相信他们噘起的肥嘟嘟的嘴巴，在袅袅飘荡的烟圈中半闭着的眼睛，缓慢而悠闲的走路方式，过于紧绷的衣服和撑得满满的身体：他们的身体都太丰满了。即使他们的脸没绷着，走路没大摇大摆，为了讨好简的妈妈而一心想表现得眼神发光、勤劳肯干、彬彬有礼，身着西装和领带在前门告别时，他们在简的妈妈眼里看起来也还是那副样子。他们情不自禁地流露出他们本来的样子。他们束手无策；黑暗角落里的一吻，就会让他们兴奋到失语；他们是在自己的液态躯体中的梦游者。而相反，简是清醒的。

确切地说，简和文森特并没有一起出去。相反，他们嘲笑外出。当海岸四周无人而简的妈妈又不在家时，文森特就会出现在门口，脸涂成亮黄色，简的身上则搭着浴袍走到门前迎接，他们点中餐外卖，并警告外卖员闭紧嘴巴，然后盘腿坐在地板上，笨拙地使用筷子吃饭。或者，文森特会穿着已有三十年历史的破旧西装，戴着圆顶礼帽，拿着拐杖出现在门口，简则会在橱柜里翻找出妈妈已闲置的去教堂时戴的帽子，上面有细碎的布制紫罗兰花和面纱。然后，他们会去市中心漫步，对路人高声评头论足，装老、装穷、装疯。他俩没心没肺，趣味恶劣，这是他们都乐此不疲的事情。

文森特带着简参加了毕业典礼，他们一起去一家文森特经常光顾的二手服装店挑选简的服装，想到这会引起的震惊和羡慕，他们就咯咯笑个不停。他们在一件缀着饰片的火红色礼服和一件低胸露背的紧身黑礼服之间犹豫不决，最终选择了黑色那件，因为它与简的头发更配。文森特送给她一株看起来像是有毒的灰绿色兰花，他说，这和她眼睛的颜色一样；简涂了颜色与之相配的眼影和指甲油。文森特系了白色的领带，穿着燕尾服，戴着高顶礼帽，它们都是磨旧了的萨利·安牌的，而且对他来说都过于宽大，显得很滑稽。他们在体育馆里转着圈跳探戈，尽管伴奏不是探戈舞曲。在纸巾折成的花下，在柔和的薄纱之海中，他们划出一道黑色的行迹；他们的不苟言笑，呈现出一种俗气的性威胁，文森特咬着简的珍珠长项链。

掌声大多是送给他的，因为这就是他受宠的方式。虽然崇拜他的主要是女孩，简是这样想的，但他似乎在男孩中也很受欢迎。可能是因为他在那间众所周知的更衣室里给他们讲了下流笑话。他对他们了如指掌。

他摸着简的后背，扯掉那些珍珠，在她耳边低语："没有月经带，没有固定别针，没有衬垫，没有擦伤。"这是一则卫生棉条的广告，但也是他们的主题。这是他们都想要的：摆脱妈妈的世界——充满预防措施的世界，负担和命运的世界，从对女性肉体的沉重束缚中解放出来。他们想过一种没有"后果"的生活。直到最近，他们才设法做到这一点。

科学家们现在已经完全融化了这位年轻水手身上的冰，至少是最外面的一层冰。他们一直往他身上泼温水，温柔而耐心；他们不想太快将他解冻。就好像是约翰·图灵顿睡着了，他们不想惊吓到他一样。

现在，他的双脚已经露出来了。是光着的，是白色而不是米黄色；看起来就像冬日在冰冷的地板上行走的人的脚。那是它们反射的光的特性：冬天清晨的阳光。没穿袜子的脚让简感到非常痛苦。他们本可以让他穿着袜子的。但可能是其他人需要袜子吧。他的两只大脚趾头用一根布条绑在了一起；电视上正在说话的人说，这是为了把遗体包整齐以便安葬，但简不相信。他的手臂也被绑在身上，脚踝也绑在了一起。不想让人四处走动时才会这样做。

对简来说，这段节目几乎可以说是过长了；也太让人怀旧了。她伸手去拿遥控器，但幸运的是，节目（这只是一个节目，只是另一个节目）切换成了两位历史专家分析他的服装。对约翰·图灵顿的衬衫有一个特写镜头：一件简朴、白蓝细条纹的高领棉质衬衫，缀饰着珍珠母纽扣；条纹是印上去的，而不是绣上的，绣品会更贵些。裤子是灰色的亚麻布。啊，简在想。大衣柜。她感觉好多了：

这是她熟知的东西。她喜欢讨论衣服条纹和纽扣时的庄严感和崇高感。对现在的服装感兴趣那是轻浮，对过去的服装感兴趣那是考究；文森特欣赏这种观点。

高中毕业后，简和文森特都获得了大学奖学金，尽管文森特似乎并不勤奋，但成绩却更好。那年夏天，他们凡事都在一起做。他们在同一家"汉堡天堂"餐厅打暑期工，下班后一起看电影，尽管文森特从未会简买过票。他们偶尔还会穿上旧衣服，假装是一对行为古怪的情侣，但他们不再粗心大意，满脑子装着荒诞不经的新点子。他们开始意识到，他们应该结束这副形象了。

在大学里的第一年，简不再和其他男孩一起出去玩：她需要一份兼职工作来维持生计，兼职工作和学业以及文森特占据了她的全部时间。她想，自己可能爱上了文森特。她以为他们应该做爱，以便找出答案。她从来没有做过这种事，完全没有。她对男人的不可靠一直心怀恐惧，对爱情吸引力心怀恐惧，对爱情的"后果"也心怀恐惧。然而，她认为自己可以相信文森特。

但事与愿违。他们牵手了，却没有拥抱；他们拥抱了，却没有相互爱抚；他们接吻了，却没拥吻。文森特喜欢看着她，但他太喜欢她了，以至于接吻时从不闭上眼睛。她会闭上眼，然后再睁开，眼前就出现了文森特，他的双眼在路灯下或月光下闪闪发光，探寻式地凝视着她，仿佛等着看她接下来会做出什么奇怪的女性特有的举动，因为他喜欢逗乐。与文森特做爱似乎完全不可能。

（后来，在她沉溺于20世纪60年代后期泛滥成河的舆论潮流之后，她不再说"做爱"了；她说"性生活"。但这是一码事。你有了性生活，爱情就会由此产生，无论你喜欢与否。你在床上或更可能是在床垫上醒来，有只胳膊搂着你，然后你发现自己想知道继续这样做下去会是什么感觉。在那时，简就会开始看手表。她不想被动陷入困境。她会自行离开，而她确实这样做了。）

简和文森特去了不同的城市。他们互写明信片。简做过很多事情。她在温哥华与别人合开了一家食品店，在蒙特利尔为一家小型剧院做财务工作，担任过一家小型出版社的总编辑，负责过一家舞蹈公司的宣传工作。她善于锱铢必较，天生擅长处理琐碎之事——她必须省吃俭用才能读完大学，这对她很有启发——如果你做这些事不指望多挣钱的话，这样的工作通常不难找。简看不出有什么束缚自己的理由，让自己对任何事或任何人做出任何形式的压抑灵魂的承诺。那是20世纪70年代初；束腰、预防措施和"后果"构成的陈旧的妇女世界已经被清除殆尽。世界开了很多窗，很多门：你可以往里看，然后可以走进去，然后你可以再走出来。

她和几个男人同居过，但在每一处同居的公寓里都放着她从未拆开包装的纸箱，因为这样搬出去也容易得多。当她年过三十，她决定以后某个时候生个孩子可能会好一些。她试图找出一种方法，既实现这个目标，又不必成为母亲。她妈妈已搬到了佛罗里达，给她写过一些漫无边际、抱怨不休的信，简并不常回信。

简搬回多伦多，发现这里比她离开时有趣十倍。文森特也已经回来了。他是从欧洲回来的，之前一直在那里学习电影拍摄；他开了一家设计工作室。在和简相遇后，他们一起吃午饭，一切都没变：他们之间还是有那种同谋的气氛，还是有那种同样想做些羞于启齿之事的感觉。他们可能还是可以一直坐在简家的花园里，在波斯菊花旁，喝着禁酒，开着玩笑。

简发现自己正在融入文森特的圈子，或者那就是他们应属的轨道？文森特认识很多人，各种各样的人；有些是艺术家，有些想成为艺术家，有些想知道谁是艺术家。有些人一开始就有钱，有些人赚钱；他们都在花钱。现如今，人们对钱的谈论越来越多了，或者说，在这些人中变多了。他们中很少有人知道如何管理钱，简发现自己可以帮他们打理钱。她在他们中间做起了小生意，帮他们打理钱财。她把他们的钱收起来，帮他们存放在安全的地方，告诉他们哪些钱可以花，就像发救济款一样发给他们零用钱。她会饶有兴趣地记下他们买的东西，为他们填写报账单：买了什么家具，什么衣服，什么物件。他们乐于敛财，迷恋钱财。这就像他们放学后喝的牛奶，吃的饼干。看着他们把玩自己的钱，简感觉到了责任，又心生纵容，还有点儿女主人的感觉。她小心翼翼地把自己的钱存起来，最终用这笔钱买了一栋联排别墅。

在这段时间内，她基本都和文森特在一起。他们尝试成为恋人，但没成功。文森特之所以配合这个计划，是因为简想要这样，但他难以捉摸，从不公开说出自己的想法。对其他男人起作用的东西，对他不起作用：他将其归咎于自我保护的本能，假装嫉妒，要求取下罐子上卡住的盖子。与他做爱更像是一次音乐训练。他并不认真对待，反而指责她在此事上过于严肃了。她想他可能是同性恋，但不敢问他；她害怕感觉到自己与他无关，被排斥在他之外。他们花了几个月才恢复回正常的关系。

他现在年纪大了，他们两个都是。他鬓角的头发日渐稀少，发际线后移，明亮而好奇的双眼陷得更深。他们之间发生的事情看起来仍然像是在求爱，但实际上不是。他总是给她带来东西：带她吃一种新式的、奇特的食物，带她看一种新颖的奇特的东西，一段新八卦，他会像送给她花一样适时地将这些呈现给她。她以自己的方式欣赏他。她欣赏文森特就像练习瑜伽；就像欣赏一条凤尾鱼或一块石头。并非人人都欣赏他。

电视上在播放一张黑白版画，然后是另一张：19世纪的蚀刻版画。是约翰·富兰克林爵士，他比简想象的更老些也更胖些；也在一百五十年前，在北极高地，在死寂的冬日，"恐怖号"和"幽冥号"被碎冰块瞬间封住。根本看不见太阳，也没有月亮；只有沙沙作响的北极光，就像电子音乐，还有硬邦邦的小星星。

在这样的一艘船上，在这样的时刻，他们为了爱情都做了什么？隐秘而孤独的探索，迷茫凄凉的梦境，阅读小说以自我升华。那些变得孤独的人通常都是这样做的。

在底舱，包围在木船体吱吱作响的声音和长期封闭导致的人体的腐臭气味之间，约翰·图灵顿奄奄一息。他一定知道自己死期将至；你从他脸上就能看出来。他把头转向简，茶色的面孔透着迷茫责备。

谁握着他的手，谁给他读书，谁给他送水？谁爱他，如果有人
爱他的话？是什么让他濒于死亡，他们告诉了他什么？肺病，高
烧，原罪。所有这些维多利亚时代的致死理由，都毫无意义，而且
是错误的。但他们一定一直在安慰他。如果你快死了，你就想知道
自己为何会死。

20世纪80年代，诸事开始急转直下。多伦多不再那么有趣了。
人太多，穷人太多。你可以看到他们在街上乞讨，街上则充斥着油
烟和汽车。廉价的艺术家工作室都被拆除了，或被改造成矫揉造作
的高档办公场所；艺术家们已经迁移到别处了。整条街道都被拆毁
或推倒，空气中充满了风吹起的沙砾。

人们正在死去。他们都死得太早了。简的一位客户是一家古董
店的老板，他几乎在一夜之间死于骨癌。另一位客户是位女性，是
娱乐业的律师，她在时装店试穿裙子时突发心脏病。她摔倒在地，
人们叫了救护车，但她刚到医院就死了。另一位是戏剧制片人，死
于艾滋病，还有一位摄影师也是这样；摄影师的情人自杀了，要么
出于悲伤，要么是因为他知道自己是下一个死于艾滋病的人。一个
朋友的朋友死于肺气肿，另一个死于病毒性肺炎，还有一个死于热
带度假时得的肝炎，另一个则死于脊髓性脑膜炎。他们好像因为某
种神秘的药剂而变得虚弱不已，那是一种无色气体，无味无形的东
西，任何一种病菌都可以侵入他们的身体，要了他们的命。

简开始留意她过去只是匆匆浏览的新闻条目。酸雨致死的枫树林，牛肉中的激素，鱼中的汞，蔬菜中的杀虫剂，喷洒在水果上的毒药，天知道饮用水里有什么。她订购了瓶装矿泉水，几周后感觉好多了，然后在报纸上读到，这对她并没有多大好处，因为无论这种物质是什么，它已渗透于一切。你每一次呼吸，都会吸入一些。她想过搬出城市，然后读到有关有毒垃圾场、放射性垃圾的文章，这些垃圾场隐藏在乡村的各处，被掩盖在摇曳的树林凝聚成的那抹浓厚而诡谲的绿色之中。

文森特去世还不到一年。他没有被埋在永冻土层或冻在冰中。他被安葬在奈克罗珀利斯，这是多伦多唯一的公墓，也是总体氛围得到他认可的墓地。简和其他人在他的墓地上种了球茎花卉，大多是简种的。现在，约翰·图灵顿在一百五十年后刚刚解冻，可能看起来比文森特还要好。

在文森特四十三岁生日前一周，简去医院看他。他在医院接受检查。他很有趣。他面临着无法解释的未知，某种甚至还没被命名的变异病毒侵蚀着他。当这种病毒进入他的脊髓时，他就完了。正如他们所说，任何治疗都无济于事。他只是在苟延残喘。

他的房间是白色的，像在冬天。为了缓解疼痛，他躺在冰块里，一张白床单裹着他，他白皙、瘦削的双脚从床单底下露出来。苍白而冰冷。简看了他一眼，他就像条鲑鱼一样躺在冰上，她开始哭起来。

"噢，文森特，"她说，"如果你不在了我该怎么办？"这话听起来糟透了。听起来好像简和文森特在开玩笑，在拿过时的书、过时的电影和他们过时的母亲开玩笑。这听起来也很自私：她在这里担心着自己和自己的未来，而文森特则是那个病人。但这就是事实。总的来说，没有文森特，要做的事情就会少很多。

文森特抬头望着她；他的眼袋就像海绵。"放轻松点儿。"他说，声音不是很大，因为他现在无法大声说话。这时她已坐下，身体前倾；她握着他的一只手，一只瘦得像鸟爪子的手。"谁说我要死了？"他想了一会儿，修正了自己的说法。"你说得对，"他说，"他们抓住我了。他们是来自外太空的豆荚人。他们说：'我只想要你的豆荚。'"

简哭得更厉害了。情况变得更糟，是因为他还想开玩笑。"但病因是什么？"她说，"他们发现了吗？"

文森特露出了自己惯有的、轻松活泼的微笑，他的微笑是超然的、有趣的。他的牙齿洁白，一如既往地青春年少。"谁知道？"他说，"病因一定是我吃掉的东西。"

简坐在那里，泪流满面。她感到凄凉无助：自己被抛弃了，束手无策。他们的妈妈终于赶上了他们，并证明了她们是对的。毕竟有了"后果"；但却甚至是你都不知道自己做过的事情的后果。

科学家们又回到了屏幕里。他们都兴高采烈，热切的嘴巴一直在抽搐，你几乎可以说他们是快乐的。他们知道了约翰·图灵顿的死因；他们终于知道了为什么富兰克林探险队会犯下如此可怕的错误。他们切取了约翰·图灵顿的身体组织切片、一片指甲和一绺头发，他们用仪器进行分析，并得出了答案。

镜头对准了一个旧的锡罐头，镜头拉远，显示出罐子上有一条焊接缝，看起来就像个炸弹外壳。一根手指指着那条缝说：探险队员的死亡原因就是这种锡罐头，这是当时的一项新发明、新技术，是抵御饥饿和坏血病的终极手段。富兰克林探险队配备了充足的锡罐头，里面塞满了肉和汤，并用铅焊封起来了。整个探险队都铅中毒了。没人知道这一点，也没人尝出来。铅毒侵入了他们的骨头、他们的肺、他们的大脑，让他们变得虚弱，思维变得混乱，因此，最后那些没死在船上的人才开始了愚蠢的跋涉，穿过乱石嶙峋、冰冷刺骨的地面，拉着一艘救生艇，上面装满了牙刷、肥皂、手帕和拖鞋——一堆无用的垃圾。十年后，当人们发现他们时，他们都已是穿着破烂外套的骷髅，躺在他们瘫倒的地方。他们一直朝着探险船停泊的地方走。正是他们吃的东西杀死了他们。

简关掉了电视，走进厨房。全白的厨房是前年装修的，过时的70年代仿砧板台面的厨台被拆掉运走了，她准备给自己热一杯牛奶和朗姆酒。随后她推翻了自己的决定；反正她是睡不着了。这里的一切似乎都无主。她的适合做单人餐的烤箱，她用来加热蔬菜的微波炉，她的浓缩咖啡机——它们都待在那里，等着她离开，就在今晚或永远，为了呈现出它们最终的、真实的无目的之物的外观，在物质世界随波逐流。它们也可能是围绕月球运行的宇宙飞船爆炸后的碎片。

她想起了文森特的公寓，它布置得那么精致，摆满了他曾经喜爱的美丽的或刻意丑化的东西。她想到了他的衣橱，里面装着稀奇古怪的衣服，现在没有文森特的胳膊和腿穿这些衣服了。现在它们被拆散了，卖掉了，送人了。

她家旁边的人行道上，塑料饮水杯、皱巴巴的易拉罐和用过的外卖盘子堆得越来越多，乱糟糟的。她将它们捡起来清理干净，但一夜之间它们又出现了，就像军队行军途中或遭受炸弹袭击的城市中的居民逃离时留下的痕迹，沿途丢弃的都是曾经被人们认为必不可少但现在太重而带不走的物品。

08.
Weight

体 重

　　我的体重在增加。我并没变胖，只是变重了。在体重秤上看不出这种变化，所以理论上，我并没有变化。我的衣服仍然合身，所以我的胖和尺寸无关，人们所说的胖，是指脂肪占的空间比肌肉更多。我所感觉到的重量藏在我一整天四处走动时消耗的能量之中：沿着人行道走，爬楼梯；是在我脚上的压力；是细胞的密度，好像我一直在喝重金属。没什么证明体重增加的东西能被检测到，虽然体重增加后身上一般会长出一些赘肉，但这就必须要将它们固定、收紧、消除，以便测量。消除掉。要干的活儿太多了。

　　在有些日子里，我以为自己做不到这一点。我担心自己会发生潮热，会遭遇车祸。我会心脏病发作。我还会跳窗。

　　这是我看着那位男士时的想法。不用说，他是个有钱人：如果他不富有，我们都不会在这里。他有多余的钱，我正想方设法从他那里弄到一些钱。这不是为了我自己；我做得很好，谢谢，我这是为了我们过去所谓的慈善事业——现在被称为公益事业了。准确地说，我是为受虐妇女提供庇护所，名叫"莫莉之家"。这是以一位女律师的名字命名的，她被她的丈夫用羊角锤谋杀了。他是那种善于使用工具的人。他的地下室里有一个工作台，车床、虎钳、电锯和其他工具都有。

我想知道，这位小心翼翼坐在我对面的男士，地下室里是否也有一个工作台。他那双手不是用来操持工具的，因为手上没有老茧或小裂口。我没有告诉他羊角锤的事，也没有告诉他隐藏在全省各地的桥下涵洞里、林间空地里的胳膊和大腿，就像复活节彩蛋，或者某些诡异的寻宝活动里的线索。我知道，这种可能性有多么容易吓到这种男人。真实的鲜血，那种从地下向你喊叫的鲜血。

我们都已点好了餐，其中包括后悔点了的东西，因为我们都戴着老花镜看的菜单。我们至少有一个共同点：我们的眼睛都还在转动。我现在对他微笑着，转动着酒杯的杯柄，审慎地说着假话。这甚至不是我的事，我告诉他。我之所以卷入其中，是因为我很难拒绝。我是为朋友两肋插刀。这是实情：莫莉是我一位朋友。

他微笑着，放松下来。好，他在想。我不是那种认真的女人，那种能讲道理、会挖苦人，也会自己开车门的女人。他是对的，这不是我的风格。但他本可以从我的鞋子上看出这一点：那种女人不会穿这种鞋子。总之，我并不是一个带刺儿的女人，他请我吃午饭的直觉是有道理的。

这个人当然有名有姓。他叫查尔斯。他已经说过"叫我查尔斯"了。谁知道还有什么乐子在等着我呢？下一步可能就叫"查克"，或者"查理"了。"查理是我的宝贝。""查克，你这个大块头。"我想我会坚持叫他查尔斯的。

开胃菜上来了，他的是韭菜汤，我的是沙拉配苹果和胡桃，上面覆着一层薄薄的清淡酱料，和菜单上写的一样。蒙着面纱。就像新娘子一样。服务生是另一位失业的"演员"，但他的优雅和魅力在查尔斯这儿没了市场，当他说"请享用"时，查尔斯未有回应。

"干杯。"查尔斯举起酒杯说。酒上来时他已经说过一次了。交谈艰难进行着。若丝毫不触及底线，顺利吃完这顿午餐的概率有多大？

查尔斯就要讲一个笑话了。先兆就摆在那里：他面色微红，下巴上的肌肉在抽搐，眼角起了皱。

"什么东西是棕色和白色的，而且更适合形容律师？"

我听说过这个笑话："不知道。是什么？"

"一只斗牛犬。"

"哦，那太可怕了。哦，你太可怕了。"

查尔斯的嘴角露出一个小半圆形的微笑。然后，他抱歉地说："我当然不是指女律师。"

"我不再做律师了。我从商了，记得吗？"但他也许在说莉莉。

莉莉会觉得这个笑话好笑吗？可能会吧。当然，她一开始肯定会。我们在法学院读书时都全力以赴，因为我们知道，我们哪怕比男生优秀两倍也不一定能获得与男生同样的成绩，我们以前常一起出去喝咖啡，给那些男孩给我们起的绰号编出各种愚蠢的含义，笑得喘不过气。他们对女人有统一的称呼，但我们知道他们指的是我们。

"'带刺儿的'。治疗牙龈疾病的药用牙签品牌。"

"好！'尖叫'。就像《大尖叫》一样。一种尖喙水鸟，原产于……"

"加州？是的。那'歇斯底里'呢？"

"一种病态的开花时带香味的藤蔓，遍布南方的公寓外墙。'死缠烂打'？"

"死缠烂打。这个难。女性解剖学中的粗话，醉鬼挑逗女人时会这样说。"

"太明显了。一个又宽大又柔软的天鹅绒靠垫……"

"粉红色或紫红色……"

"斜倚在地板上时靠着，在……"

"在看午后肥皂剧的时候。"我说完了，但并不满意。"死缠烂打"应该有更好的解释。

莫莉就会死缠烂打，或者你可以称之为坚定不移。她不得不如此，她的个子太矮了。她像一个脾气暴躁的小顽童，生气时会凸出坚硬的小下巴，瞪着大眼睛，用前额撞击东西。她的家境并不好。

她是靠自己的大脑获得如今的成就的。我的家境也不好，我也是靠自己的大脑取得了如今的成绩；但大脑对我们的影响迥异。例如，我很整洁，并且有洁癖。莫莉养了一只名叫凯蒂的猫，当然，是一只流浪猫。莫莉和她的猫生活在一种欢快且肮脏的环境中。或者不是肮脏：而是混乱。我本人无法忍受这种环境，但我喜欢她生活的混乱环境。她制造出了我不允许自己制造出的混乱。她是我混乱的代理人。

莫莉和我当时都很有野心。我们打算改变一些事情。我们打算打破陈规陋习，我们要绕过老男孩们的关系网，以表明女人也可以做到任何事情。我们要承担起这个体系的责任，获得更利于女人的离婚协议，支持男女同工同酬。我们想要正义和公平竞争。我们认为这就是法律的目的。

我们勇敢，但我们后退了。我们不知道，凡事得先从批判开始。

但莫莉并不讨厌男人。和男人在一起，莫莉就是亲吻癞蛤蟆的公主。她想，只要她吻得足够多，任何癞蛤蟆都可以变成王子。我不一样；我知道癞蛤蟆就是癞蛤蟆，并且永远如此。我要做的事，只是在癞蛤蟆中找到那只最合适的，并学着去欣赏它的优点。你得培养一双慧眼。

我称之为妥协。莫莉称之为犬儒主义。

桌子对面，查尔斯又喝了一杯酒。我想他已判定我是一个优秀的活动家。对一个你正在考虑与之发生过去所谓的非法婚外情的女人来说，这种思量是必要的；因为这就是这顿午餐的真正意义所在。这是一场双向面试，都为了一个空缺的职位。我本可以在查尔斯的办公室提出请他慈善捐款的请求，但很快就被婉拒了。我们本来可以按正式程序进行的。

查尔斯很帅，他这类男人的那种帅，尽管如果你在街角看到胡子拉碴、伸手乞怜的他时，可能就不会这么想了。这种男人似乎总是处于同一个年龄。他们二十五岁时就一直渴望处于这个年龄，所以他们就模仿这个年龄的男人的样子；当他们过了这个年龄之后，他们还会想再次模仿。他们想要的是权威的力量，以及能够享受的足够多的青春。这就是所谓的黄金时代，就像牛肉一样。他们身上都有那种牛肉般的东西，肉质紧实。他们都玩点儿什么：一开始是壁球，再就是网球，最后以高尔夫球结束。运动使他们身体健硕。他们都是热气腾腾、两百磅重的牛排。我应该知道的。

这些肉都被包裹在昂贵的细条纹深蓝色西装内。保守风格的领带飘在胸前，栗色，稍作设计。他这条领带上有马的图案。

"你喜欢马，查尔斯？"

"什么？"

"你的领带。"

"哦，不。不是特别喜欢。这是太太送的礼物。"

我一直没有再提及"莫莉之家"的事，直到甜点上来——在此之前绝不要大肆宣传，就讲讲商务礼仪之类，先让这家伙吸收点儿蛋白质——虽然，如果我所猜不错，查尔斯也关心自己的体重，那么，我们都会跳过甜点，直接喝双份浓缩咖啡。与此同时，当我提出核心问题时，我会听取查尔斯的意见。基本规则已不动声色地摆出来了：他已经两次提到了妻子，一个在大学读书的儿子，一个十几岁的女儿。家庭稳定就是信息。这与马图案的领带很相配。

当然，最让我感兴趣的是他的妻子。如果查尔斯这样的男人没有妻子，他们就会编造出来一个。当其他女人靠得太近时，用这一招来抵御她们太有效了。如果我是一个男人，我就会这样做：编出一个妻子，从零散的碎片中拼凑出一个——从当铺里买枚戒指，从别人的相册里偷来一两张照片，准备三分钟有关孩子的煽情故事。你可以假装给自己打电话；你可以给自己寄明信片，从百慕大寄，或从更好的地方，如龟岛。但像查尔斯这样的男人的骗术还不够彻底。他们的杀手本能被引向了别处，他们的谎言漏洞百出，或者因眼球转动而暴露了自己。在内心深处，他们都太真诚了。

而我，则相反，我心机重重，少有负罪感。我负疚的是别的事。

我已经在好奇他妻子会是什么样子：晒得很黑，运动过度，眼神警觉而坚韧，脖子布满青筋。我见过这些妻子，一群群，一对对，穿着白色网球服在俱乐部里闲逛。她们自鸣得意，又神经兮兮。她们知道这是一个名副其实的一夫多妻制的国家。我让她们感到紧张。

但她们应该感谢我帮她们摆脱僵局。除了我，还有谁能有时间和专业知识来抚平查尔斯这种男人的自负，听他们讲笑话，对他们的性能力撒谎？照料这种男人是一门逐渐衰落的艺术，就像贝壳雕刻艺术或羊毛玫瑰花壁炉装饰品制作艺术一样。太太们都太忙了，做不了这个，年轻的女人不知道该怎么办。我知道该怎样办。我在旧学校里学的，这和分发领带可不一样。

有时，当我又收到一块丑陋的腕表或胸针（他们不会送我戒指；如果我想要戒指，我就自己买），当我周末被孤零零地留下照顾孩子们和乔治亚湾的小屋时，我就想想我能说什么，我觉得自己很强大。我想在那位妻子的邮箱里丢一张尖刻的、报复性的小纸条，策略性地列举一些痣啦、绰号啦、家里宠物狗的反常习惯啦。各种知识的证据。

但那个时候，我就会失去力量。只有你闭上嘴，知识才是力量。

送给你一个词，莫莉：更年期。当你重新考虑男人的时候，就可以停顿一下。

终于，主菜上来了，服务员牙齿白得闪亮，眼神迷人。小牛肉扇贝是查尔斯点的，他显然没看过那些暗中漂白小牛肉的肮脏照片；我点的是烤海鲜串。我想，现在他又该说"干杯"，然后再发表一通海鲜有利于性欲的高论。截至目前，他喝的酒已足够刺激其性冲动了。接下来，他该问我为什么不结婚了。

"干杯，"查尔斯说，"里面有牡蛎吗？"

"没有，"我说，"一只都没有。"

"太糟糕了。牡蛎有助于消除烦恼。"

是在说你自己吧，我想。他若有所思地咀嚼了一两下："你怎么就没结婚——像你这样有魅力的女人？"

我耸了耸垫肩。我该告诉他什么？我那死去的未婚夫的故事，从朋友的姑姑开始讲起？不行，太过时了。我应该说我太挑剔了？那可能会吓到他：如果我很难取悦，那他该如何取悦我？

我真的不知道为什么。也许我在等待一场天大的浪漫。也许我想要真爱，敞开心扉，开诚布公，没有苦涩的余味。也许我想保持我开放式的选择。在那些日子里，我觉得任何事情都可能发生。

"我结过一次婚。"我悲伤、悔恨地说。我希望传达的意思是，我做了正确的事，但没有成功。某个浑蛋让我大失所望，以一种过于可怕的方式进入我的生活。查尔斯会自然而然地以为他可以做得更好。

说自己结过一次婚，就等于画上了一个句号。这就像说你死过一次。这会让男人闭嘴。

有意思的是，莫莉结过婚。你会认为我也是这样。我想要两个孩子，能停两辆车的车库，一张中央放着玫瑰花盆的古董餐桌。好吧，至少我有一张桌子。其他女人的丈夫坐在我的桌子旁，我给他们煎蛋卷，而他们在偷偷看手表。但是，如果他们哪怕只是暗示要与妻子离婚，我就会立刻以迅雷不及掩耳之势将他们扔到门外，让他们甚至不记得自己的平角短裤放在哪里了。我从来不想做出承诺。或者说，我从来不想冒险。两者是一回事。

曾经有那么一段时间，我已婚的朋友们嫉妒我单身，或者她们嘴上是这么说的。我乐在其中，我可以触碰底线，但她们做不到。尽管她们最近改变了这种观点。她们告诉我，说我既然有旅行的自由，那就应该去旅行。她们给了我一些上面印有棕榈树的小册子。她们心里想的是一次阳光巡游，一次船上浪漫，一次冒险。我想不出比这更烂的事了：困在一艘热死人的船上，周围是一堆同样热衷于冒险的满脸皱纹的女人。所以我把小册子塞在烤面包机后面，这样才方便做我的单人晚餐，在那个地方，这些小册子总有一天会燃烧起来。

我冒的险够多了，就在这附近。这已经让我筋疲力尽了。

二十年前，我刚从法学院毕业；再过二十年，我就要退休了，无论是谁计算时间，那时都是21世纪了。每个月我都会在黑夜里醒来一次，在恐惧中滑落。我害怕，不是因为黑暗的房间里有个人在我床上，而是因为没有人在那里。我害怕空虚，它就像一具尸体躺在我身旁。

我在想，有什么事会发生在我身上呢？我会孤独一人。谁会来养老院看我？我想着下一个可能遇到的男人，就像一匹不得不想着下一次跳跃的老马。我会失去理智吗？我还能这样坚持下去吗？我应该结婚吗？我还有选择吗？

在白天，我还好。我的生活丰富而充实。当然，我有自己的职

业。我的职业让我熠熠发光，就像一件古董黄铜器。我的职业为我
增光添彩，就像一枚收藏的邮票。它支撑着我：我的这份职业就像
带钢圈的胸罩。有些日子我讨厌它。

"来点甜点吗？"查尔斯说。

"你要吗？"

查尔斯拍了拍肚皮。"正在节食。"他说。

"我们来杯双份浓缩咖啡吧。"我说。我让这话听起来像一个
美味的阴谋。

双份浓缩咖啡。这是西班牙宗教裁判所设计的一种酷刑，包括
一袋大头钉、一个银制脱靴器和两位三百磅重的牧师。

莫莉，我让你失望了。我爆发得太早了。我承受不住压力了。
我想要安全感。也许我已经决定了，改变女性命运最快捷的方式是
改变我自己。

莫莉依然如故。她没有了婴儿肥的圆润；她的声音带了一丝粗
犷，开始不停吸烟。她的头发变暗了，皮肤起皱了，但她并不在
意。她开始向我说教，说我不够认真，还有我的衣橱，她认为我花
钱太多。她开始用父权制这样的词。我发现她开始变得尖锐了。

"莫莉，"我说，"你为什么还不放弃？你都一头撞到厚砖墙
上了。"这话让我感觉自己像个叛徒。但如果我不说出来，我会觉
得自己就是个叛徒。因为莫莉正在累垮自己，而且都是为了花生米

大的事。她那种类型的女人从来就没有什么钱。

"我们正在取得进展，"她会这样说。她的脸变得油乎乎的，就像传教士的脸，"我们正在完成一些事情。"

"这个我们，是指谁？"我说，"我没看到有多少人在帮你摆脱困境。"

"哦，他们在帮我，"她含含糊糊地说，"他们中有些人在帮我。他们都以他们力所能及的方式在做。类似于寡妇捐赠的小钱[1]，你懂吗？"

"什么寡妇？"我说，"莫莉，别再想着做圣徒了。够了。"我理解她的意思，但我很愤怒。她正设法让我感到内疚。

这些发生在她嫁给柯蒂斯之前。

"现在，"查尔斯说，"我们开诚布公吧，嗯？"

"好，"我说，"好吧，我已经在你办公室向你说明了我的立场。"

"是的，"他说，"正如我告诉你的，公司已经分配好了今年的慈善捐款预算。"

"但你可以破例，"我说，"你可以用上明年的预算。"

"我们可以，如果——好吧，底线是，我们喜欢考虑的是会得

---

1 原文为Widow's Mite，出自《新约·马可福音》。Mite是一种很小的货币单位，该词组可引申为"力所能及的微小贡献"。

到回报的投入。你们的组织名称不需要有那么露骨的叫法，只要是你们所谓的慈善组织之类的就可以。比如，把心啊肾啊放在名称里，那我们的合作就完全没有问题。"

"那受虐妇女有什么问题？"

"嗯，你们的材料上会出现我们公司的标志，就在这些受虐妇女旁边。大众因此会形成错误的想法。"

"你的意思是，他们可能会认为就是这家公司在虐待妇女？"

"总之，是的。"查尔斯说。

任何谈判都是这样，总是先同意对方，然后换一个角度进行攻击。"你说的有道理。"我说。

受虐妇女。在灯光下，我能看到她们，就像路边的连锁快餐店。来点儿新鲜的。类似于洋葱圈和炸鸡。一个可怕的双关语。莫莉会笑吗？会的。不会。会的。

受虐。覆盖着一层黏液，然后沉入地狱。毕竟没有比这再合适的说法了。

莫莉嫁给柯蒂斯时三十岁。他并不是第一个与她同居的男人。我经常想不通她为什么这样做。为什么是他？可能她只是累了。

尽管如此，这仍是一个奇怪的选择。他太黏人了。他几乎不让她离开自己的视线。就是这一点吸引了莫莉吗？可能不是。莫莉是个修理工，她认为自己可以修复坏掉的东西。有时她可以。尽管如此，就算对她而言，柯蒂斯也太破碎了。他破碎得不成样子，他认为世界的正常状态就是破碎的。也许正是因为如此，他才要打碎莫莉：让她恢复"正常"。当他以一种方式做不到这点时，他就换另一种方式做到。

起初，他还是很可靠的。他是一名律师，穿着得体的西装。我想说我当下就知道他的碎片还没有完全黏合好，但这不是真的；我不知道。我不是很喜欢他，但我不知道。

在莫莉婚后一段时间里，我不常见到莫莉。她总在忙着为柯蒂斯做这做那，然后又忙着照顾孩子们。他们有一儿一女，这正是我自己一直期待的生活。如果不是因为谨小慎微和某种挑剔，有时我觉得莫莉似乎正过着我本可以过的生活。而一到关键时刻，我仍不喜欢别人在浴缸里留下的一圈圈灰垢。这就是已婚男人的美德：让别人来替他们打理生活。

"一切都还好吗？"这是服务员第四次询问了。查尔斯没回答，或许他就没听见。他是那种将服务员视为热气腾腾的茶点推车的人。

"非常好。"我说。

"为什么这些受虐妇女不找个好律师？"查尔斯说。他是真的感到困惑。即使告诉他，这些女人负担不起律师费也没用。他就没这个概念。

"查尔斯，"我说，"虐待她们的人当中就有一些厉害的律师。"

"我一个都不认识。"查尔斯说。

"你会大吃一惊的，"我说，"当然，我们也接受个人捐赠。"

"什么？"查尔斯说，他没有跟上我的思路。

"我们不只接受公司的捐赠。康复雷克斯公司的比尔·亨利就以个人名义捐了两千美元。"比尔·亨利是不得不捐。我对他右臀的胎记了如指掌，那个胎记形状像只兔子。我还知道他怎么打鼾。

"哦。"查尔斯说，我有些措手不及。但他上钩前一定会挣扎的，"你知道，我喜欢把钱投到能真正做好事的地方。这些女人，你刚把她们救出来，她们就又会回去，再次受到虐待，这是别人告诉我的。"

我以前听说过这种说法，说她们受虐上瘾了。她们都觉得眼睛被打肿的次数还不够多。"捐给心脏基金会，"我说，"不管怎样，那些忘恩负义的心脏搭桥者迟早都会抱怨的，就像他们现在自讨苦吃一样。"

"说得好。"查尔斯说。哦，不错，他懂一点儿法语。他不完全是个傻瓜，不像某些人。"我请你出去共进晚餐如何？"他在查阅自己的小记事本，这类男人胸前的口袋里都带着这种记事本，"星期三怎么样？那时你可以说服我。"

"查尔斯，"我说，"这不公平。我很乐意与你共进晚餐，但这不能作为你捐赠的代价。你先捐赠，然后我们才能问心无愧地共进晚餐。"

查尔斯喜欢"问心无愧"这个说法。他咧嘴笑了笑，伸手去拿支票簿。他看起来不会比比尔·亨利捐赠得少。在游戏的这个阶段，他不会少给的。

莫莉到我办公室来看我。她事先没有打电话。那时恰逢我刚离开上一家公司的"高级奴才"职位，建立了我自己的公司。现在我有了自己的下属，我正在费力地解决咖啡问题。如果你是一个女人，就没有别的女人为你送上咖啡——男人也不会这么做。

"莫莉，你怎么了？"我说，"想喝杯咖啡吗？"

"我已经筋疲力尽了，我受不了了。"她说。她盯着咖啡看。她眼睛下是柠檬片大小的黑眼圈。

"是柯蒂斯，"她说，"今晚我可以在你这里过夜吗，如果我不得不这样做的话？"

"他都对你做了什么？"我说。

"没什么，"她说，"还没做。问题不是他做了什么，而是他会怎么做。他正奔向危险边缘。"

"他做了什么？"

"就在刚才，他开始说我与同事私通。他认为我和莫里斯有一腿，就在大厅那头说的。"

"莫里斯！"我说，我们和莫里斯都是法学院的同学，"但莫里斯是同性恋啊！"

"我们不能用理性来谈论这件事。然后他开始说我要离开他。"

"你要离开他吗？"

"我在这之前不会，但现在我就不知道了。现在我想我会离开他的。他在逼我这么做。"

"他是个偏执狂。"我说。

"是偏执狂，"莫莉说，"他是一架广角照相机，专用来抓拍疯子。"她把头埋在手臂里，笑了又笑。

"今晚来我那儿吧，"我说，"别考虑太多，做就是了。"

"我不想仓促行事，"莫莉说，"也许事情会得到解决的。也许我可以与他谈谈，给他一些帮助。他一直备受压力。我得为孩子们着想。他是个好爸爸。"

受害者，他们会在报纸上这样说。莫莉不是受害者。她并非无助，也并非绝望。她满怀希望——杀死她的正是她的希望。

第二天晚上，我给她打电话。我以为她会过来，但她没有。她也没给我打电话。

柯蒂斯接的电话。他说莫莉去旅行了。

我问他莫莉什么时候回来，他说他不知道。然后，他开始哭起来。"她离开了我。"他说。

这对她来说很好，我想。毕竟，她做到了。

一周后，她的断手、断腿开始出现在大众的视野里。

他在她睡着时杀了她，我相信他一定是这样做的。她从来就不知道。或者说，在他开始能回想起当时的场景时，他是这样说的。

他起初声称自己失忆了。

肢解。有意识的遗忘行为。

我尽量不去想被肢解的莫莉是什么样子。我试着回想一个完整的莫莉。

查尔斯正带着我向门口走去，经过一块又一块白桌布，每块桌布都至少被四个细条纹装饰的袖肘压着。这就像撞上冰山前的泰坦尼克号：炫耀着权力和影响力，而对世界上发生的事毫不关心。他们对底层船舱的农奴了解多少？他们取笑所有的人，然后通过了港口。

我朝右笑笑，朝左笑笑。左右两边都有一些熟悉的面孔，一些熟悉的胎记。查尔斯以一种宣告主权但谨慎的方式挽住我的胳膊——轻轻地挽着，但很用力。

我不再认为任何事情都可能发生。我不想再这样想了。"发生"源于你的期待，而不是你的所作所为；而"任何事情"则类别广泛。例如，我不太可能被眼前这个人谋杀；我也不太可能嫁给他。就在眼下，我甚至都不知道自己是否会赴周三的晚餐。我突然想到，如果我不想去的话，我真的没有必要去。至少我还保留了一些选择的机会。哪怕只是想想这件事，我的脚就不那么疼了。

今天是星期五。明天早上，我将去墓地快走一番，锻炼锻炼大腿的内侧和外侧。在这座城市中，这是你可以这样做而不会被车撞倒的少数几个地方之一。那里不是埋葬莫莉的墓地，不管他们把她拼凑成了什么样子都不重要了。我会挑选一块墓碑来拉伸拉伸腿，我会假装那就是她的墓碑。

我会说，莫莉，我们在某些事上意见不一致，你也不会赞同我的做法，但我尽力而为了。我的底线是，钞票就是钞票，有了钱餐桌上才有的吃。

她会回答，底线，当你越陷越深、无法自拔时，你就会撞到什么。自那之后，你就原地不动了，或者你会爆炸。

我会弯下腰，我会碰到地面，或者只要不拉断韧带就尽可能地靠近地面。我会在她的墓地上放一只花圈——用看不见的钱扎成的花圈。

09.

Wilderness Tips

荒野指南

普吕将两条红色印花手帕折叠成三角形，先将一对对角系起来，再把第二对对角在背后系好，第三对对角则绕着脖子系起来。她又在头上缠了一条蓝色头巾，在前面打了一个小平结。现在，她大摇大摆地走在码头上，穿着即兴设计的露背上衣和白色平脚短裤，戴着白塑料镜框的太阳镜，脚穿平底凉鞋。

"20世纪40年代的人都这样穿，"她对乔治说，双手背在后面，旋转了一圈，"铆工罗茜。战争时代的人。还记得吗？"

乔治的真名并不叫乔治，他不记得罗茜了。整个40年代，他都在垃圾堆里讨生活或沿街乞讨，还做了其他一些不适合小孩做的事。他倒是模模糊糊地记得糊在厕所墙上的日历上搔首弄姿的某位电影明星。也许这就是普吕的意思吧。他忽然想起了自己对灿烂无知的微笑、饱食终日的身体的强烈怨恨。几位朋友曾帮他用一把瓦砾堆中找来的生锈的菜刀将一个女人肢解了。他不打算把其中的细节告诉普吕。

乔治坐在一张绿白条纹的帆布躺椅上，边读着《金融邮报》，边喝着苏格兰威士忌。他身边的烟灰缸里，烟蒂都满了：很多女人都曾试图戒掉他的烟瘾；她们都失败了。他从报纸后抬头看着普吕，露出狡黠的笑容。他嘴里叼着香烟时都是这样笑的：嘴唇向一边翘起，露出牙齿。他有很长的犬齿，而且竟然还没掉。

"那时你还没出生吧。"他说。这不是事实，但他从不会错失任何现成的赞美别人的机会。这又不需要他付出什么，一分钱都不用花，这个国家的男人从来都没想明白这件事。普吕的腹部晒得黢黑，正与他的视线齐平；乔治的小腹仍然紧致、灵活和柔软。在他这个年纪，他妈妈身上的肌肉已经松软了——松弛软塌，像放久了的李子。如今，人们吃很多蔬菜，他们坚持锻炼，他们会健康长寿。

普吕把墨镜拉到鼻尖上，越过塑料镜框看着他。"乔治，你真是无耻至极，"她说，"你一直都很无耻。"她对着他露出了一个天真的微笑，一个调皮的微笑，一个隐藏着真正的邪恶的微笑。这种笑就像浮在水面上的汽油花，闪闪发亮，不断变化着色调。

这种普吕式的微笑是乔治到多伦多后偶遇的第一件趣事，那还是在50年代末。当时一家有东欧背景的房地产开发商举办了一次派对。他受邀，是因为当时匈牙利的难民在刚起义之后很受重视。他那时年纪轻轻，枯瘦如蛇，一只眼睛上有一道危险的伤疤，他还和一些离奇的故事有关。他是一个宝藏。普吕也参加了派对，穿着一件露肩黑色连衣裙。她向他举杯致意，从杯沿上方看着他，扬眉微笑，就像举起一面旗子。

微笑就是邀请，但乔治不会应约：不会在这里，也不会是现在。他会以后再应约，也许在城里。但这片湖，这座半岛，这处瓦库斯塔屋，就是他的避难所，他的修道院，他的圣地。在这里，他不会做出任何违规行为。

"你为什么能忍心拒收礼物？"乔治说。烟雾飘进他的眼里，他眯了眯眼，"如果我再年轻些，我会跪在你面前，亲吻你的纤手。相信我。"

在以前，在他更冲动的年龄，普吕就知道他会做这些事情，她转过身来。"该吃午饭了，"她说，"我就是来告诉你这个的。"她听出了乔治的婉拒之意。

乔治注视着她的白色短裤和仍然匀称的大腿（尽管她小腿上有淡淡的脂肪凹痕）在清澈的阳光下一闪，一闪，一闪，经过船屋，沿着石路，上了山，走到房子里。那里响起了铃声：午饭铃。普吕平生只有这次说的是实话。

乔治又扫了一眼报纸。魁北克正在争论分裂主义；蒙特利尔附近的莫霍克人[1]堆好了路障，有人朝他们扔石头；总之，这个国家正在面临分裂。乔治并不担心：他去过一些分裂的国家，而只有在

---

1 北美土著族群的一支，主要分布在美国纽约以北至加拿大魁北克的莫霍克山谷中。

这样的国家他才有机会。他不明白的是，这些人为什么揪着语言问题大做文章。什么是第二语言、第三语言或第四语言？如果算上俄语的话，乔治本人会讲五种语言，但他不愿讲俄语。至于扔石头，这是典型行为。不是炸弹，也不是子弹：只是石头。就连这里的骚乱都是静悄悄的。

他把手伸到自己的宽松衬衫下，挠着肚皮；他肚子中间的赘肉有点太多了。接着，他掐灭了香烟，一口喝下杯中的苏格兰威士忌，从躺椅上爬了起来。他小心翼翼地把椅子折叠起来，放回船屋：风一来，就可能把椅子吹到湖里。他以一种温柔、崇敬的态度对待瓦库斯塔屋的财产和礼仪，这会让那些只在城里认识他的人感到困惑不解。尽管有人称他做生意不循规蹈矩，但从某些方面看，他属于保守派。他热爱传统。在这个国家的土地上，传统很脆弱，但他对自己看到的每一种传统都表示理解和深深的敬意：这里的躺椅，就与其他地方的盾牌一样受他尊敬。

朝山上走时，他比往常走得更慢一些，他听到了厨房那一侧有劈开木头的声音。他听见高速公路上有辆卡车沿着湖边行驶；他听见白松林中的风声。他听到了潜鸟的笑声。他记得自己第一次听到潜鸟的声音时，抱紧了双臂。他一直做得很好。

瓦库斯塔屋是一座大型长方形单层建筑，木板和板条砌成的墙被刷成了深红棕色。这座房子是由这个家族的曾祖父在20世纪的头几年建造的，他投资铁路，大赚了一笔。他在屋子后面还建了一间女佣房和一间厨师房，尽管据乔治所知，他们从没让女佣或厨师入住其中，至少近些年来没有。曾祖父的面孔棱角分明，他留着海象式的胡须，皱着眉头，脖子缩在僵硬的领子里，这幅画像就挂在洗手间里椭圆形的相框中，而洗手间只有一个水槽和一个大水罐。乔治记得曾有一个锌制浴缸，但已经废弃不用了。大家都在湖里洗澡。除此之外，还有一个外屋，隐藏在一丛云杉后面。

那么多年了，老人看见过不知多少赤裸和半裸的肉体，乔治手上沾满了泡沫，心里在想，他一定非常厌烦他们。至少这个老男孩不会怪罪于那间外屋：那对他来说太多余了。乔治走出门时，向曾祖父的画像微微行了一个可疑而奇怪的日式鞠躬礼。他一直这样做。这个脸色阴沉的祖传图腾的存在，多多少少就是他在这里如此自律的原因之一。

午餐桌就放在房子前部的阳台上，阳台宽阔，而且隔了屏风，从那里可以俯瞰湖景。普吕没在那儿，但她的两个姐妹都在：一个是面无表情的帕梅拉，她是大姐，另一个是温柔的波西亚，她是三姐妹中最小的，也是乔治的妻子。另外还有罗兰，他是哥哥，大块头，圆滚滚的，秃顶。在纯粹的社交场合，乔治并不那么喜欢与男人打交道，因为他操纵他们的办法不多。他出于礼貌向罗兰点了点头，然后将狐媚笑容的全部力量都转向两姐妹。帕梅拉不信任他，挺直坐着，假装没注意到他。波西亚对他笑了笑，若有所思又晦涩含混，似乎他就是一片云。罗兰无视他，虽然不是故意的，因为罗兰的内在生命就像一棵树，或者可能只是一个树桩。乔治永远猜不透罗兰在想什么，或者说猜不透他是不是在思考。

"天气真好，不是吗？"乔治对帕梅拉说。这么多年来，他已经学会了，无论在哪种场合，以谈天气开始都很合适。帕梅拉太有教养，不会拒绝回答这样直接的问题。

"如果你喜欢明信片，"她说，"至少没下雪。"帕梅拉最近刚被任命为妇女学院院长，乔治还没完全弄清楚这个头衔的意思。牛津词典上的意思是，院长可能是修道院中十位僧侣的首领，或者"若根据传统的中世纪拉丁语十人长（decanus）的意思，它指的是teoding-ealdor，是tenmannetale的首领"。帕梅拉多多少少说的都是这类内容：让人费解，尽管如果研究一下可能会发现大有深意。

乔治想和帕梅拉上床，不是因为她漂亮——她身材平直，像块木板，不对他的口味，她根本就没有屁股，头发颜色像极了干草——而是因为他从来没这样做过。还有，他想知道她会说什么。他对她的兴趣属于人类学范畴，或者也许属于地质学范畴：他想把她当成一块冰川进行测量。

"读得还享受吗？"波西亚说，"希望你没有晒伤。有什么新闻吗？"

"如果这还算得上新闻的话，"帕梅拉说，"那是一周前的报纸。为什么新闻这个词要用复数？我们为什么不说'旧闻'？"

"乔治喜欢旧东西。"普吕说，她正端着一盘食物走进来。她在自己的方巾装饰外套了件男式白衬衫，但还没穿妥帖，"这对我们女士而言是幸运的，嗯？大家都放开吃喝吧。这是美味的奶酪和酸辣酱三明治，还有美味的沙丁鱼。乔治呢？你要啤酒还是酸雨？"

乔治喝着啤酒，边吃边笑，边笑边吃，一家人都围着他说话，只有罗兰，他安静地摄入营养，看着树林远处的湖面，眼睛一眨也不眨。有时，乔治认为罗兰可以稍微改变一下着装的颜色，这样就能与背景融为一体了；乔治不一样，他注定要脱颖而出。

帕梅拉又在抱怨小鸟标本了。标本一共三只，都放在客厅的玻璃钟罩下：一只鸭子，一只潜鸟，一只松鸡。这些都是祖父的奇思妙想，意在与普通小屋的装饰相配：肮脏的熊皮地毯，完整的熊爪和熊头；一只微型桦木皮独木舟安置在壁炉架上；雪地鞋裂开了，正放在壁炉上烘着；哈德逊湾的毯子钉在墙上，围满了飞蛾。帕梅拉确信，鸟类标本也招飞蛾。

"标本里可能是蛆的海洋。"她说，乔治试图想象蛆的海洋是什么样子。她的隐喻是跳跃式的，她语言的弦乐是混杂的，这让乔治一头雾水。

"标本都密封着，"普吕说，"你要知道，这样一封就什么都进不去、什么也都出不来了。就像修女。"

"别恶心了，"帕梅拉说，"我们应该检查一下，看它们是否生了Frass。"

"谁，修女吗？"普吕说。

"Frass是什么？"乔治说。

"蛆屎，"帕梅拉说，看都没看他，"我们可以冻干蛆屎。"

"行得通吗？"普吕说。

普吕是这座城市中引领潮流的人：她多年前就拥有了第一个白色厨房，第一套大垫肩，第一套皮裤套装，在这里她却和其他人一样抗拒改变。她希望这座半岛上的一切都一成不变，保持原样。半岛确实没有变化，尽管逐渐变得衰败破旧了。不过乔治并不介意破败。瓦库斯塔屋只是过去的一小部分，一个陌生的过去。他觉得自己很荣幸。

一艘塑料外壳的高速摩托艇驶过，离岸太近了。甚至连罗兰都往后缩了一下。尾流把码头都震动了。

"我不喜欢那些东西，"波西亚说，她对鸟类标本没多大兴趣，"亲爱的，再来个三明治？"

"战争期间，这里是那么可爱和安静，"帕梅拉说，"你真应该待在这儿，乔治。"她语气中颇带指责之意，仿佛不在这儿是他的错，"当时几乎没什么摩托艇，因为汽油实行配给制。大多是独木舟。当然，当时还没有修公路，只有火车。我奇怪的是，为什么我们说'思路'而从不说'思车'？"

"还有划艇，"普吕说，"我觉得所有开摩托艇的人都该拉出去枪毙。至少那些开得太快的。"普吕自己开车就像个疯子，但仅限于在陆地上。

乔治见过很多被带走枪毙的人，虽然不是因为开摩托艇。他笑了笑，吃了一条沙丁鱼。他开枪打死过三个人，尽管其中有两个是死有余辜。杀第三个人只是为了预防。对此他一直心感不安，那是一个可能伤害不了别人的人，也有一双无辜的告密者的眼睛，衬衫前襟上沾满了血迹。不过，在午餐时间或任何其他时间提及这一点都毫无意义。乔治不想让人大吃一惊。

是普吕带他来到了北方，来了这里之后，他们有了私情，发生了第一次关系。（他们发生过多少次关系？他们能分开吗？还是真的要维持长期的恋情，藕断丝连，就像一串香肠一样？他们的关系时断时续，因为普吕中间结过几次婚，每次婚姻都没持续多久，可能是因为她当时坚持一夫一妻制。他知道她的婚姻何时会接近尾声，他的办公室会响起普吕打来的电话，她说："乔治，我受不了了。我一直很好，但我不能继续下去了。我用牙线剔牙时，他走进浴室。我渴望和你一起困在电梯里，困在楼层之间。给我讲一些黄段子吧。我讨厌爱情，你不也是吗？"）

他第一次是被链子牵到这儿的，尾随着普吕的呼唤而来，就像罗马胜利后的野蛮人。这是一次准确的捕获，也是一次刻意的捕捉。他本要警告普吕的家人，他也这样做了，尽管不是有意为之。他的英语不好，头发太油腻，鞋子太尖，衣服太紧。他戴着墨镜，行吻手礼。那时她的妈妈还在世，父亲已经去世了；所以说，他得对付四个女人，且根本无法从坚不可摧的罗兰那里得到任何帮助。"妈妈，这是乔治。"普吕说，她们都坐在码头上祖传的躺椅上，女儿们都穿着泳衣，外面披着衬衫，她们的妈妈穿着柔软的条纹泳衣。"这不是他的真名，但更好发音。他是来这儿观察野生动物的。"

乔治俯身亲吻普吕妈妈那晒出黑斑的手，结果把墨镜掉进了湖里。妈妈发出窘迫的咕咕声，普吕嘲笑他，罗兰无视他，帕梅拉则恼怒地转过头去。但是波西亚，可爱、娇小的波西亚，长着一双天鹅绒般深色眼睛的波西亚，则一句话也没说，只是脱下衬衫潜入湖中，帮他取回了墨镜。她羞怯地笑着，从水里把墨镜递给他，头发湿漉漉的，水滴在她娇小的乳房上，就像新艺术主义风格喷泉上的小仙女一样，他那时就知道，她就是他要娶的那个女人。这个女人彬彬有礼，机智得体，寡言少语，她会善待他，会庇佑他；他扔掉的东西，她会捡起。

当天下午，普吕从船屋里拖出一艘漏水的帆布独木舟，带乔治一起划船。他坐在船头，笨拙地用桨划着水，心里想着如何让波西亚嫁给自己。普吕把船停靠在一块岩石上，把他带到树林里。她想让他在铺满北极苔藓和松针的地方，向她表达那一贯放荡、暴力和充满异域风情的爱；她想打破一些家族禁忌。她心里想做亵渎的事，他对此心如明镜，仿佛已经读过她的想法。但乔治已经制定出了自己的进攻计划，所以他搪塞了她。他不想亵渎瓦库斯塔屋：他想娶它。

那天晚上吃饭时，乔治一心取悦妈妈，全然忽略了三个女儿：妈妈是女儿们的监护人；她才是关键。尽管他词不达意，但他的魅

力压倒了一切，普吕在大家吃鸡汤面时，向所有人宣布了他这一
优点。

"瓦库斯塔屋，"他对妈妈说，在煤油灯光下，他倾身向着
她，露出自己的伤疤和掠夺者闪闪发光的眼睛，"那太浪漫了。这
是一个印第安部落的名字？"

普吕笑了。"取名自一本愚蠢的书，"她说，"曾祖父喜欢那
本书，因为作者是位将军。"

"是少校，"帕梅拉严正声明，"19世纪的理查森少校。"

"哦？"乔治说，他把这一条加到自己逐渐完善的地方传统信
息库里。也就是说，这里有书，还有以此书命名的房子！当在场的
人大多对书的主题感兴趣时，你最好也要表示出兴趣。反正他本身
就对这种事有兴趣。但当他问起这本书的主题时，却发现这些女人
中没人读过。

出人意料的是，罗兰说："我读过。"

"啊？"乔治说。

"关于战争的。"

"就放在客厅的书柜上，"妈妈漠然地说，"如果你这么喜
欢，晚饭后你可以去翻翻。"

（普吕解释说）妈妈一直因为女儿们的名字都押头韵而心怀
歉疚。她是一个异想天开的女人，虽然不是虐待狂；只是那个时
代的父母都这样做：给孩子取相互搭配的名字，似乎孩子们都是
从字母表里跑出来的。熊（bear）啊，大黄蜂（bumblebee）啊，

兔子（bunny）啊。玛丽（Mary）和玛乔丽·默奇森（Marjorie Murchison）。大卫（David）和达琳·戴利（Darlene Daly）。现在没人再这样干了。当然，妈妈在起名字这件事上并没止步不前，而是转向起昵称了：帕姆（Pam），普吕（Prue），普什（Porsh）。普吕是唯一留存下来的昵称。帕梅拉现在太要面子，不愿被人叫昵称，而波西亚说，她的名字本来就够糟糕的了，会被人混同于一种汽车[1]，为什么她的名字不能只缩写成一个首字母呢？

在父亲的坚持下，罗兰的名字没在这个系列之内。普吕认为父亲一直不喜欢这种做法。"你怎么知道？"乔治一边舔着她的肚脐，一边问她。当时她正穿着短衬裙，躺在他办公室的中国风地毯上，抽着烟，他们一开始小缠斗时从桌子上掉下来的几张纸散落在周围。她已确认门没锁：有人闯入更好，她喜欢冒这个险，最好是乔治的秘书闯进来，她怀疑秘书是自己的竞争对手。是哪个秘书，又是在什么时候？掉下的几张纸是亚当斯集团收购计划的一些文件。乔治以这种方式记录与普吕交往的每个阶段：记住自己当时卷入了哪一宗诈骗案。他很快就赚到了钱，然后又赚了更多的钱。这比他想象的容易多了。赚钱就像在灯光下用鱼叉叉鱼。这些人懒散，盲信，一旦指出他们对陌生人不够厚道或缺乏热情，他们就很容易感到尴尬。他们还没准备好接纳他。他一直像夏威夷岛上的传教士那样快乐。只要别人有一丁点儿反对，他

1　波西亚（Portia）的发音近似汽车品牌保时捷（Porsche）。

就会加重语气，阴险地提到反对派的暴行，抢占道德制高点，然后就能得到想要的东西。

　　吃完第一次晚餐后，他们都拿着咖啡杯去了客厅。那里也有煤油灯，老式的煤油灯，带球形灯罩的那种。普吕当众拉着乔治的手，领他到书柜前，书柜上放着一堆蛤壳和浮木片，都是她们少女时代的收藏品。"书在这儿，"她说，"读吧，哭吧。"她去帮他续咖啡。乔治打开了书，书是旧版，恰如他所愿，卷首插画是一个手拿战斧、脸上涂着油彩、怒目而视的印第安战士。他随后扫了一眼书柜。看到了《从大海到大海》《我所知道的野生动物》《罗伯特服役诗集》《我们的帝国故事》《荒野指南》。

　　《荒野指南》？这个书名让他大惑不解。他能理解"荒野"，但"指南"（tips）何意？他无法立刻确定这个词是动词还是名词。他从菜单上知道了一个词，芦笋尖（tips）。那天下午，他穿着滑溜溜的皮底鞋上独木舟时，普吕也说过："小心点，鞋滑（tips）。"或许这是另一种提示，比如，他为了提高英语水平所读的妇女杂志上的"幸福家庭主妇指南"栏目，词汇都相当简单，还配有图片，对他很有帮助。

　　当他翻开书时，他发现自己猜对了。《荒野指南》出版于1905年。书上还有一张作者的照片，他穿着格子羊毛夹克，戴着毡帽，抽着烟斗，划着独木舟，背景或多或少就是你透过窗子能看到的：水、岛屿、岩石、树木。这本书就是一本实用手册，比如，如何捕捉小动物并吃掉，这都是乔治做过的事，虽然不是在森林里；或者如何在暴风雨中生火。在这些指导说明文字中间，穿插着一些抒情性段落，比如，如何在大自然中独享快乐，还描述了如何捕鱼和日落美景。乔治拿着书坐在椅子上，旁边有一盏球形灯。他想读读剥皮刀那段，但普吕端着咖啡回来了，而波西亚递给他一块巧克力，他不想惹其中任何一个女人不高兴，他不能冒这个险，他们都才刚刚认识，在这个阶段可不能冒险，得等到以后。

现在，乔治又走进了客厅，手上仍端着一杯咖啡。至此，他已经读了曾祖父收藏的所有图书。他是唯一读完所有书的人。

普吕也跟着进去了。女人们轮流打扫卫生和洗碗，现在还没轮到她。罗兰负责劈柴。她们一度想逼乔治负责茶巾，但他开开心心地打破了三只酒杯，并为自己的笨手笨脚大呼小叫，自那时起，就没人扰他清净了。

"还要添咖啡吗？"普吕说。她站在他身边，衬衫敞开着，露出那两条大头巾。乔治不确定自己是否要旧戏重演，但他还是把咖啡放到了书柜顶部，将手放在她臀部。他想试试看，自己这种举动会得到什么回应，他想确保自己还受垂青。普吕叹了口气，长长地叹了口气。这是渴望或恼怒，或两者都有。

"哦，乔治，"她说，"你让我怎么办啊？"

"随便你，"乔治把嘴凑近她耳边说，"我只是一抔泥土，任你握手中。"她耳垂上挂着贝壳状的小银耳坠。他一阵冲动，想衔咬住她的耳垂，但控制住了。

"好奇的乔治，"她用她旧时给他起的绰号喊他，"你曾有一双小山羊的眼睛。色狼之眼。"

现在我是老山羊了，乔治想。这让他无法抗拒，他想恢复青春；他把手伸进她的衬衫，朝上摸去。

"等一下，"普吕感受到一种胜利的喜悦。她退到乔治身后，看着他，笑容摇摆不定；乔治的胳膊肘打翻了他的咖啡杯。

"Fene egye meg.[1]"他说，普吕笑了。这是咒语，她知道什么意思，也知道比这更脏的坏话。

"十足的笨蛋，"她说，"我去拿块海绵。"

乔治点上烟，等着她回来。但门口出现的却是帕梅拉，她皱着眉头，手里拿着一块破旧的擦洗布和一只金属碗。他相信普吕有别的急事要做。她可能就在外屋，一边翻阅着杂志，一边密谋着下一次在何时何地引诱他。

"乔治，你把事情搞砸了。"帕梅拉说，好像他是一只小狗。如果她手上有卷起的报纸，乔治想，她会拍打我的鼻子。

"对头，我就是个笨蛋，"乔治和蔼可亲地说，"但这点你一直都知道。"

帕梅拉跪下来，开始擦地。"如果'一块面包'（loaf）的复数是'面包'（loaves），那么'一个傻瓜'（oaf）的复数是

---

1 匈牙利语，意为前往菲尼格耶。

什么？"她说，"为什么不是'傻瓜们'（oaves）？"乔治意识到，她说的话大多不是针对他或其他任何听众，而只是自言自语。是因为她认为没人听她说话吗？他发现自己看到她跪在地上时心有所动，甚至感到兴奋。他闻到了她身上的味道：肥皂味，还有一丝甜蜜的气味。她还用了洗手液？她脖子和喉咙都非常优雅。他想知道她是否有过情人，如果有，他是个什么样的人。一个木讷麻木的人，缺乏技巧。是个傻瓜。

"乔治，你烟抽得像火炉，"她头也不回地说，"你真该戒掉了，否则会要了你的命。"

乔治认为这句话模棱两可。"烟抽得像火炉。"他认为自己是条龙，贪婪的嘴里喷出一股股浓烟和红色的火焰。这是她对自己的看法吗？"你更乐意看到我下葬，"他冲动地决定采取正面进攻，"那会让你觉得很快乐。你从不喜欢我。"

帕梅拉停下了擦拭，她转过身，看着他。接着，她起身，把脏布上的水拧进碗里。"这太幼稚了，"她平静地说，"不值得这样做。你需要多锻炼。我今天下午带你去划独木舟。"

"你知道，就划独木舟而言，我是毫无希望的，"乔治如实相告，"我总是撞到岩石。我从未看清过石头在哪儿。"

"地质即命运。"帕梅拉说，她仿佛在自言自语。她皱着眉头，看着玻璃钟形罩里的潜鸟标本，思索着。"是的，"她终于说话了，"这个湖里遍布暗礁。危机四伏。不过我会照顾你的。"

她这是在跟我调情吗？难道岩壁也会调情？乔治简直不敢相

信，但他对她笑了笑，嘴正中间叼着香烟，露出犬齿。帕梅拉有生之年第一次回应了他的笑。她一笑，嘴角上扬，嘴唇与不笑时就大不一样了；他好像看到她倒过来了。她的笑容很可爱，让他感到吃惊。这不是普吕那种会心的笑，也不是波西亚那种圣洁的笑。这是那种淘气鬼的笑，顽劣小孩的笑，其中夹杂着他从未想过会在她身上发现的东西。某种慷慨，某种漫不经心，某种宽宏大量。她有东西想给他。会是什么呢？

吃完午饭，稍作消化，罗兰又回到厨房后面的木棚旁继续砍柴。他在劈桦树，这是他一年前砍倒的那棵，当时快枯死了。这棵树被海狸啃食过，但海狸后来改变了主意。无论如何，它都活不长了。他用链锯将树干整齐地锯成一段段，刀片像切黄油一样穿过木头，电锯的噪声掩盖住了其他所有噪声，风和浪的声音，卡车从湖边的高速公路上驶过的呜呜声。他不喜欢机器的噪声，但若噪声是他自己制造出来的，且他能控制，那就容易忍受了。比如开枪。

不是罗兰要开枪。他曾经打过枪：在狩猎季外出捕鹿，但现在做这事的人太多，不太安全：有意大利人，谁知道还有哪里来的人？他们会向任何移动的东西开枪。无论如何，他对最终结果已经失去了兴趣，绑在车头的鹿角标本就像汽车引擎盖上的怪诞装饰品，让人惊艳但已中弹的鹿头从小型货车的顶部无神地盯着地面。他能理解鹿肉的意义，能理解杀掉吃肉的意义，但在墙上挂上一个砍掉的鹿头意义何在？除了证明鹿不会打枪，还能证明什么？

他从不谈论这些感受。他知道，在自己工作的地方，一定会挂着这些东西，正对着他。他的工作是为他人理财。他知道自己并不成功，无法达到曾祖父的标准。每天早上，他刮胡子时，老头子都会在洗手间里的那个红木相框里嘲笑他。他们都知道同一件事：如果罗兰成功了，他就应该出去掠夺，而不是在家数钱。他会雇用某个阴郁、平凡、心怀不满的人为他数钱。这样的人有一大堆。有一大堆像他一样的人。

他拿起一大块桦木，竖在木墩上，挥动斧头。他干脆利落地把木头劈成两半，但由于疏于练习，明天手上就会起水泡。过了一会儿，他停下来，弯腰，堆柴，再弯腰，堆柴。木头足够了，但他喜欢劈柴。他真心喜欢的事不多，这是其中之一。只有在这里，他才觉得自己活着。

昨天，他开着车，从市中心一路经过了仓库、工厂和闪闪发光的玻璃塔，这些东西似乎是一夜之间盖起来的；他敢发誓，自己经过的几个分区，去年，甚至上个月都还不存在。数英亩的地方，遍布带有小尖顶的房子，就像一顶顶帐篷，就像入侵者，却连一棵树也没有。哥特人和汪达尔人的那种帐篷。匈奴人和马扎尔人的那种帐篷。乔治的帐篷。

他的斧头落在乔治头上，将他劈成了两半。如果罗兰提前知道乔治这个周末会在这里，他就不会来了。该死的普吕，她那傻兮兮的头巾，她那敞开的衬衫，她那外凸的中年乳房就像热乎乎、斑斑点点的松饼，配着沙丁鱼和奶酪，乔治那双色眯眯的眼睛常在她身上滚来滚去，而波西亚假装没看到。该死的乔治，他的黑幕交易，他对镇议员的贿赂；该死的乔治，百万富翁乔治，他那虚假的、过度的魅力。乔治应该留在他所属的城市。即使在城里人们也难以接受他，但至少罗兰可以躲开他。在瓦库斯塔屋里，他让人受不了，他趾高气扬地走来走去，似乎这个地方属于他。还没轮到他呢。等他们都死了，他可能把这个地方改造成退休之家，赚日本富人的钱。他会以"大自然"为卖点，卖掉小屋大赚一笔。乔治会做出这种事的。

罗兰第一次看到乔治，就知道这个男人是一只变色龙。波西亚为什么要嫁给他？她本可以嫁个体面人，把乔治留给普吕，天知道她是在哪里把他挖出来的，还把他当成战利品一样到处炫耀。普吕很配他；波西亚不合适。但为什么普吕不加挣扎就放弃他了呢？那不像她。他们之间似乎有某种协定，某种秘密交易。波西亚得到了乔治，但她用什么换到了他？她又放弃了什么？

波西亚一直是他最喜爱的妹妹。她最小，还是个孩子。普吕是二姐，过去常常野蛮地取笑她，尽管很难把波西亚弄哭。相反，她看着普吕的神情，就好像她弄不明白普吕对她做了什么或为什么要那么做。随后她就一个人走开了。否则，罗兰就会过来为她辩护，与普吕干一架，罗兰因此就会受到指责，说他欺负妹妹，说他不应该那样做，因为他是个男孩。在诸如此类的事情上，他不记得帕梅拉过去总扮演什么角色。帕梅拉比他们都年长，有自己的安排，似乎根本不将任何人考虑在内。帕梅拉可以在餐桌上看书，独自划独木舟外出。帕梅拉获准这样做。

他们在城里不同的学校或不同的年级读书；学校很大，他们都有各自行走的路线和休息处。只有在这里，他们各自的领土才会交叉重叠。看似那么平静的瓦库斯塔屋，对罗兰来说，却是家族战争之所。

他当时有多大？九岁？十岁？他差点杀了普吕的那次？那年夏天，他受了《荒野指南》的影响，想做做印第安人。他过去常常偷偷把那本书从书柜上拿下来，带到外面去，躲在木棚后面翻来覆去地看。《荒野指南》指导你丛林幸存之道，他渴望做这样的事。如何建造庇护所，如何用兽皮制作衣服，如何找到可食用的植物。书里还有图表和钢笔画：动物的足迹，各种叶子和种子。还描述了不同动物的粪便。他还记得自己第一次发现熊粪的情景，新鲜，恶臭扑鼻，被蓝莓染成了紫色。吓得他魂都出窍了。

书上描述印第安人的地方很多，说他们多么高贵，多么勇敢，忠诚，干净，虔诚，好客和可敬。（甚至这些词现在听上去也都不时兴了，都过时了。罗兰最后一次听到有人夸他可敬是什么时候？）他们攻击别人都是出于自卫，只是为了守卫自己的土地。他们走路也和别人不同。第二百零八页上有一张图，画的是一个印第安人的脚印和一个白人的脚印：白人穿带钉的靴子，脚趾朝外；印第安人穿鹿皮鞋，双脚笔直向前。从那以后，罗兰就开始注意自己的脚了。他走路摇摇晃晃，他自己觉得是遗传所至，所以总是稍稍转动一下脚趾，以抵消遗传的影响。

那年夏天，他把一条茶巾塞在泳裤的前面作为遮羞布，从壁炉里取来木炭描画脸，间或用从普吕化妆盒里刮下的红色颜料。他潜伏在窗外偷听。他试图发出烟雾报警信号，他在船屋附近的一小片灌木丛中放火，但在被抓住之前将火熄灭了。他借了父亲一只靴子上的皮花边，将一块长方形石头绑在木柄上；那时他父亲还活着。他偷偷摸摸接近普吕，她正在码头上看漫画书，双腿悬在水中。

他有一把石斧。他本可以砍她的头。当然，她不是普吕：她是卡斯特，她是叛逆者，她是敌人。他甚至都已举起了斧头，确信无疑地看到了自己的影子映在码头上的样子。斧头掉了下来，落到他的光脚上。他疼得叫起来。普吕转过身，看到他站在那里，一下子猜到了他在做什么，然后就傻笑起来。那次他差点杀了她。而石斧那件事，仅仅是个游戏。

整件事只是一场游戏，但落地的斧头倒让他受了伤。他是多想相信那种印第安人存在啊，就是书中说的那种印第安人。他需要他们存在。

昨天开车回来的路上，在一家蓝莓摊前，他遇到了一群真正的印第安人，一共三个。他们都穿着牛仔裤、T恤和跑鞋，与其他人没什么两样。其中一个还有一台晶体管收音机。摊位旁边停着一辆整洁的褐红色小型货车。这样的印第安人，他还能对他们有何期望呢？羽毛吗？年复一年，在他出生之前，一切都已远去，都消失了，毁坏了。

他知道这是无稽之谈。毕竟，他是一个数钱机器；他交易的都是货真价实的硬通货。你怎么能失去一开始就不是你的东西？（但你能，因为《荒野指南》曾属于他，也曾失去过。四十年后，在今天午饭前，他又翻开了这本书。书中那些天真、生硬的词汇曾经激发了他的灵感：大写字母开头的男子气概，勇气，荣誉。荒野精神。荒野代表着天真，浮夸，可笑。它只是尘土。）

罗兰用斧头砍着桦木。劈柴的声音穿过树林，穿过他左边的小水沟，从高高的石头山脊上反弹回来，回声很轻。这是一种古老的声音，一种遗存之音。

波西亚躺在床上，听着罗兰劈柴的声音，她在打盹儿。她总是按自己的方式打盹儿，而不是睡上一觉。妈妈以前曾逼她睡上一会儿，现在她已经习惯这么做了。小时候，她常常躺在这里，安全地躲在远离普吕的地方，躺在父母的房间里，躺在父母的双人床上——现在是她和乔治的双人床。她会想起各种各样的事情；她会从松木天花板上的树结中看到各种人脸和动物的形状，并编造它们的故事。

现在，她只编造乔治的故事。这些故事可能比他编造的关于自己的故事更不切实际，但她无法知道实情。有些人本能地撒谎，有些人不撒谎，而那些不撒谎的人则受制于撒谎者的摆布。

例如，普吕就说谎成性。她一直都在说谎；她享受说谎的快乐。在她们孩提时代，她就会说："看啊，你鼻子里流出一大坨鼻涕。"波西亚一听，就会跑到洗手间的镜子前看。什么都没有！但普吕说得就像真的似的，波西亚擦个不停，试图洗掉看不见的鼻涕，而普吕则笑得更响了。"不要相信她，"帕梅拉会说，"别这么傻。"（这成为她后来的口头禅之一：用在棒棒糖、鱼和嘴身上。）但有时普吕也说真话，但你怎么能知道她何时真何时假呢？

乔治行事也如出一辙。他会注视着她的眼睛，温柔感人、深情款款地出口成谎，话里隐含着深深的悲伤，渴盼得到她的信任，以至于她都无法质疑他。质疑他会让她变得愤世嫉俗和生硬严厉。她宁愿他吻自己；宁愿他珍惜自己。宁愿他相信自己。

乔治和普吕之间的那点事，她当然从一开始就心知肚明。最初是普吕把他带到这里来的。但过了一段时间后，乔治向她发誓，说他与普吕一直都不是认真的，总之，一切都已结束了；而普吕本人似乎并不在意。她暗示说，她已经得到过乔治；她用过他了，就像穿过的一件衣服。如果以后波西亚想得到他，那对她来说也无所谓。"随便吧，"她说，"上帝知道，可用的乔治周围可有一大把。"

波西亚想学普吕；她想弄脏自己的双手。先轰轰烈烈地做事，然后因粗心大意而被鄙弃。但她太年轻了；她不懂得其中的秘诀。她从湖里出来，把墨镜递给乔治，他则用错误的方式看着她：带着敬畏，而不是充满激情，目光清澈，没有一丝猥亵之意。当天晚上，吃完饭后，他小心翼翼、礼貌地说："这是我的全新世界。我祈愿你引导我，深入你这美妙的国家。"

"我吗？"波西亚说，"我胜任不了。普吕怎么样？"她已经感到愧疚了。

"普吕不懂何为责任，"他说（这确是实情，普吕不懂，乔治这种洞察力令人印象深刻），"然而，你懂得责任。我是客，你是主。"

"女主人，"帕梅拉说，她一直似乎没在听他们谈话，"'主'指男性，如客栈里的人会说'我家主人'，要不然就是你在圣餐会上吃的华夫饼。或者是所有寄生虫都能在其身上产卵的宿主毛毛虫。"

"我认为你姐姐非常聪明。"乔治微笑着说，好像帕梅拉的这种品性是一种好奇心，或者也许只是一种畸形心理。帕梅拉向他投来纯是怨恨的眼神，而从那以后，她就再没在他身上费劲了。就她而言，他可能也只不过是一个榆木疙瘩而已。

但波西亚并不介意帕梅拉的冷漠；相反，她珍惜这一点。她曾经想更像普吕一些，但现在她想更像帕梅拉。在50年代，帕梅拉这类人曾被认为是那么古怪、奇诡、平淡无奇，而现在呢，在她们中间，她却似乎是唯一事事都对的人。自由不是要有很多男人，即使你认为必须得这样做，也不是。帕梅拉做自己想做的事，不多做也不少做。

世界上有一个女人既可以接受乔治也可以离弃他，这是好事。波西亚希望自己也能这么酷。甚至时隔三十二年后，她仍然会陷入这种让人呼吸困难、缺少新鲜感的爱情里。这与他弯身亲吻她的第一个晚上没什么不同（当时是在船屋边，傍晚，他们划船回来后），她像一头小鹿，在车灯的强光照耀下，浑身酥软，一种强大、不可阻挡的东西向她压来，她等待着尖利的刹车声，等待着剧烈的碰撞。但他给她的不是那种吻：乔治想从她身上得到的不是性爱。他想要别的：妻子的白色棉质衬衫和婴儿的摇篮。他们没生过孩子，这让他感到难过。

那时的乔治是真帅。帅哥很多，但与他相比，其他帅哥似乎都是白纸，上面没写任何文字。她只想要他。然而，她得不到他，因为没人能得到他。只有乔治能得到乔治，他不会将自己拱手让人。

这就是普吕前进的动力：她想最终抓住他，让他敞开心扉，使他做出某种让步。在她一生中，他是唯一一个她永远无法欺凌、无法忽视、无法欺骗、无法压制的人。每当普吕密谋攻击他时，波西亚都会向乔治密报：她会发出一些明显的警告信号；或给乔治打无言的电话；乔治说了很多真诚、忧郁的谎话：死亡赠品。他知道波西亚懂他；他珍惜她的一言不发；她也允许自己被他珍惜。

虽然现在什么事都没发生。此时此刻此地没发生，在瓦库斯塔屋没发生。普吕不敢做，乔治也不敢。他知道她划定的界线；他知道她沉默的代价。

波西亚看了看手表：她的午睡已到时间了。像往常一样，她并没睡着。她起身，走进洗手间，洗了把脸。她轻轻地涂抹乳液，在松弛的眼袋周围按摩着。在她这个年龄，女人就是狗，问题只是你很快会成为哪一种狗。她将成为一只猎兔犬，普吕将成为一只猎狐犬。帕梅拉将成为一只阿富汗犬，或者某种同样超凡脱俗的犬。

镜子里的曾祖父盯着她，一如既往地不赞成她，尽管早在她出生之前他就已经死了。"我竭尽全力了，"她告诉他，"我嫁了一个像你一样的男人。强盗头子。"这可能是个错误，她知道，但她永远不会向他或其他任何人承认。（在她的内心生活中，为什么父亲从没出现过？因为她心里没有他，甚至连照片都没有。他在办公室里。即使在夏天，尤其是在夏天，他都不在她心里。）

窗外，罗兰已劈好了柴，正坐在木墩上，双臂放在膝盖上，两只大手悬晃着，凝视着远处的树林。他是她的最爱；他是那个总来保护她的人。她嫁给乔治时，这种情况就结束了。面对普吕，罗兰一直保护有力，但乔治让他陷入困境。也难怪。保护乔治的是波西亚的爱，爱把他围了起来。波西亚愚蠢的爱。

乔治呢，他在哪儿？波西亚在屋子里徘徊着，寻找着他。通常，每天这个时候，他都会在客厅里，躺在沙发上小睡；但他不在客厅。她环顾着空荡荡的房间，一切都照常：墙上的雪地鞋，她一直想要划的桦树皮独木舟，但因为那是一件纪念品，她的心愿总得不到满足。还有一张熊皮制成的地毯，毛发暗淡且正在脱落。那头熊曾是她的朋友，甚至有个名字，但她已经忘记了。书柜上有一只咖啡杯，是空的。这是一个失误，一个疏忽；它不应该在那儿。她的脊椎底部产生了一种麻木感，并自下往上升起，她第一次有这种感觉时，是知道了乔治和普吕在一起。但他们现在没在一起，因为普吕在隔了屏风的阳台上，正躺在吊床上看杂志呢。她不可能分身。

"乔治呢？"波西亚问，她知道自己不该问。

"我怎么会知道？"普吕说，她语气暴躁，似乎也在琢磨同一件事。"什么情况？他挣脱了颈项圈？有意思，这里可没有傻了吧唧的性感女秘书。"在阳光下，她一副凌乱不堪的样子：橘色的口红太鲜艳，都渗进她嘴角的细小皱纹里了；她额前的刘海儿呈黄铜色；一切都变了样。

"没必要那么惹人厌吧。"波西亚说。她们的妈妈过去常常这样说普吕：当她肢解自己的玩偶时，当她把沙盒村庄模型夷为平地时，当她把一瓶偷来的指甲油扔到墙上时，妈妈都是这样说的；那时普吕从来不顶嘴。但现在妈妈不会在这里说这些话了。

"有，"普吕反应激烈地说，"有必要。"

通常情况下，波西亚会假装没听见，走开就是。但这一次她却问："为什么？"

"因为总是你拥有最好的东西。"普吕说。

波西亚大吃一惊。的确，她是沉默不语的那个孩子，她是影子；她不是一直在扮演普吕狂舞中的壁花吗？"什么？"她说，"我总是拥有什么了？"

"你总是好得让人无话可说，"普吕怨气冲冲地说，"你为什么要嫁给他？为了钱？"

"我嫁给他时，他身无分文。"波西亚语气温和。她在思忖自己恨不恨普吕。她不确定真正的仇恨是什么感觉。普吕那紧绷绷的不安分的身体曾对她造成那么大伤害，但现在正逐渐失去力量。那她还剩下什么？也就是说，她手里还有什么武器。

"你是说他娶你时身无分文，"普吕说，"妈妈把你嫁给他时，你只是站在哪里，什么都让他俩干，你就像个小吸血鬼。"

波西亚不知道这是否属实。她希望能倒回到几十年前，再长大一次。这是她第一次怀念什么；她错过了一个舞台，抑或是错过了其他人好像都知道的一些重要信息。这次她会做出不同的选择。她不会那么听话了；她不会凡事都请求别人许可了。她不会说"我愿意"了，她要说"我是"。

"你为何从不反击？"普吕说。听起来她是真委屈。

波西亚可以看到通往湖边和码头的小路。那儿有一张帆布躺椅，上面没人。乔治读的报纸折塞在椅子下面，正在晃动：起风了。乔治一定忘了收好椅子了。这不像他。

"请稍等。"她对普吕说，似乎她们要在这次谈话中稍作休息，五十年来，她们一直在以不同的方式进行这种谈话。她走出屏风门，沿着小路走去。乔治去哪儿了？应该是去外屋了。但他的帆布躺椅正像风帆一样摇荡着。

她弯下腰，把椅子折叠起来，侧耳倾听着。船屋里有人；在扭打，喘着粗气。是豪猪在吃桨柄上的盐？但光天化日之下不会发生这样的事啊。不，是人说话的声音。波光粼粼，小浪拍打着码头。不可能是普吕的声音；普吕正在阳台上。听起来像是妈妈的声音，就像妈妈正在打开生日礼物：那种柔和、逐渐加强的惊喜声，几乎让人痛苦的惊叫声。哦。哦。哦。当然，暗中你没法辨别出一个人的年龄。

波西亚折叠好椅子，将之轻轻靠在船库墙上。她拿着那张报纸，沿着小路往回走。她没留意湖里飘满了报纸，她没留意报纸上陈旧的新闻，她没留意人类湿漉漉的悲伤已弄脏清澈的波浪。甚至报纸上的财经版都写满了欲望、贪婪和可怕的失望，尽管你得透过字里行间才能读出这些内容。

她不愿进屋。她绕到厨房后面，沿着通往那片小沙湾的小路返回，以避开罗兰堆放木头的木棚，她在那儿总是听到敲击楔子的咔嚓声。他们小时候都在沙湾那儿游泳，当时他们年龄尚小，甚至还不能潜水。她躺在沙湾那儿，就在地上睡着了。醒来时，她感觉有些头痛，脸颊上粘着松针。太阳在空中低垂着；风停了；波澜不兴。死寂般的平静。她脱光衣服，甚至连摩托艇的声音都懒得理会。反正摩托艇开得太快，在他们眼中，她只是一个模糊的点。

她蹚水进湖，滑入水中，仿佛滑进了镜面层之间：玻璃镜层，水银镜层。她遇到了成双成对的自己的双腿，成双成对的自己的双手，她在下沉。她只有头还浮在水面上。她是十五岁时的她，十二岁时的她，九岁时的她，六岁时的她。在岸上，映衬着她们熟悉的身影，仍是那同一块岩石，同一棵白色树桩，它们一直都在原地。湖水寒冷寂静，就像一声长长的喘息。在这个年龄，她是安全的，她知道树桩是她的树桩，岩石是她的岩石，一切都不会改变。

远处的屋子里传来一阵微弱的铃声。该吃晚饭了。今天是帕梅拉轮值做饭。有什么吃的呢？奇怪的混搭餐吧。帕梅拉对食物有自己的看法。

铃声再度响起，波西亚知道，这是不祥之兆，要有什么事发生了。但她可以避免了；她可以游得更远，听之任之，下沉消失。

她看着湖岸，看着水际线，看着湖的尽头。湖水不再是水平的：而似乎是倾斜的，好像基岩滑动了；仿佛树木，花岗岩的顶部，瓦库斯塔屋，整个半岛，整个大陆，都在逐渐滑落，淹没。她想到了一艘船，一艘巨大的船，一艘客轮，也在倾斜、下沉，船上的灯还亮着，音乐还在播放，人们在不停地说话，都没意识到灭顶之灾已至。她看到了自己，赤身裸体，跑过舞厅，头发滴着水，挥舞着胳膊，荒谬可笑，扰人兴致。她对着他们尖叫："难道你们没看到？船就要断裂了，一切都在分崩离析，你们正在下沉。你们完了，你们完了，你们死定了！"

她当然是隐形的。没人会听到她的声音。真的，以前没发生的事，现在也都不会发生。

Hack 10.

Wednesday

平常的礼拜三

　　马西娅总是梦到宝宝。她梦见有个新宝宝，她的宝宝，浑身乳香味，面孔甜美，闪闪发光，就躺在她怀里，裹在绿色的针织毯子里。它甚至还有名字，她没听清楚，是个奇怪的名字。她母意满满，充满了渴望，但她随后想到，现在我得照顾这个小宝贝了。这让她一下子惊醒了。

　　楼下有人在传报消息。她从说话人的语气以及越来越高的声调听出，一定发生了什么不同寻常之事。某种灾难；那总能让他们振作起来。她不确定自己是否做好了准备，至少不会那么早准备好。在喝咖啡之前不会。她留意到了窗户：一道白光射进窗户，也许正在下雪。但不管如何，又该起床了。

　　时间过得越来越快；一周七天，像小女孩的内裤一样飞速掠过。她想到的内裤是她小时候穿的那种，色调柔和，上面绣着"星期一""星期二""星期三"。自那时起，一周中的每一天对她来说都有颜色：星期一是蓝色，星期二是奶油色，星期三是淡紫色。每周都用内裤计算日子，随后把穿脏的内裤扔进脏衣篓，这种方式会让你日日如新。马西娅的妈妈过去常常对她说，她应该一直穿着干净的内裤，以免她被公共汽车碾压后显得尴尬，因为尸体运到停尸房时，别人可能会看到她的内裤。马西娅脑子中浮现的不是自己可能的死亡，而是她内裤的样子。

实际上，马西娅的妈妈从未说过这些话。但这是她应该会说的那种话，因为其他妈妈确实这样说过，对马西娅来说，这个故事很有用。它体现了所谓的英语区加拿大人的谨慎、压抑和对舆论的痴迷，因此具有神话般的力量。她会把这个故事讲给那些外国人听，或者那些新来的人。

马西娅舒舒服服地起了床，穿上粉红色羊皮拖鞋，这是她二十岁的女儿在去年圣诞节送给她的，而她完全没有考虑自己正在衰老的双脚。（而她的儿子，一如既往地迷迷瞪瞪，给她送的是巧克力。）她费力地穿上晨袍，感觉它比以前紧多了，然后在内裤抽屉里摸索着。里面没有带刺绣的内裤，甚至没有旧式尼龙短裤。浪漫已经让位于舒适，这与其他事情一样。她感谢上帝，没让她生活在穿紧身胸衣的时代。

马西娅穿好衣服，不过还穿着那双亮闪闪的粉红色羊皮拖鞋，因为厨房的地板很冷，她走下楼梯，穿过过道。因为穿着拖鞋走路，而且鞋子有点不太跟脚，她稍微有点蹒跚。她曾经脚步轻盈，现在则投下了一道阴影。

埃里克坐在厨房的餐桌旁，正在发起床气。他曾有一头红发，现在都晒成了沙白色，像鸟巢一样直愣愣地竖着，他恼怒地择着头发。他的吐司上又放了橘子酱。

"舔屁虫。"他说。马西娅知道，这话不是针对她的：《晨报》铺满了桌子。五个月前，他们就不再订阅这份报纸了，是埃里克的决定，因为他对该报的编辑方针不满，对该报未使用再生纸感到愤怒，尽管马西娅为这份报纸写专栏文章。但他抗拒不住诱惑：往往隔不了多长时间，就会在马西娅起床前，悄悄到街角的报摊上买一份报纸。现在他决定戒掉咖啡了，肾上腺素会让他兴奋过头。

马西娅关掉收音机，然后亲了亲他的后脖颈。"今天又是什么把你惹火了？"她说，"是关于自由贸易大有裨益的言论吗？"

这时，响起了一种撕裂的声音，就像指甲在黑板上划过一样。厨房玻璃门外，猫爪子伸进纱窗，在慢慢地滑下。这只猫要进来。它从没费心学会喵喵叫。

"总有一天，我要杀死那只野兽。"埃里克说。马西娅相信埃里克绝不会这样做，因为他做事总是心肠软。埃里克的自我评价更野蛮些。

"可怜的宝贝！"马西娅一边说，一边扒出超重的猫。它正在减肥，但会悄悄从邻居那里偷东西吃。马西娅对它表示同情。

"我刚把这该死的东西赶出去了。进来，出去，进来，出去。它就是下不了决心。"埃里克说。

"它很困惑。"马西娅说。猫扭动着身子，从她手里挣脱。她酌取了一些咖啡粉，放进小型浓缩咖啡机中。如果她真的忠于埃里克，她也该戒掉咖啡，免得他看着她喝而受折磨。但若不喝，她会一直沉睡不醒。

"它正在受到民族情绪影响，"埃里克说，"昨天拉在浴缸里了。"

"至少没有拉在地毯上。"马西娅说。她拆开一袋湿漉漉的猫粮。猫在她腿上蹭来蹭去。

"如果它能想到，它就会拉在地毯上，"埃里克说，"向乔治·布什卑躬屈膝唱赞美诗。"他在翻看社论版。

"他又做了什么？"马西娅一边说，一边吃麦片。埃里克不吃，因为这是美国货。自从与美国达成自由贸易协议以来，他就拒绝购买边境以南的任何东西。今年冬天，他们储藏了很多根茎类蔬菜：胡萝卜、土豆和甜菜。埃里克说，前辈拓荒者就做到了这一点，无论怎么说，冷冻橙汁的价格都太高了。出去吃午饭时，马西娅就偷偷吃个鳄梨，并且希望埃里克别从她嘴里闻到鳄梨的味道。

"入侵巴拿马，"埃里克说，他将这次入侵与其他诸多入侵进行了区分，"你知道，到本世纪为止，他们侵略了别国多少次了吗？以上次为限，四十二次。"

"那么多啊。"马西娅温和地说。

"他们不把这视为入侵，"埃里克说，"他们认为这是一种农业劳动。就像给农作物喷药驱虫。"

"你在外面冷吗？爪子冻僵了吧？"马西娅又抱起了猫，而猫正嗅着猫粮，发出像猪一样的咕噜声。她想孩子们了。明天他们就回来过节了，他们，还有他们要洗的衣服。孩子们是她的，而不是她和埃里克的，尽管他们都似乎不再介意这一点了。他们的亲生父亲已成为一个虚构人物，住在佛罗里达州某处，圣诞节会给他们寄送橘子，关于他，马西娅所知道的就只有这一点。

"这里有一条关于毒品的消息，"埃里克说，"他们要逮捕诺列加[1]，一万名穷困潦倒的瘾君子很快就能治愈了。"

"他行为恶劣。"马西娅说。

"这不是重点。"埃里克说。

马西娅叹了口气。"我想，这意味着你又要在美国领事馆当差了。"她说。

"我，还有各种各样的疯子，还有五位退休的老骑警，"埃里克说，"还是那群老家伙。"

"穿暖和些，"马西娅说，"外面冷风飕飕的。"

"我戴上耳罩，"埃里克说，这是他对零度以下天气的一种妥协，"骑警都是些麻烦的家伙。"

"骑警认为你也是他们中的一员。"马西娅说。

"哦，是的，我忘了。还有两位骑警就像包裹女[2]，或者是

---

1 巴拿马前军队司令和军政府总统。1989年美国入侵巴拿马时将其废黜，后作为战犯在美国继续被羁押。

2 原文为Bag Lady，指将所有家当都装在一个包裹里的无家可归的女人。

那些来自卡西斯的浑蛋。他们还不如穿小丑服呢，他们都太扎眼了。"

卡西斯是埃里克对CSIS的称呼，实际上是指加拿大安全情报局。卡西斯监听他的电话，或者说，是埃里克以为他们在监听。他嘲笑他们：他会给某个朋友打电话，说些"破坏""炸弹"之类的词，就是为了激活录音带转起来。埃里克说他在帮卡西斯的忙：他让他们觉得自己的工作很重要。马西娅说CSIS妨碍到了她的地下恋情，因为他们可能会偷听她，然后敲诈勒索她。

埃里克并不担心。"你品位高雅，"他说，"这座城里没人配与你发生地下恋情。"

马西娅知道，在这方面，从来没人因为不配做而不做。她没有外遇，或者说最近没有外遇，原因很简单，就是因为懒。做这事需要太多精力；此外，她的身体也不适合了，不再有当初的春光绽现和卖弄风情。不美化美化大腿，买不到合适的内衣，她就不会有外遇。此外，她不想失去埃里克，所以不能冒这个险。埃里克在很多方面仍能给她带来惊喜。她知道他采取行动的基本程序和模式，但不会知道细节。惊喜无价。

"爱是盲目的，"马西娅说，"嗯，我远离言论自由的殿堂了。"他要去当差了，她很高兴。毕竟这意味着他还不算太老。她又吻了他，吻在他那皱巴巴、黏糊糊的头顶上："晚饭见。我们吃什么？"

埃里克想了一会儿。"胡萝卜。"他说。

"哦，好吧，"马西娅说，"我们已经有一段时间没吃胡萝卜了。"

马西娅穿上羊毛开衫和厚重的黑色羊毛大衣：不是羊皮大衣，埃里克现在反对用动物皮做衣服，尽管马西娅已经指明，当地人都用动物皮做衣服，并且它们也都能生物降解。她几乎也要扔掉羊皮拖鞋了：幸运的是，脚上这双拖鞋颜色鲜艳，看起来就像仿皮的。她穿上靴子，戴上围巾、挂线手套和白色羊毛帽子。她把自己这样包裹好后，深吸了一口气，裹紧衣服，穿过大门，走进了冬天。猫从她双腿之间冲出去，又立即反悔了。马西娅让它回了屋。

这是百年以来最寒冷的十二月。晚上气温会降到零下三十摄氏度；而到早上，汽车轮胎都冻成方形了，医院里住满了冻伤的人。埃里克说这是温室效应的后果，马西娅对此困惑不解：她认为温室效应意味着气候会变暖，而不是变冷。"会造成恶劣天气。"埃里克简洁地说。

台阶上到处是冰；这种情况已经延续数日了。马西娅提醒过，说这样邮递员可能会滑倒，他们会告他们，但埃里克拒绝用盐化冰：他正在寻找某种新产品，但加拿大轮胎公司似乎一直没货。马西娅扶着栏杆，迈着小步往下移，她都担心自己患了骨质疏松症。她可能会跌倒；可能会像落地的盘子和鸡蛋一样碎掉。埃里克从未想过这些可能性。他只关心大灾大难。

人行道上没有冰，或者说，至少冰中已经铲出了一条单人行走的小路。马西娅沿着小路向地铁站走去。当她出现在布洛尔大街时，脚下就不那么危险了，但风更大。她开始缓慢而笨拙地小跑起来，气喘吁吁地赶到了巴瑟斯特车站。

三个流浪汉躲在车站大门内。都是年轻人；其中两个是印第安土著，另一个不是。马西娅误会了那个非印第安人的意思，他说他只想吃东西，不要零钱。这在马西娅看来是个非常合适的心愿：她知道，许多人都想要更多。他脸色苍白，满脸胡楂儿，不敢正视她的眼睛。对他来说，她不过是一部坏掉的投币电话，那种你摇一摇就能晃出几枚硬币的电话机。

两个印第安人看着她，面无表情。他们似乎已生无可恋。这座城市他们厌烦透顶，他们无法忍受将自杀也视为一种选项的人生，他们对20世纪绝望至极。或者说，这是马西娅的假设。她没有责怪他们：20世纪并没有取得令人瞩目的成功。

她在报摊上买了一条巧克力棒和一本《真女人》杂志，前者是加拿大产品，但对健康不利，后者是对美国佬彻头彻尾的背叛。但她有资格获得这些：她已为自己的余生积攒了足够多的健康食品和务实的原则，所以，在这半小时之内，她就会玩罔顾现实的把戏，破坏她的血糖值，读遁世主义者的垃圾文章。她和其他裹着羊毛大衣的乘客一起挤上火车，非常熟练地找到一个座位，坐下翻阅节日时尚和本月美食信息，舔着手指上的巧克力。随后，她定睛看起一篇题为"男人们真正在想什么"的文章，文章有点盲目自信了。当然，都与性相关。马西娅要告诉他们的新闻是，男人真正想要的东西比文章中说的要多得多。

　　她换乘了几趟车，在联合总站下了车，艰难地沿着楼梯爬到地面层。其实车站有自动扶梯，但看着别人纤细的身材，她开始担心自己。埃里克认为她的大腿很好看，但那时埃里克已经过起了隐居生活。

　　市中心有地下迷宫、地下商场和地下通道，让你能从一栋楼走到另一栋楼。你可以在地下度过整个冬天，甚至都无须出来。但马西娅觉得，应对冬天而不是仅仅回避是一种道德义务。此外，地下隔一段路就放置一块"你在这里"指示图，本是帮那些方向感差的人定位的，但对马西娅来说，却无法用来给自己定位。她更喜欢在地面上走，那里有路牌。

　　就在最近，她在地下彻底迷路了；唯一让她高兴的是，她发现了一家"塔克奇"商店，这家店卖粉红色的火烈鸟蛋和有关中年人性生活的笑话书，以及标有"斯科里维塔尔"的糖丸瓶。另外还有柏林墙残片，每片都装在小盒子里，并附有真品鉴定证书，价格为十二美元九十五美分。她买了一片，放在埃里克的袜子里：他们仍然保持着拿袜子开玩笑的习惯，从孩子们很小的时候就开始了。她不确定埃里克会不会觉得这个礼物好玩。他更可能会对历史的碎片化发表一番高论。但是孩子们会感兴趣。事实上，马西娅内心希望这块墙片是为自己买的。这是她的纪念品，不是代表某个地方，而是代表某个时刻，毕竟她从未去过柏林。从圣诞节开始，柏林墙开始倒塌，她希望晚年能这样对孙辈说。然后她会尽力记住这是哪一年的事。她越来越喜欢储存时间的碎片：这里放一张照片，那里存一封信；她希望能保存更多孩子们婴儿时期的衣服，更多的玩具。上个月，埃里克找出一件他们第一年同居时的旧衬衫，并剪成了抹布，她把纽扣留了下来。毫无疑问，在圣诞节早晨，柏林墙碎片在他们抚弄并发出惊呼声后，最终也会落户于她的储藏所。

这里的风更大，在玻璃墙面的高层办公楼间形成漏斗风。马西娅弯着腰、捂着耳朵走了一个街区后，就叫了辆出租车。

马西娅为之写文章的那家报社就位于一座平淡无奇的方形建筑内，玻璃墙面，没有窗户，是一座20世纪70年代的建筑，当时那种空气不流通的建筑风格正风靡一时。尽管这栋建筑的外观没有提供什么信息，但马西娅仍觉得它凶险不吉，这可能是因为她知道里面发生了什么。

这家报纸名为"世界报"，有点夸大其词。在某种意义上，它属于国家机构，而且与当今许多国家机构一样，正在瓦解崩溃。埃里克说，《世界报》已在自由贸易等领域帮助国家解体了，因此，它为什么自称置身事外呢？马西娅则说，即便如此，这也是一种耻辱。《世界报》曾经代表了某种东西，或者说代表了某种她乐于相信的东西。它主持正义，或者说至少现在更主持正义。你可以相信它有原则，崇尚公平。现在，它最为人所称道的是其背后的优良传统，并且目睹过更美好的时日。

它在某些方面更好了，在另一些方面则更糟了。例如，通过裁员和为商界量身定制，《世界报》正在大把赚钱。编辑部最近刚起用新的管理层，其中包括一个叫伊恩·埃米尔的编辑。在前任编辑毫无戒心地休假期间，伊恩·埃米尔突然升职，超过了他的前辈和上级。这一事件就像在更靠近热带、更混乱的国家发生的一场军事政变。这几乎等同于把一个私人司机擢升为将军，只是因为某种不为人知的内幕和金钱交易，并且都同样遭人怨恨。

报社的资深记者们都称伊恩·埃米尔为"恐怖伊恩"，但他们不在新来的记者们面前叫，因为"恐怖伊恩"有眼线。老记者越来越少，新记者越来越多，都是由伊恩亲自挑选的，因为他们的能力为他所首肯。报社内正在发生缓慢的转变，也是一次缓慢的清洗。甚至连最后一版的漫画都已画风大变：例如，"医学博士雷克斯·摩根"里头那个板脸医生和傻乐透顶却无性别特征的护士都不见了。马西娅想念这部漫画。从看漫画开始一天的生活多让人舒心啊，因为漫画里一切都是老样子。这与新闻恰恰相反。

马西娅在新闻编辑室里走来走去，她要找一台没人在用的电脑。不再有打字机，不再有咔嗒咔嗒的打字声，不再有人无所事事地荡来荡去，游手好闲，不再有马西娅所熟悉的新闻被敲打出来的声音，就好像从岩石中钻出来的一样。现在一切都靠计算机了："恐怖伊恩"看到了这一点。他是系统专家。新来的记者们都趴在开放式办公桌上的电脑前，编造着新闻；他们看起来就像服装厂里的计件工。

这儿没有马西娅的独立办公桌，因为她不是编内人员：她是一名签约专栏作家。所以，正如伊恩所说（他将一只保养得很好的手放在她肩膀上，眼睛就像金属锌色的指甲），她不妨居家工作。他希望她在家里也有一台电脑，那样她就可以独立工作了；他希望她通过调制解调器不停地给他发来专栏文章。除此之外，他希望她把文稿副本留在编辑室，让其他人用键盘输入系统。他怀疑她可能会捣乱。但马西娅微笑着对他说，埃里克不允许家里有电脑，他坚决反对机械化，你能怎么办？而且她从不指望别人来处理她凌乱不堪的文稿。谁能读懂她手改的文字？她羞涩地说。不，实际上她得自己将专栏文章输入系统，她告诉伊恩。她没有说"键盘"，伊恩注意到了她这种坚持。也许他已在咬牙切齿了。这很难说：他似乎永远在咬牙切齿。

如果马西娅愿意，她可以在家里有一台电脑。此外，她也可以把稿子清样带到编辑部。但她想到这儿来。她想看看这里在发生什么事。她想打听些小道消息。

马西娅的专栏仍在名为"生活方式"的版面，尽管报社肯定很快会想出新标题。"生活方式"是80年代的说法；90年代即将到来，报纸已经采取了一些措施，以区分两个十年。各种摘要报道杂乱无章，报纸、广播和电视都在忙乱地进行总结，热切地谈论80年代意味着什么，90年代将意味着什么。人们已经在谈论70年代复兴了，这让马西娅感到困惑。70年代有什么好复兴的？70年代就是又一个60年代，然后就到了80年代。就没有70年代，真没有。或者也可能是她错过了70年代，因为那时孩子们都还小。

她专栏的读者中有一些男人，也有许多女人，她写的都是话题文章。社会话题啊，可能出现的问题啦：居家养老啦，公共场所哺乳啦，职场暴食症啦。她也做采访，从特殊问题写到普遍性问题；她相信，尽管目前强调统计数据和发展趋势预测，但她以自己认为老派而浪漫的方式相信，生活是发生在每个个体身上的事。最近，马西娅的专栏发生了重大转向：她越来越多的文章在谈论幼儿园孩子的营养不良、殴打妻子、监狱人满为患、虐待儿童等问题。另外还有文章在讨论：如果你朋友得了艾滋病，你该如何与之相处；还包括无家可归者在地铁站入口处索要救助的问题。

伊恩不喜欢马西娅的这种新倾向；他不喜欢她老谈坏消息。商人不想读这些东西，不想读那些与底层人民相关的消息。或者说，这是伊恩说的。她通过小道消息得知，伊恩称她的文风"歇斯底里"。他认为她太软弱。可能她是太软弱了。她在《世界报》的日子可能屈指可数了。

她刚在电脑上打开一个新文件，伊恩就出现了。他穿着一套灰色新西装，看起来像一层层叠加起来的。

"我们收到了一些邮件，是关于你的专栏的，"他说，"你有篇文章谈免费向瘾君子提供针头，就是这篇。

"哦，"马西娅说，"控诉信？"

"大部分是，"伊恩说，他乐于有此事，"许多人认为，纳税人的钱不应该花在毒品上。"

"这不是毒品问题，"马西娅激动地说，"这是公共卫生问题。"这句话甚至她自己听起来都像小孩子顶嘴。伊恩脑子里有关于她的记录簿，这下又多了一个小黑点。随你吧，她想，灿烂地笑着。她总有一天要大声说出这个意思，然后惹祸上身。

马西娅想知道，如果她被解雇，随后会发生什么事。她总能找到其他事做的；然后会再被解雇，她年纪越来越大，也可能不再会被雇用。她可能不得不重新做自由撰稿人，或者更糟，做代笔人。客户通常是政客，或至少是那些愿意付钱的人，他们希望自己的人生故事刻在石头上以图千秋万代。她在更年轻、更绝望的时候做过这种事，在她有自己的专栏之前，但她不确定自己是否还有精力做这事。她已经忍气吞声过了一辈子，够了。她不确定自己是否还有撒谎的本事。

幸运的是，她和埃里克已基本还清房贷，几年内孩子们也都将大学毕业。当然，埃里克靠自己也赚了一些钱。他写了大量爆料满满、惊心动魄的通俗历史演义，内容涉及毛皮贸易和1812年战争之类，他在书中几乎谴责了所有人。他以前的同事、学院派历史学家，为了避开他都绕道而行，部分原因是他们可能还念念不忘他辞职前曾在教职工会议和学术会议上谴责了所有人，但也部分因为他们不赞成他的观点。他不用他们的标准词汇写作。他的书卖得好，比他们的书好得多，这让他们心烦意乱。

但是，即使埃里克的书有版税，钱也不够花。此外，埃里克的写作速度在放慢。他最近才发现，这些书并没有改变历史的进程，他的写作动力正在耗尽。甚至他的谴责，他的恶作剧，都源于他日益增长的绝望。他并非对某一具体的事感到绝望，而是普遍撒网式的绝望，就像越来越糟糕的城市空气一样，无处不在。对此他所说不多，但马西娅知道就是这么回事。她每天都在与它作斗争，每天都在呼吸着它。

有时他会谈到搬家，搬到另一个国家去，去到某个更有自尊的地方，或者某个更温暖的地方。或者只是另一个地方就行。但去哪里呢？他们哪里买得起啊？

马西娅还得重振旗鼓。她将不得不走捷径。她将不得不乞怜哀求：以某种方式，想方设法。她将不得不妥协。

她的朋友格斯走过她身边时，马西娅已快将专栏文章都输到电脑中了。他打了个招呼，以吸引她的注意，他像举起玻璃杯那样向她举起手，用一根手指示意了一下：下午一点钟。他这是在邀请她共进午餐，马西娅点点头。这是他们之间的默契，只是半开玩笑而已，假装隔墙有耳，他们公开在一起，若被人看到就有危险了。

这是一家他们常去的西班牙餐厅，就在布洛尔大街繁华区，离《世界报》报社足够远，所以他们不会碰到报社的人。他们是分头到的，马西娅先到；格斯为她开了门，竖着大衣领子，在门口停下，一副偷偷摸摸的样子。"我认为没人跟踪我。"他说。

"伊恩自有办法，"马西娅说，"他可能是伪装的骑警，或者是中央情报局的，我不会放弃对他的怀疑。他也可能收买了这里的服务员。他以前做过服务员。"这话不准确，但这是他们正在进行的系列行动的一部分：猜测伊恩以前从事过的工作。（洗衣间服务员。钱币收藏家。沙鼠饲养员。）

"不是！"格斯说，"所以，这就是他圆滑处世的魅力所在！好吧，这也是我的魅力所在。我做过六个月服务员，在苏荷区，不少于六个月。当时我的胡子还没长出来呢。永远不要对一名服务员粗鲁无礼，亲爱的。否则他们会往你的牛排上吐唾沫。"

马西娅点了一杯桑格利亚酒，高高兴兴地把自己越来越宽的屁股坐进椅子里。在这里，她可以吃进口食品而不觉得自己像叛徒。如果餐厅有货，她还打算点份血橙。除了那些，还有大蒜汤。如果埃里克稍后问起来，她就不会有负罪感了。

格斯是马西娅在报社最新的朋友，也是她的眼线。她最新的朋友，也是最后的朋友：其他人都已被解雇或辞职了。格斯本人也不是报社的老人。几个月前，他才调到报社，负责编辑娱乐版，这是"恐怖伊恩"为了拯救日趋颓败的报纸、提高报纸可信度的举措之一。就连伊恩都知道报纸出了什么问题，但他没将各种问题联系起来考虑：他没有意识到，即使是商人也有其他兴趣，也有其他标准。他们已经想明白了，读《世界报》不再能了解世界风云变幻，而只能了解伊恩脑中所想。

不过，他在格斯身上犯了一个错误。格斯有自己的想法。

格斯身材高大，长得像只桶，有一头乌黑的鬈发。他可能有三十五岁，甚至可能更年轻。他的牙齿是方形的，白色而平整，大小一样，排列齐整，就像笨拙先生一样。这让他笑起来时令人生畏。他是英国犹太人，两者兼具。在马西娅看来，他似乎更多是英国人；她仍难以确定他的全名是奥格斯都还是格斯塔夫，或者完全是另一个名字。他也可能是个同性恋：她很难辨别有文化的英国人是不是同性恋。有时她觉得他们好像都是同性恋，有时又觉得他们似乎都不是。调情不是线索，因为这个阶层的英国人会和任何东西调情。她之前就注意到了这一点。如果眼前没什么东西可调情，他们会和狗调情。他们所要的只是一种反应：他们希望自己的魅力产生效果，并令对方对他们做出反应。

格斯和马西娅调情轻而易举，几乎就像在练钢琴；或者这是马西娅的想法。她没想把他当回事，也无意让他难堪。总之，他太年轻了。只有在《真女人》这样的杂志中，年轻男子才会对老女人产生强烈的欲望，而不对身体部位进行可恶的比较。马西娅更喜欢自己的尊严，或者说，如果她可以选择，她准备优先选择自己的尊严。

今天，格斯的调情方式是对从未谋面的埃里克表现出强烈的兴趣。他想知道关于埃里克的一切。他已经发现，埃里克在报社的绰号是红色埃里克，他假装天真地问马西娅，这个绰号是否与维京人有关。马西娅的解释是，只有《世界报》里的人这样叫他。埃里克是某种类型的托利党人，但不是英国那种托利党，甚至也不是加拿大现在那种托利党：埃里克认为，加拿大托利党政府的主要成员都是二手车销售员。他对总理有两百套新西装感到愤怒，他生气不是因为西装有两百套，而是因为这些西装是在香港订购的。他认为纳税人的钱应该给当地裁缝赚。

格斯古怪地动了动眉毛，马西娅意识到，这次谈话变得太复杂了。她当成笑话对格斯说，他永远无法理解埃里克，除非他研究1812年战争。格斯显然不记得那场战争。他转移了话题，说他过去以为"有趣的加拿大人"是一种自相矛盾的说法，但埃里克显然是个例外；马西娅看出来了，他寻找的只是怪咖，而他误以为埃里克就是这种人。她很生气，笑着又点了一杯酒，以免怒形于色。埃里克没那么古怪。在很多事上，他甚至是对的。这并不总能减轻他的狂躁，但马西娅不想让人取笑他。

现在，格斯将全部注意力转移到了马西娅身上。他想知道，她是如何做到一夫一妻制的。坚持一夫一妻制为马西娅和埃里克赢得了名声，而其他人则以酗酒闻名。格斯暗示，一夫一妻制是一种奇怪的人类学意义上的产物，或者说是一种英雄壮举。"你们怎么做到的？"他问。

不，马西娅想，他不是同性恋。"我并不总是坚持一夫一妻制。"她想说。她从一场婚姻走到另一场婚姻的过程并非一帆风顺。她是通过错误的判断、出轨和苦难才做到的；与埃里克开始时也是闹哄哄的、不可思议的一团混战。但是，如果她公开承认其中任何一段婚姻，格斯会更纠缠不休，或者更糟糕，他就会疑神疑鬼，恳求她和盘托出。然后，当她真说出来时，他又会表现出英国人那种礼貌，故作诧异的表情，当他们觉得你的言辞太古怪，或者无聊至极时都会露出这种表情。

因此，马西娅避而不谈，而换了一种方式取悦格斯。她重提用刺绣内裤记日子的事，母亲警告她被公共汽车碾压后的事。从这些故事开始，她继续为他描述古老的加拿大；她描述了阴暗肮脏的多伦多啤酒店，说里面设有弥漫着邪恶气息的男士专区，她描述了周日蓝色法律。马西娅不明白为何要把自己的祖国描述成一个阴郁古怪的哥特式国家。可能她像其他人一样，需要战争故事。可能她想表现得勇敢或坚定：在这样一个国家，她竟能甘做国民。她怀疑自己的动机。

然而，她仍继续讲着。她描述了加拿大任期最长的总理麦肯齐·金，他在已故母亲的帮助下决定国家政策，他确信母亲就活在他的宠物狗身上。格斯认为这个故事是她编的，但她向他保证，这不是编的，完全是真的。有文件为证。

谈着这个话题，他们喝完了大蒜汤。当油炸鱿鱼圈上桌时，轮到格斯说话了。他必须提供《世界报》的八卦。"'恐怖伊恩'正努力将我们组织成一只只豆荚。"他说。他看起来兴高采烈：因为当他回到英国时，他正在编纂的当地怪诞故事里又增加了新料。他还不知道自己会不会回英国，但马西娅知道。对他而言，加拿大永远不会是一个真实之地。

"豆荚？"马西娅说。

"就像在虎鲸腹中，"格斯说，"三个记者构成一个豆荚小组，每个小组一个领导。他认为这会提升团队精神。"

"他还不如一人包揽所有的稿子。"马西娅说，尽量让自己的声音听起来不那么苦涩。她认为豆荚的概念极其愚蠢，但与此同时，她也感到自己被排除在外了，因为她自己没被组合到某个豆荚里。她要失去一些东西、一些乐趣了。

"他正在忙这个事，"格斯说，"他砍掉了'读者来信'栏目，腾出来设一个新专栏，你猜新专栏谁来写？"

"不知道，"马西娅沮丧地说，"新专栏叫什么名字？"

"叫'我的意见zzzz'，"格斯咧嘴笑着说，"不。我编瞎话了。专栏叫'我的生活的鼾声'，作者是伊恩·埃米尔。"

"你真残忍啊。"马西娅喃喃地说，她试图掩饰自己与格斯所见略同。

"好吧，他罪有应得。应该绞死这个男人，因为他任性而为、无聊至极，却让别人痛苦不堪。他想让娱乐部门举办一场名为'批评论坛'的狂欢节。他认为我们都应该免费加班，听某个老得发霉的大学教授唠叨如何避免落伍的问题。这可不是我捏造的啊。"

"天哪，"马西娅说，"你会怎么做？"

"我怂恿他，"格斯说，"我笑啊，笑啊，我是个小人。"

"大家不会支持的。"马西娅说。

"大家一致赞同。"格斯的嘴咧得老大，两只耳朵都快挨到一起了。他随时可以搬家。他没有抵押贷款，也没有孩子，也不受一夫一妻制的限制。

马西娅第二杯酒喝得太快。现在她已经失去了话题线索。她没在听，而只是盯着格斯，想象着与他有染的真正感觉如何。他会说太多俏皮话吧，她想。是的，他会说的。

她看着他，像他那样露出顽皮、快乐的灿烂笑容，突然间，她看到了小男孩时的他。一个十岁的孩子。因为老那样咧嘴笑，他成为全班的笑柄。没人会比他更好，甚至那些霸凌者；他早就知道了每个人的弱点，知道从哪里把刀插进去，如何保护自己。

她经常这样思考男人，尤其是喝了一两杯酒之后。她可以只看人的脸就能从表及里看到另一张仍然存在的孩子的脸。她曾以这种方式看过埃里克，他身材矮胖，满脸雀斑，敢于反抗，对校园荣誉尽失感到愤怒。她甚至看见过"恐怖伊恩"，一个呆头呆脑、笨手笨脚的男孩，他也一定知道别人认为他无聊。她看到了他学习努力，徒劳地希望有个最好的朋友，蓄积起报复的念头。这在某种程度上有助于她原谅他。

马西娅回到了谈话中。她似乎漏掉了好几段话：现在格斯已经转移了话题，正在谈诺列加。"他藏在丛林里，"他说，"他对他们嗤之以鼻。他们永远抓不到他，他会去古巴或其他地方，然后再回到过去那个贪污成风、肮脏邋遢的地方，带回一个全新的中央情报局。"他举起酒杯，示意续杯。他喝的是白葡萄酒："一年之内，这一切都会成为定局。"

马西娅想的是，诺列加正蜷缩在热带丛林中，或正在一座山上露营。她记得报纸上他的照片，伤痕累累的圆脸，看起来冷冰冰的，就像一只倔强的替罪羊。他小时候的面孔和现在应该大同小异。他那双眼睛很早就已空洞无神，一定是别人强安到他身上的。她认为，这就是自己成为多愁善感的专栏作家的原因：她不相信孩子生性本恶。她总是时刻准备解释这一点。

马西娅去洗手间处理喝过量的桑格利亚酒，重新化了妆。时间比她预想的要晚得多了。镜子里的她眼睛发亮，脸颊通红；头发凌乱地卷曲着。从侧面看——她只能看到侧面，而且得转着眼看——她有了双下巴。她的第一任丈夫曾经告诉她，她看起来像莫迪利亚尼写的某个人物；而现在，她就像另一个时代的一幅画。像18世纪一位丰满的酒神女祭司。她甚至看起来有点儿危险。她警觉地意识到，格斯不是可以无话不谈的人，因为她自己也不是。还不是。

马西娅吃力地走上巴瑟斯特车站的楼梯。有那么一瞬间，她在想象，如果温室效应持续上升的话，这些亮得耀眼、贴着瓷砖的隧道长满了苔藓或巨大的蕨类植物后会是什么样子；或淹入水中时会是什么样子。她注意到，自己考虑这个问题时不再用如果这个词了，而是只考虑何时。她得留意这种自暴自弃的倾向，她得控制自己。

现在已经过了五点，那三个流浪汉走了。也许他们明天还会来；也许她会和他们聊聊，写一篇关于街头生活或城市土著人生存困境的专栏文章。即使她写了，无论是对他们还是对她来说，也不会带来多大的改变。他们会进行小组讨论，她会收到控诉信。她曾以为自己拥有某种力量。

天色漆黑，冷飕飕的，风从她身边呼啸而过；商店门口的圣诞装饰物闪烁着虚情假意的光。大多是铃铛和彩条；天使、圣母玛利亚以及马槽里的圣婴却没得到充分重视，不是处处可见。或者也可能只是这家商店不卖这些东西。他们不搬动货物。

马西娅向北疾走，没有闲逛驻足。她的膀胱快要爆了，它的功能不如以前了；她不该喝最后那杯咖啡；她会在街上丢人现眼，就像放学回家的小孩，在路上把风雪服弄得湿透。

她回到家时，发现前门台阶上满是猫屎。埃里克一直在工作。当她冲到浴室时，情况就更明显了，她发现卫生纸已被取走，取而代之的是一叠长方形的报纸。当她舒心地坐在马桶上，终于能读点什么时，她发现那是今天早上的《世界报》，包括商业版，被裁得整整齐齐的。

埃里克在厨房里，一边捣胡萝卜泥，一边哼着歌。前段时间，他刚废弃了纸巾。他穿着一件白色厨师围裙，用来擦手。他们吃晚饭不像以前那么早了；今天的晚饭还没吃，厨房里已经出现一些让人愉快的橙色胡萝卜泥渍点了。

正在播放广播新闻：巴拿马的战争再次升级，尸体越来越多，瓦砾越来越多，流浪儿童越来越多，陈词滥调越来越多。阴谋论如玫瑰般绽放。诺列加总统无处可寻，尽管传闻说，他的前总部里到处都是伏都教用品和色情视频。马西娅曾代笔过其他政客的传记，她没发现这些细节有什么值得关注之处。当然，色情片也一样。至于伏都教，如果诺列加的对手需要，他们中的大多数会用这点来攻击他。

"埃里克，"她说，"浴室里裁开的报纸，你做得太过分了。"

埃里克固执地看了她一眼；固执，也高兴。"如果它们不在这一端回收，那就得在另一端回收。"他说。

"那东西会堵住马桶。"马西娅说。她知道，如果她说油墨有毒，会通过下体的皮肤吸收进体内，他就会对她的请求置若罔闻。

"前辈拓荒者都是这样干的，"埃里克说，"农场里的人都用邮购目录纸擦屁股。从来没有什么卫生纸。"

"那不一样，"马西娅耐心地说，"他们的厕所都在屋外。你只是喜欢用报纸上那些公司总裁的照片擦屁股，你想的就是这个。"

埃里克露出淘气的神情；他看起来被拆穿了。"焦油井里有什么新闻吗？"他说，他转移了话题。

"没有，"马西娅说，"基本没什么变化。实际上，那里有点像克里姆林宫。50年代的克里姆林宫。"鉴于最近的意识形态革新，她修正道："'恐怖伊恩'正在把他们编成豆荚工作组。"

"就像在虎鲸肚子里？"埃里克说。

"就像在豌豆里。"马西娅说。她在厨房的桌子旁坐下，手肘靠在桌上。她不会就卫生纸问题难为他。她会让他自得其乐几天，或者等到马桶第一次溢出为止。然后她就可以轻而易举让事情恢复原状。

除了胡萝卜，他们还吃了烤土豆和肉饼。埃里克仍然同意吃肉；他甚至不会因此内疚。他说男人的红细胞需要肉；男人比女人更需要肉。马西娅本可就此说点什么，但她不想在饭桌上谈什么月经和分娩等都是消耗血液的生理机能，所以她克制住了自己。她也没提及与格斯一起吃午餐的事：她知道埃里克认为格斯微不足道且目空一切。他没见过格斯，仅从他的专题文章判断，主要是关于好莱坞电影的文章。如果他知道她和格斯一起吃了油炸鱿鱼圈，他对她的看法一定更差，尤其是当埃里克一直在无私地维护美国领事馆治安的时候。

她没有询问埃里克这次探险的情况，只是还没有问。她可以从他辛辛苦苦对付胡萝卜这件事上看出事情并不顺利。也许其他人就没出现。桌上有蜡烛，有酒杯。他们试图挽留住当天残余的时光。

肉饼的味道好极了。马西娅是这么说的。埃里克关掉了收音机，点好蜡烛，倒上酒，向她露出一丝幸福的微笑。这是一个认可之笑，也是原谅之笑，至于原谅什么，马西娅难以说出。因为她都到这个年纪了，因为她知道的东西太多了。他们是同案犯。

马西娅也笑了，吃啊，喝啊，很开心，厨房窗外风在吹，世界在变化，在崩溃，在重建，时间在流逝。

今天都发生了什么？今日如往日，也如来日。即使当她坐在厨房的餐桌旁，与前辈拓荒者吃着同样的苹果酱（根据《安大略冬季食谱》）时，马西娅也知道，这一天正在离她而去，一天天就这样逝去，一再逝去，再也不会回来。明天孩子们就会回来，一个来自东部，一个来自西部，他们分别就读于不同的大学，在远方求学。他们冬靴上的冰会融化，并在前门口形成小水坑，在瓷砖上留下盐渍。他们到楼下洗衣服时，通往地下室的楼梯上会传来沉重的脚步声。冰箱会被翻得乱七八糟，东西会被扔得到处都是；家里会热闹和兴奋起来，有真的也有假的。女儿会尽力帮马西娅整理衣橱，纠正她的体态，儿子会自告奋勇，笨手笨脚地来帮个手；妈妈和孩子们都会避免拥抱得太紧或太久。

他们将拖走旧的装饰，摆放新的圣诞树，他们会争论塑料圣诞树是不是更显得良善些。树顶会放一颗星星。在平安夜，他们都会喝一些埃里克的杀手蛋酒，吃马西娅第一任丈夫送来的橙子。他们会随着收音机唱颂歌，每人打开一份礼物，孩子们会坐立不安，因为他们觉得自己都这么大了还要做这个。埃里克会用宝丽来相机拍照，照片拍了也是浪费，因为这些照片永远不会放进相册里，他们本来一直想以此跟上潮流。而诺列加将向梵蒂冈驻巴拿马大使馆寻求庇护。马西娅会从新闻里和埃里克私自偷偷带到家里、随后用来紧急处理猫排泄物的《世界报》上了解到这一点，而他用过的报纸就原封不动地扔到前门台阶上，但猫拒绝在旧报纸上拉屎，它会选用马西娅的一只柔软诱人的粉色羊皮拖鞋解决问题。

接着就到了圣诞节。那将在一个星期一，又一个星期一，柔和的蓝色星期一，他们会吃掉一只火鸡，吃掉更多的根茎类蔬菜和一个马西娅终于有时间做的肉馅儿饼，而与此同时，诺列加正睡在某幢房子的某个房间里，没有母亲陪伴，周围布满士兵，他梦见自己怎么到了那里或怎么逃出去，或梦见了自己杀过或想杀的人，或什么也没梦到；他的圆脸就像一颗小行星，长满痘痘，戚然凄凉。马西娅塞到埃里克长袜里作为礼物的柏林墙碎片将会丢失在长沙发下。是猫藏起来的。

马西娅蛋酒喝得有点多了，稍后，洗完盘子后，她默默地一个人哭起来，她把自己关进浴室里，用节日的怀抱拥抱呜呜不平的猫，为此她会将猫从床底下拖出来。她哭，是因为孩子不再是孩子了，或者是因为她自己不再是孩子了，或者是因为孩子从来就不是孩子，或者是因为她再也不能生孩子了。对她来说，她的身体老得太快了；她自己还没做好准备。

圣诞节谈的都是孩子的事。这是一切希望之所在。这事也让她心神不安，难以关注真正的新闻。

马上扫二维码，关注"熊猫君"

和千万读者一起成长吧！